BIBLIOTECA DE BOLSILLO

Ceremonias

JULIO CORTÁZAR nació en 1914, en Bruselas, de padres argentinos. Fue profesor de literatura y ha publicado los siguientes libros: *Los Reyes* (1949), *Bestiario* (1951), *Final del juego* (1956), *Las armas secretas* (1959), *Los Premios* (1960), *Historias de cronopios y de famas* (1962), *Rayuela* (1963), *Todos los fuegos el fuego* (1966), *La vuelta al día en ochenta mundos* (1967). Sus últimas obras son *62 Modelo para armar*, *Último round*, el libro de poemas *Pameos y meopas* (1971), *Prosa del Observatorio* (1973), la novela *Libro de Manuel* (1973) y los volúmenes de relatos *Octaedro* (1974), *Alguien que anda por ahí* (1977), *Un tal Lucas* (1979) y *Queremos tanto a Glenda* (1981).

Julio Cortázar

Ceremonias

BIBLIOTECA DE BOLSILLO

El presente volumen de relatos reúne los textos contenidos en
Final del juego y *Las armas secretas*

Diseño cubierta: Neslé Soulé

Primera edición en
Biblioteca de Bolsillo:
junio 1983

©1983: Julio Cortázar

©1983: Editorial Seix Barral, S. A.
Córcega, 270 - Barcelona-8

ISBN: 84 322 3013 8

Depósito legal: B. 20466 -1983

Impreso en España

193641

FINAL DEL JUEGO

I

CONTINUIDAD DE LOS PARQUES

Había empezado a leer la novela unos días antes. La abandonó por negocios urgentes, volvió a abrirla cuando regresaba en tren a la finca; se dejaba interesar lentamente por la trama, por el dibujo de los personajes. Esa tarde, después de escribir una carta a su apoderado y discutir con el mayordomo una cuestión de aparcerías, volvió al libro en la tranquilidad del estudio que miraba hacia el parque de los robles. Arrellanado en su sillón favorito, de espaldas a la puerta que lo hubiera molestado como una irritante posibilidad de intrusiones, dejó que su mano izquierda acariciara una y otra vez el terciopelo verde y se puso a leer los últimos capítulos. Su memoria retenía sin esfuerzo los nombres y las imágenes de los protagonistas; la ilusión novelesca lo ganó casi en seguida. Gozaba del placer casi perverso de irse desgajando línea a línea de lo que lo rodeaba, y sentir a la vez que su cabeza descansaba cómodamente en el terciopelo del alto respaldo, que los cigarrillos seguían al alcance de la mano, que más allá de los ventanales danzaba el aire del atardecer bajo los robles. Palabra a palabra, absorbido por la sórdida disyuntiva de los héroes, dejándose ir hacia las imágenes que se concertaban y adquirían color y movimiento, fue testigo del último encuentro en la cabaña del monte. Primero entraba la mujer, recelosa; ahora llegaba el amante, lastimada la cara por el chicotazo de una rama. Admirablemente restañaba ella la sangre con sus besos, pero él rechazaba las caricias, no había venido para repetir las ceremonias de una pasión secreta, protegida por un mundo

11

de hojas secas y senderos furtivos. El puñal se entibiaba contra su pecho, y debajo latía la libertad agazapada. Un diálogo anhelante corría por las páginas como un arroyo de serpientes, y se sentía que todo estaba decidido desde siempre. Hasta esas caricias que enredaban el cuerpo del amante como queriendo retenerlo y disuadirlo, dibujaban abominablemente la figura de otro cuerpo que era necesario destruir. Nada había sido olvidado: coartadas, azares, posibles errores. A partir de esa hora cada instante tenía su empleo minuciosamente atribuido. El doble repaso despiadado se interrumpía apenas para que una mano acariciara una mejilla. Empezaba a anochecer.

Sin mirarse ya, atados rígidamente a la tarea que los esperaba, se separaron en la puerta de la cabaña. Ella debía seguir por la senda que iba al norte. Desde la senda opuesta él se volvió un instante para verla correr con el pelo suelto. Corrió a su vez, parapetándose en los árboles y los setos, hasta distinguir en la bruma malva del crepúsculo la alameda que llevaba a la casa. Los perros no debían ladrar, y no ladraron. El mayordomo no estaría a esa hora, y no estaba. Subió los tres peldaños del porche y entró. Desde la sangre galopando en sus oídos le llegaban las palabras de la mujer: primero una sala azul, después una galería, una escalera alfombrada. En lo alto, dos puertas. Nadie en la primera habitación, nadie en la segunda. La puerta del salón, y entonces el puñal en la mano, la luz de los ventanales, el alto respaldo de un sillón de terciopelo verde, la cabeza del hombre en el sillón leyendo una novela.

NO SE CULPE A NADIE

El frío complica siempre las cosas, en verano se está tan cerca del mundo, tan piel contra piel, pero ahora a las seis y media su mujer lo espera en una tienda para elegir un regalo de casamiento, ya es tarde y se da cuenta de que hace fresco, hay que ponerse el pulóver azul, cualquier cosa que vaya bien con el traje gris, el otoño es un ponerse y sacarse pulóveres, irse encerrando, alejando. Sin ganas silba un tango mientras se aparta de la ventana abierta, busca el pulóver en el armario y empieza a ponérselo delante del espejo. No es fácil, a lo mejor por culpa de la camisa que se adhiere a la lana del pulóver, pero le cuesta hacer pasar el brazo, poco a poco va avanzando la mano hasta que al fin asoma un dedo fuera del puño de lana azul, pero a la luz del atardecer el dedo tiene un aire como de arrugado y metido para adentro, con una uña negra terminada en punta. De un tirón se arranca la manga del pulóver y se mira la mano como si no fuese suya, pero ahora que está fuera del pulóver se ve que es su mano de siempre y él la deja caer al extremo del brazo flojo y se le ocurre que lo mejor será meter el otro brazo en la otra manga a ver si así resulta más sencillo. Parecería que no lo es porque apenas la lana del pulóver se ha pegado otra vez a la tela de la camisa, la falta de costumbre de empezar por la otra manga dificulta todavía más la operación, y aunque se ha puesto a silbar de nuevo para distraerse siente que la mano avanza apenas y que sin alguna maniobra complementaria no conseguirá hacerla llegar nunca a la salida. Mejor todo al mismo tiempo, agachar la cabeza para calzarla a la altura del cuello del pulóver a la vez que mete el brazo libre en la otra manga enderezándola y tirando simultáneamente con los dos brazos y el cuello. En la repentina penumbra azul que lo envuelve parece absurdo seguir silbando, empieza a sentir como un calor en la cara aunque parte de la cabeza ya debería estar afuera, pero la frente y toda la cara siguen cubiertas y las manos andan apenas por la mitad de las mangas, por más que tira nada sale afuera y ahora se le ocurre pensar que a lo mejor se ha equivocado en esa especie de cólera irónica con que reanudó la tarea, y que ha hecho la tontería de meter la cabeza en una de las mangas y una mano en el cuello del pulóver. Si fuese así su mano tendría que salir fácilmente, pero aunque tira con todas sus fuerzas no logra hacer avanzar ninguna de las dos manos aunque en cambio parecería que la cabeza está a punto de abrirse paso porque la lana azul le aprieta ahora con una fuerza casi irritante la nariz y la boca, lo sofoca más de lo que hubiera podido imaginarse, obligándolo a respirar profundamente mientras la lana se va humedeciendo contra la boca, probablemente desteñirá y le manchará la cara de azul. Por suerte en ese mismo momento su mano derecha asoma al aire, al frío de afuera, por lo menos ya hay una afuera aunque la otra siga apresada en la manga, quizá era cierto que su mano derecha estaba metida en el cuello del pulóver, por eso lo que él creía el cuello le está apretando de esa manera la cara, sofocándolo cada vez más, y en cambio la mano ha podido salir fácilmente. De todos modos y para estar seguro lo único que puede hacer es seguir abriéndose paso, respirando a fondo y dejando escapar el aire poco a poco, aunque sea absurdo porque nada le impide respirar perfectamente salvo que el aire que traga está mezclado con pelusas de lana del cuello o de la manga del pulóver, y además hay el gusto del pulóver, ese gusto azul de la lana que le debe estar manchando la cara ahora que la humedad del aliento se mezcla cada vez más con la lana, y aunque no puede verlo porque si abre los ojos las pestañas tropiezan dolorosamente con la lana, está seguro de que el azul le va envolviendo la boca mojada, los agujeros de la nariz, le gana las mejillas, y todo eso lo va llenando de ansiedad y quisiera terminar de ponerse de una vez el pulóver sin contar que debe ser tarde y su mujer estará impacientándose en la puerta de la tienda. Se dice que lo más sensato es concentrar la atención en su mano derecha, porque esa mano por fuera del pulóver está en contacto con el aire frío de la habitación, es como un anuncio de que ya falta poco y además puede ayudarlo, ir subiendo por la espalda hasta aferrar el borde inferior del pulóver con ese movimiento clásico que ayuda a ponerse cualquier pulóver tirando enérgicamente hacia abajo. Lo malo es que aunque la mano palpa la espalda buscando el borde de lana, parecería que el pulóver ha quedado completamente arrollado cerca del cuello y lo único que encuentra la mano es la camisa cada vez más arrugada y hasta salida en parte del pantalón, y de poco sirve traer la mano y querer tirar de la delantera del pulóver porque sobre el pecho no se siente más que la camisa, el pulóver debe haber pasado apenas por los hombros y estará ahí arrollado y tenso como si él tuviera los hombros demasiado anchos para ese pulóver, lo que en definitiva prueba que realmente se ha equivocado y ha metido una mano en el cuello y la otra en una manga, con lo cual la distancia que va del cuello a una de las mangas es exactamente la mitad de la que va de una manga a otra, y eso explica que él tenga la cabeza un poco ladeada a la izquierda, del lado donde la mano sigue prisionera en la manga, si es la manga, y que en cambio su mano derecha que ya está afuera se mueva con toda libertad en el aire aunque no consiga hacer bajar el pulóver que sigue como arrollado en lo alto de su cuerpo. Irónicamente se le ocurre que si hubiera una silla cerca podría descansar y respirar mejor hasta ponerse del todo el pulóver, pero ha perdido la orientación después de haber girado tantas veces con esa especie de gimnasia eufórica que inicia siempre la colocación de una prenda de ropa y que tiene algo de paso de baile disimulado, que nadie puede reprochar porque responde a una finalidad utilitaria y no a culpables tendencias coreográficas. En el fondo la verdadera solución sería sacarse el pulóver puesto que no ha podido ponérselo, y comprobar la entrada correcta de cada mano en las mangas y de la cabeza en el cuello, pero la mano derecha desordenadamente sigue yendo y viniendo como si ya fuera ridículo renunciar a esa altura de las cosas, y en algún momento hasta obedece y sube a la altura de la cabeza y tira hacia arriba sin que él comprenda a tiempo que el pulóver se le ha pegado en la cara con esa gomosidad húmeda del aliento mezclado con el azul de la lana, y cuando la mano tira hacia arriba es un dolor como si le desgarraran las orejas y quisieran arrancarle las pestañas. Entonces más despacio, entonces hay que utilizar la mano metida en la manga izquierda, si es la manga y no el cuello, y para eso con la mano derecha ayudar a la mano izquierda para que pueda avanzar por la manga o retroceder y zafarse, aunque es casi imposible coordinar los movimientos de las dos manos, como si la mano izquierda fuese una rata metida en una jaula y desde afuera otra rata quisiera ayudarla a escaparse, a menos que en vez de ayudarla la esté mordiendo porque de. golpe le duele la mano prisionera y a la vez la otra mano se hinca con todas sus fuerzas en eso que debe ser su mano y que le duele, le duele a tal punto que renuncia a quitarse el pulóver, prefiere intentar un último esfuerzo para sacar la cabeza fuera del cuello y la rata izquierda fuera de la jaula y lo intenta luchando con todo el cuerpo, echándose hacia adelante y hacia atrás, girando en medio de la habitación, si es que está en el medio porque ahora alcanza a pensar que la ventana ha quedado abierta y que es peligroso seguir girando a ciegas, prefiere detenerse aunque su mano derecha siga yendo y viniendo sin ocuparse del pulóver, aunque su mano izquierda le duela cada vez más como si tuviera los dedos mordidos o quemados, y sin embargo esa mano le obedece, contrayendo poco a poco los dedos lacerados alcanza a aferrar a través de la manga el borde del pulóver arrollado en el hombro, tira hacia abajo casi sin fuerza, le duele demasiado y haría falta que la mano derecha ayudara en vez de trepar o bajar inútilmente por las piernas, en vez de pellizcarle el muslo como lo está haciendo, arañándolo y pellizcándolo a través de la ropa sin que pueda impedírselo porque toda su voluntad acaba en la mano izquierda, quizá ha caído de rodillas y se siente como colgado de la mano izquierda que tira una vez más del pulóver y de golpe es el frío en las cejas y en la frente, en los ojos, absurdamente no quiere abrir los ojos pero sabe que ha salido fuera, esa materia fría, esa delicia es el aire libre, y no quiere abrir los ojos y espera un segundo, dos segundos, se deja vivir en un tiempo frío y diferente, el tiempo de fuera del pulóver, está de rodillas y es hermoso estar así hasta que poco a poco agradecidamente entreabre los ojos libres de la baba azul de la lana de adentro, entreabre los ojos y ve las cinco uñas negras suspendidas apuntando a sus ojos, vibrando en el aire antes de saltar contra sus ojos, y tiene el tiempo de bajar los párpados y echarse atrás cubriéndose con la mano izquierda que es su mano, que es todo lo que le queda para que lo defienda desde dentro de la manga, para que tire hacia arriba el cuello del pulóver y la baba azul le envuelva otra vez la cara mientras se endereza para huir a otra parte, para llegar por fin a alguna parte sin mano y sin pulóver, donde solamente haya un aire fragoroso que lo envuelva y lo acompañe y lo acaricie y doce pisos.

EL RÍO

Y sí, parece que es así, que te has ido diciendo no sé qué cosa, que te ibas a tirar al Sena, algo por el estilo, una de esas frases de plena noche, mezcladas de sábana y boca pastosa, casi siempre en la oscuridad o con algo de mano o de pie rozando el cuerpo del que apenas escucha, porque hace tanto que apenas te escucho cuando dices cosas así, eso viene del otro lado de mis ojos cerrados, del sueño que otra vez me tira hacia abajo. Entonces está bien, qué me importa si te has ido, si te has ahogado o todavía andas por los muelles mirando el agua, y además no es cierto porque estás aquí dormida y respirando entrecortadamente, pero entonces no te has ido cuando te fuiste en algún momento de la noche antes de que yo me perdiera en el sueño, porque te habías ido diciendo alguna cosa, que te ibas a ahogar en el Sena, o sea que has tenido miedo, has renunciado y de golpe estás ahí casi tocándome, y te mueves ondulando como si algo trabajara suavemente en tu sueño, como si de verdad soñaras que has salido y que después de todo llegaste a los muelles y te tiraste al agua. Así una vez más, para dormir después con la cara empapada de un llanto estúpido, hasta las once de la mañana, la hora en que traen el diario con las noticias de los que se han ahogado de veras.

Me das risa, pobre. Tus determinaciones trágicas, esa manera de andar golpeando las puertas como una actriz de tournées de provincia, uno se pregunta si realmente crees en tus amenazas, tus chantajes repugnantes, tus inagotables escenas patéticas untadas de lágrimas y adjetivos y recuentos. Merecerías a alguien más dotado que yo para que te diera la réplica, entonces se vería alzarse a la pareja perfecta, con el hedor exquisito del hombre y la mujer que se destrozan mirándose en los ojos para asegurarse el aplazamiento más precario, para sobrevivir todavía y volver a empezar y perseguir inagotablemente su verdad de terreno baldío y fondo de cacerola. Pero ya ves, escojo el silencio, enciendo un cigarrillo y te escucho hablar, te escucho quejarte (con razón, pero qué puedo hacerle), o lo que es todavía mejor me voy quedando dormido, arrullado casi por tus imprecaciones previsibles, con los ojos entrecerrados mezclo todavía por un rato las primeras ráfagas de los sueños con tus gestos de camisón ridículo bajo la luz de la araña que nos regalaron cuando nos casamos, y creo que al final me duermo y me llevo, te lo confieso casi con amor, la parte más aprovechable de tus movimientos y tus denuncias, el sonido restallante que te deforma los labios lívidos de cólera. Para enriquecer mis propios sueños donde jamás a nadie se le ocurre ahogarse, puedes creerme.

Pero si es así me pregunto qué estás haciendo en esta cama que habías decidido abandonar por la otra más vasta y más huyente. Ahora resulta que duermes, que de cuando en cuando mueves una pierna que va cambiando el dibujo de la sábana, pareces enojada por alguna cosa, no demasiado enojada, es como un cansancio amargo, tus labios esbozan una mueca de desprecio, dejan escapar el aire entrecortadamente, lo recogen a bocanadas breves, y creo que si no estuviera tan exasperado por tus falsas amenazas admitiría que eres otra vez hermosa, como si el sueño te devolviera un poco de mi lado donde el deseo es posible y hasta reconciliación o nuevo plazo, algo menos turbio que este amanecer donde empiezan a rodar los primeros carros y los gallos abominablemente desnudan su horrenda servidumbre. No sé, ya ni siquiera tiene sentido preguntar otra vez si en algún momento te habías ido, si eras tú la que golpeó la puerta al salir en el instante mismo en que yo resbalaba al olvido, y a lo mejor es por eso que prefiero tocarte, no porque dude de que estés ahí, probablemente en ningún momento te fuiste del cuarto, quizá un golpe de viento cerró la puerta, soñé que te habías ido mientras tú, creyéndome despierto, me gritabas tu amenaza desde los pies de la cama. No es por eso que te toco, en la penumbra verde del amanecer es casi dulce pasar una mano por ese hombro que se estremece y me rechaza. La sábana te cubre a medias, mis dedos empiezan a bajar por el terso dibujo de tu garganta, inclinándome respiro tu aliento que huele a noche y a jarabe, no sé cómo mis brazos te han enlazado, oigo una queja mientras arqueas la cintura negándote, pero los dos conocemos demasiado ese juego para creer en él, es preciso que me abandones la boca que jadea palabras sueltas, de nada sirve que tu cuerpo amodorrado y vencido luche por evadirse, somos a tal punto una misma cosa en ese enredo de ovillo donde la lana blanca y la lana negra luchan como arañas en un bocal. De la sábana que apenas te cubría alcanzo a entrever la ráfaga instantánea que surca el aire para perderse en la sombra y ahora estamos desnudos, el amanecer nos envuelve y reconcilia en una sola materia temblorosa, pero te obstinas en luchar, encogiéndote, lanzando los brazos por sobre mi cabeza, abriendo como en un relámpago los muslos para volver a cerrar sus tenazas monstruosas que quisieran separarme de mí mismo. Tengo que dominarte lentamente (y eso, lo sabes, lo he hecho siempre con una gracia ceremonial), sin hacerte daño voy doblando los juncos de tus brazos, me ciño a tu placer de manos crispadas, de ojos enormemente abiertos, ahora tu ritmo al fin se ahonda en movimientos lentos de muaré, de profundas burbujas ascendiendo hasta mi cara, vagamente acaricio tu pelo derramado en la almohada, en la penumbra verde miro con sorpresa mi mano que chorrea, y antes de resbalar a tu lado sé que acaban de sacarte del agua, demasiado tarde, naturalmente, y que yaces sobre las piedras del muelle rodeada de zapatos y de voces, desnuda boca arriba con tu pelo empapado y tus ojos abiertos.

LOS VENENOS

El sábado tío Carlos llegó a mediodía con la máquina de matar hormigas. El día antes había dicho en la mesa que iba a traerla, y mi hermana y yo esperábamos la máquina imaginando que era enorme, que era terrible. Conocíamos bien las hormigas de Bánfield, las hormigas negras que se van comiendo todo, hacen los hormigueros en la tierra, en los zócalos, o en ese pedazo misterioso donde una casa se hunde en el suelo, allí hacen agujeros disimulados pero no pueden esconder su fila negra que va y viene trayendo pedacitos de hojas, y los pedacitos de hojas eran las plantas del jardín, por eso mamá y tío Carlos se habían decidido a comprar la máquina para acabar con las hormigas.

Me acuerdo que mi hermana vio venir a tío Carlos por la calle Rodríguez Peña, desde lejos lo vio venir en el tílbury de la estación, y entró corriendo por el callejón del costado gritando que tío Carlos traía la máquina. Yo estaba en los ligustros que daban a lo de Lila, hablando con Lila por el alambrado, contándole que por la tarde íbamos a probar la máquina, y Lila estaba interesada pero no mucho, porque a las chicas no les importan las máquinas y no les importan las hormigas, solamente le llamaba la atención que la máquina echaba humo y que eso iba a matar todas las hormigas de casa.

Al oír a mi hermana le dije a Lila que tenía que ir a ayudar a bajar la máquina, y corrí por el callejón con el grito de guerra de Sitting Bull, corriendo de una manera que había inventado en ese tiempo y que era correr sin doblar las rodillas, como pateando una pelota. Cansaba poco y era como un vuelo, aunque nunca como el sueño de volar que yo siempre tenía entonces, y que era recoger las piernas del suelo, y con apenas un movimiento de cintura volar a veinte centímetros del suelo, de una manera que no se puede contar por lo linda, volar por calles largas, subiendo a veces un poco y otra vez al ras del suelo, con una sensación tan clara de estar despierto, aparte que en ese sueño la contra era que yo siempre soñaba que estaba despierto, que volaba de verdad, que antes lo había soñado pero esta vez iba de veras, y cuando me despertaba era como caerme al suelo, tan triste salir andando o corriendo pero siempre pesado, vuelta abajo a cada salto. Lo único un poco parecido era esta manera de correr que había inventado, con las zapatillas de goma Keds Champion con puntera daba la impresión del sueño, claro que no se podía comparar.

Mamá y abuelita ya estaban en la puerta hablando con tío Carlos y el cochero. Me arrimé despacio porque a veces me gustaba hacerme esperar, y con mi hermana miramos el bulto envuelto en papel madera y atado con mucho hilo sisal, que el cochero y tío Carlos bajaban a la vereda. Lo primero que pensé fue que era una parte de la máquina, pero en seguida vi que era la máquina completa, y me pareció tan chica que se me vino el alma a los pies. Lo mejor fue al entrarla, porque ayudando a tío Carlos me di cuenta que la máquina pesaba mucho, y el peso me devolvió confianza. Yo mismo le saqué los piolines y el papel, porque mamá y tío Carlos tenían que abrir un paquete chico donde venía la lata del veneno, y de entrada ya nos anunciaron que eso no se tocaba y que más de cuatro habían muerto retorciéndose por tocar la lata. Mi hermana se fue a un rincón porque se le había acabado el interés por todo y un poco también por miedo, pero yo la miré a mamá y nos reímos, y todo aquel discurso era por mi hermana, a mí me iban a dejar manejar la máquina con veneno y todo.

No era linda, quiero decir que no era una máquina máquina, por lo menos con una rueda que da vueltas o un pito que echa un chorro de vapor. Parecía una estufa de fierro negro, con tres patas combadas, una puerta para el fuego, otra para el veneno y de arriba salía un tubo de metal flexible (como el cuerpo de los gusanos) donde después se enchufaba otro tubo de goma con un pico. A la hora del almuerzo mamá nos leyó el manual de instrucciones, y cada vez que llegaba a las partes del veneno todos la mirábamos a mi hermana, y abuelita le volvió a decir que en Flores tres niños habían muerto por tocar una lata. Ya habíamos visto la calavera en la tapa, y tío Carlos buscó una cuchara vieja y dijo que ésa sería para el veneno y que las cosas de la máquina las guardarían en el estante de arriba del cuarto de las herramientas. Afuera hacía calor porque empezaba enero, y la sandía estaba helada, con las semillas negras que me hacían pensar en las hormigas.

Después de la siesta, la de los grandes porque mi hermana leía el *Billiken* y yo clasificaba las estampillas en el patio cerrado, fuimos al jardín y tío Carlos puso la máquina en la rotonda de las hamacas donde siempre salían hormigueros. Abuelita preparó brasas de carbón para cargar la hornalla, y yo hice un barro lindísimo en una batea vieja, revolviendo con la cuchara de albañil. Mamá y mi hermana se sentaron en las sillas de paja para ver, y Lila miraba entre el ligustro hasta que le gritamos que viniera y dijo que la madre no la dejaba pero que lo mismo veía. Del otro lado del jardín ya se estaban asomando las de Negri, que eran unos casos y por eso no nos tratábamos. Les decían la Chola, la Ela y la Cufina, pobres. Eran buenas pero pavas, y no se podía jugar con ellas. Abuelita les tenía lástima pero mamá no las invitaba nunca a casa porque se armaban líos con mi hermana y conmigo. Las tres querían mandar la parada pero no sabían ni rayuela ni bolita ni vigilante y ladrón ni el barco hundido, y lo único que sabían era reírse como sonsas y hablar de tanta cosa que yo no sé a quién le podía interesar. El padre era concejal y tenían Orpington leonadas. Nosotros criábamos Rhode Island que es mejor ponedora.

La máquina parecía más grande por lo negra que se la veía entre el verde del jardín y los frutales. Tío Carlos la cargó con brasas, y mientras tomaba calor eligió un hormiguero y le puso el pico del tubo; yo eché barro alrededor y lo apisoné pero no muy fuerte, para impedir el desmoronamiento de las galerías como decía el manual. Entonces mi tío abrió la puerta para el veneno y trajo la lata y la cuchara. El veneno era violeta, un color precioso, y había que echar una cucharada grande y cerrar en seguida la puerta. Apenas la habíamos echado se oyó como un bufido y la máquina empezó a trabajar. Era estupendo, todo alrededor del pico salía un humo blanco, y había que echar más barro y aplastarlo con las manos. «Van a morir todas», dijo mi tío que estaba muy contento con el funcionamiento de la máquina, y yo me puse al lado de él con las manos llenas de barro hasta los codos, y se veía que era un trabajo para que lo hicieran los hombres.

—¿Cuánto tiempo hay que fumigar cada hormiguero? —preguntó mamá.

—Por lo menos media hora —dijo tío Carlos—. Algunos son larguísimos, más de lo que se cree.

Yo entendí que quería decir dos o tres metros, porque había tantos hormigueros en casa que no podía ser que fueran demasiado largos. Pero justo en ese momento oímos que la Cufina empezaba a chillar con esa voz que tenía que la escuchaban desde la estación, y toda la familia Negri vino al jardín diciendo que de un cantero de lechuga salía humo. Al principio yo no lo quería creer pero era cierto, porque en el mismo momento Lila me avisó desde los ligustros que en su casa también salía humo al lado de un duraznero, y tío Carlos se quedó pensando y después fue hasta el alambrado de los Negri y le pidió a la Chola que era la menos haragana que echara barro donde salía el humo, y yo salté a lo de Lila y taponé el hormiguero. Ahora salía humo en otras partes de casa, en el gallinero, más atrás de la puerta blanca, y al pie de la pared del costado. Mamá y mi hermana ayudaban a poner barro, era formidable pensar que por debajo de la tierra andaba tanto humo buscando salir, y que entre ese humo las hormigas estaban rabiando y retorciéndose como los tres niños de Flores.

Esa tarde trabajamos hasta la noche, y a mi hermana

la mandaron a preguntar si en las casas de otros vecinos salía humo. Cuando apenas quedaba luz la máquina se apagó, y al sacar el pico del hormiguero yo cavé un poco con la cuchara de albañil y toda la cueva estaba llena de hormigas muertas y tenía un color violeta que olía a azufre. Eché barro encima como en los entierros, y calculé que habrían muerto unas cinco mil hormigas por lo menos. Ya todos se habían ido adentro porque era hora de bañarse y tender la mesa, pero tío Carlos y yo nos quedamos a repasar la máquina y a guardarla. Le pregunté si podía llevar las cosas al cuarto de las herramientas y dijo que sí. Por las dudas me enjuagué las manos después de tocar la lata y la cuchara, y eso que la cuchara la habíamos limpiado antes.

Al otro día fue domingo y vino mi tía Rosa con mis primos, y fue un día en que jugamos todo el tiempo al vigilante y ladrón con mi hermana y con Lila que tenía permiso de la madre. A la noche tía Rosa le dijo a mamá si mi primo Hugo podía quedarse a pasar toda la semana en Bánfield porque estaba un poco débil de la pleuresía y necesitaba sol. Mamá dijo que sí, y todos estábamos contentos. A Hugo le hicieron una cama en mi pieza, y el lunes fue la sirvienta a traer su ropa para la semana. Nos bañábamos juntos y Hugo sabía más cuentos que yo, pero no saltaba tan lejos. Se veía que era de Buenos Aires, con la ropa venían dos libros de Salgari y uno de botánica, porque tenía que preparar el ingreso a primer año. Dentro del libro venía una pluma de pavorreal, la primera que yo veía, y él la usaba como señalador. Era verde con un ojo violeta y azul, toda salpicada de oro. Mi hermana se la pidió pero Hugo le dijo que no porque se la había regalado la madre. Ni siquiera se la dejó tocar, pero a mí sí porque me tenía confianza y yo la agarraba del canuto.

Los primeros días, como tío Carlos trabajaba en la oficina no volvimos a encender la máquina, aunque yo le había dicho a mamá que si ella quería yo la podía hacer andar. Mamá dijo que mejor esperáramos al sábado, que total no había muchos almácigos esa semana y que no se veían tantas hormigas como antes.

—Hay unas cinco mil menos —le dije yo, y ella se reía pero me dio la razón. Casi mejor que no me dejara encender la máquina, así Hugo no se metía, porque era de esos que todo lo saben y abren las puertas para mirar adentro. Sobre todo con el veneno mejor que no me ayudara.

A la siesta nos mandaban quedarnos quietos, porque tenían miedo de la insolación. Mi hermana desde que Hugo jugaba conmigo venía todo el tiempo con nosotros, y siempre quería jugar de compañera con Hugo. A las bolitas yo les ganaba a los dos, pero al balero Hugo no sé cómo se las sabía todas y me ganaba. Mi hermana lo elogiaba todo el tiempo y yo me daba cuenta que lo buscaba para novio, era cosa de decírselo a mamá para que le plantara un par de bifes, solamente que no se me ocurría cómo decírselo a mamá, total no hacían nada malo. Hugo se reía de ella pero disimulando, y yo en esos momentos lo hubiera abrazado, pero era siempre cuando estábamos jugando y había que ganar o perder pero nada de abrazos.

La siesta duraba de dos a cinco, y era la mejor hora para estar tranquilos y hacer lo que uno quería. Con Hugo revisábamos las estampillas y yo le daba las repetidas, le enseñaba a clasificarlas por países, y él pensaba al otro año tener una colección como la mía pero solamente de América. Se iba a perder las de Camerún que son con animales, pero él decía que así las colecciones son más importantes. Mi hermana le daba la razón y eso que no sabía si una estampilla estaba del derecho o del revés, pero era para llevarme la contra. En cambio Lila que venía a eso de las tres, saltando por los ligustros, estaba de mi parte y le gustaban las estampillas de Europa. Una vez yo le había dado a Lila un sobre con todas estampillas diferentes, y ella siempre me lo recordaba y decía que el padre le iba a ayudar en la colección pero que la madre pensaba que eso no era para chicas y tenía microbios, y el sobre estaba guardado en el aparador.

Para que no se enojaran en casa por el ruido, cuando llegaba Lila nos íbamos al fondo y nos tirábamos debajo de los frutales. Las de Negri también andaban por el jardín de ellas, y yo sabía que las tres estaban locas con Hugo y se hablaban a gritos y siempre por la nariz, y la Cufina sobre todo se la pasaba preguntando: «¿Y dónde está el costurero con los hilos?» y la Ela le contestaba no sé qué, entonces se peleaban pero a propósito para llamar la atención, y menos mal que de ese lado los ligustros eran tupidos y no se veía mucho. Con Lila nos moríamos de risa al oírlas, y Hugo se tapaba la nariz y decía: «¿Y dónde está la pavita para el mate?» Entonces la Chola que era la mayor decía: «¿Vieron chicas cuántos groseros hay este año?», y nosotros nos metíamos pasto en la boca para no reírnos fuerte, porque lo bueno era dejarlas con las ganas y no seguírsela, así después cuando nos oían jugar a la mancha rabiaban mucho más y al final se peleaban entre ellas hasta que salía la tía y las mechoneaba y las tres se iban adentro llorando.

A mí me gustaba tener de compañera a Lila en los juegos, porque entre hermanos a uno no le gusta jugar si hay otros, y mi hermana lo buscaba en seguida a Hugo de compañero. Lila y yo les ganábamos a las bolitas, pero a Hugo le gustaba más el vigilante y ladrón y la escondida, siempre había que hacerle caso y jugar a eso, pero también era formidable, solamente que no podíamos gritar y los juegos así sin gritos no valen tanto. A la escondida casi siempre me tocaba contar a mí, no sé por qué me engañaban vuelta a vuelta, y piedra libre uno detrás de otro. A las cinco salía abuelita y nos retaba porque estábamos sudados y habíamos tomado demasiado sol, pero nosotros la hacíamos reír y le dábamos besos, hasta Hugo y Lila que no eran de casa. Yo me fijé en esos días que abuelita iba siempre a mirar el estante de las herramientas, y me di cuenta que tenía miedo de que anduviéramos hurgando con las cosas de la máquina. Pero a nadie se le iba a ocurrir una pavada así, con lo de los tres niños de Flores y encima la paliza que nos iban a dar.

A ratos me gustaba quedarme solo, y en esos momentos ni siquiera quería que estuviera Lila. Sobre todo al caer la tarde, un rato antes que abuelita saliera con su bastón blanco y se pusiera a regar el jardín. A esa hora la tierra ya no estaba tan caliente, pero las madreselvas olían mucho y también los canteros de tomates donde había canaletas para el agua y bichos distintos que en otras partes. Me gustaba tirarme boca abajo y oler la tierra, sentirla debajo de mí, caliente con su olor a verano tan distinto de otras veces. Pensaba en muchas cosas, pero sobre todo en las hormigas, ahora que había visto lo que eran los hormigueros me quedaba pensando en las galerías que cruzaban por todos lados y que nadie veía. Como las venas en mis piernas, que apenas se distinguían debajo de la piel, pero llenas de hormigas y misterios que iban y venían. Si uno comía un poco de veneno, en realidad venía a ser lo mismo que el humo de la máquina, el veneno andaba por las venas del cuerpo igual que el humo en la tierra, no había mucha diferencia.

Después de un rato me cansaba de estar solo y estudiar los bichos de los tomates. Iba a la puerta blanca, tomaba impulso y me largaba a la carrera como Buffalo Bill, y al llegar al cantero de las lechugas lo saltaba limpio y ni tocaba el borde de gramilla. Con Hugo tirábamos al blanco con la Diana de aire comprimido, o jugábamos en las hamacas cuando mi hermana o a veces Lila salían de bañarse y venían a las hamacas con ropa limpia. También Hugo y yo nos íbamos a bañar, y a última hora salíamos todos a la vereda, o mi hermana tocaba el piano en la sala y nosotros nos sentábamos en la balaustrada y veíamos volver a la gente del trabajo hasta que llegaba tío Carlos y todos lo íbamos a saludar y de paso a ver si traía algún paquete con hilo rosa o el *Billiken*. Justamente una de esas veces al correr a la puerta fue cuando Lila se tropezó en una laja y se lastimó la rodilla. Pobre Lila, no quería llorar pero le saltaban las lágrimas y yo pensaba en la madre que era tan severa y le diría machona y de todo cuando la viera lastimada. Hugo y yo hicimos la sillita de oro y la llevamos del lado de la puerta blanca mientras mi hermana iba a escondidas a buscar un trapo y alcohol. Hugo se hacía el comedido y quería curarla a Lila, lo mismo mi hermana para estar con Hugo, pero yo los saqué a empujones y le dije a Lila que aguantara nada más que un segundo, y que si quería cerrara los ojos. Pero ella no quiso y mientras yo le pasaba el alcohol ella lo miraba

fijo a Hugo como para mostrarle lo valiente que era. Yo
le soplé fuerte en la lastimadura y con la venda quedó
muy bien y no le dolía.

—Mejor andate en seguida a tu casa —le dijo mi hermana—, así tu mamá no se cabrea.

Después que se fue Lila yo me empecé a aburrir con
Hugo y mi hermana que hablaban de orquestas típicas,
y Hugo había visto a De Caro en un cine y silbaba tangos
para que mi hermana los sacara en el piano. Me fui a mi
cuarto a buscar el álbum de las estampillas, y todo el
tiempo pensaba que la madre la iba a retar a Lila y que
a lo mejor estaba llorando o que se le iba a infectar la
matadura como pasa tantas veces. Era increíble lo valiente que había sido Lila con el alcohol, y cómo lo miraba
a Hugo sin llorar ni bajar la vista.

En la mesa de luz estaba la botánica de Hugo, y asomaba el canuto de la pluma de pavorreal. Como él me
la dejaba mirar la saqué con cuidado y me puse al lado
de la lámpara para verla bien. Yo creo que no había
ninguna pluma más linda que ésa. Parecía las manchas
que se hacen en el agua de los charcos, pero no se podía
comparar, era muchísimo más linda, de un verde brillante
como esos bichos que viven en los damascos y tienen dos
antenas largas con una bolita peluda en cada punta. En
medio de la parte más ancha y más verde se abría un
ojo azul y violeta, todo salpicado de oro, algo como no
se ha visto nunca. Yo de golpe me daba cuenta por qué
se llamaba pavorreal, y cuanto más la miraba más pensaba en cosas raras, como en las novelas, y al final la tuve
que dejar porque se la hubiera robado a Hugo y eso no
podía ser. A lo mejor Lila estaba pensando en nosotros,
sola en su casa (que era oscura y con sus padres tan
severos) cuando yo me divertía con la pluma y las estampillas. Mejor guardar todo y pensar en la pobre Lila tan
valiente.

Por la noche me costó dormirme, no sé por qué. Se
me había metido en la cabeza que Lila no estaba bien
y que tenía fiebre. Me hubiera gustado pedirle a mamá
que fuera a preguntarle a la madre pero no se podía,
primero con Hugo que se iba a reír, y después que mamá

se enojaría si se enteraba de la lastimadura y que no le habíamos avisado. Me quise dormir tantas veces pero no podía, y al final pensé que lo mejor era ir por la mañana a lo de Lila y ver cómo estaba, o llamar por el ligustro. Al final me dormí pensando en Lila y Buffalo Bill y también en la máquina de las hormigas, pero sobre todo en Lila.

Al otro día me levanté antes que nadie y fui a mi jardín, que estaba cerca de las glicinas. Mi jardín era un cantero nada más que mío, que abuelita me había dado para que yo hiciese lo que quisiera. Una vez planté alpiste, después batatas, pero ahora me gustaban las flores y sobre todo mi jazmín del Cabo, que es el de olor más fuerte sobre todo de noche, y mamá siempre decía que mi jazmín era el más lindo de la casa. Con la pala fui cavando despacio alrededor del jazmín, que era lo mejor que yo tenía, y al final lo saqué con toda la tierra pegada a la raíz. Así fui a llamarla a Lila que también estaba levantada y no tenía casi nada en la rodilla.

¿Hugo se va mañana? —me preguntó, y le dije que sí, porque tenía que seguir estudiando en Buenos Aires el ingreso a primer año. Le dije a Lila que le traía una cosa y ella me preguntó qué era, y entonces por entre el ligustro le mostré mi jazmín y le dije que se lo regalaba y que si quería la iba a ayudar a hacerse un jardín para ella sola. Lila dijo que el jazmín era muy lindo, y le pidió permiso a la madre y yo salté el ligustro para ayudarla a plantarlo. Elegimos un cantero chico, arrancamos unos crisantemos medio secos que había, y yo me puse a puntear la tierra, a darle otra forma al cantero, y después Lila me dijo dónde le gustaba que estuviera el jazmín, que era en el mismo medio. Yo lo planté, regamos con la regadera y el jardín quedó muy bien. Ahora yo tenía que conseguir un poco de gramilla, pero no había apuro. Lila estaba muy contenta y no le dolía nada la lastimadura. Quería que Hugo y mi hermana vieran en seguida lo que habíamos hecho, y yo los fui a buscar justo cuando mamá me llamaba para el café con leche. Las de Negri andaban peleándose en el jardín y la Cufina chillaba como siempre. No sé cómo podían pelearse con una mañana tan linda.

El sábado por la tarde Hugo se tenía que volver a Buenos Aires y yo dentro de todo me alegré porque tío Carlos no quería encender la máquina ese día y lo dejó para el domingo. Mejor que estuviéramos él y yo solamente, no fuera la mala pata que Hugo se saliera envenenando o cualquier cosa. Esa tarde lo extrañé un poco porque ya me había acostumbrado a tenerlo en mi cuarto, y sabía tantos cuentos y aventuras de memoria. Pero peor era mi hermana que andaba por toda la casa como sonámbula, y cuando mamá le preguntó qué le pasaba dijo que nada, pero ponía una cara que mamá se quedó mirándola y al final se fue diciendo que algunas se creían más grandes de lo que eran y eso que ni sonarse solas sabían. Yo encontraba que mi hermana se portaba como una estúpida, sobre todo cuando la vi que con tiza de colores escribía en el pizarrón del patio el nombre de Hugo, lo borraba y lo escribía de nuevo, siempre con otros colores y otras letras, mirándome de reojo, y después hizo un corazón con una flecha y yo me fui para no pegarle un par de bifes o ir a decírselo a mamá. Para peor esa tarde Lila se había vuelto a su casa temprano, diciendo que la madre no la dejaba quedarse por culpa de la lastimadura. Hugo le dijo que a las cinco venían a buscarlo de Buenos Aires, y que por qué no se quedaba hasta que él se fuera, pero Lila dijo que no podía y se fue corriendo y sin saludar. Por eso cuando lo vinieron a buscar, Hugo tuvo que ir a despedirse de Lila y la madre, y después se despidió de nosotros y se fue muy contento diciendo que volvería al otro fin de semana. Esa noche yo me sentí un poco solo en mi cuarto, pero por otro lado era una ventaja sentir que todo era de nuevo mío, y que podía apagar la luz cuando me daba la gana.

El domingo al levantarme oí que mamá hablaba por el alambrado con el señor Negri. Me acerqué a decir buen día y el señor Negri estaba diciéndole a mamá que en el cantero de las lechugas donde salía el humo el día que probamos la máquina, todas las lechugas se estaban marchitando. Mamá le dijo que era muy raro porque en el prospecto de la máquina decía que el humo no era dañino para las plantas, y el señor Negri le contestó que no hay que fiarse de los prospectos, que lo mismo es con los remedios que cuando uno lee el prospecto se va a curar de todo y después a lo mejor ~~aba entre cuatro velas. Mamá le dijo que podía ser que alguna de las chicas hubiera echado agua de jabón en el cantero sin querer (pero yo me di cuenta que mamá quería decir a propósito, de chusmas que eran y para buscar pelea) y entonces el señor Negri dijo que iba a averiguar pero que en realidad si la máquina mataba las plantas no se veía la ventaja de tomarse tanto trabajo. Mamá le dijo que no iba a comparar unas lechugas de mala muerte con el estrago que hacen las hormigas en los jardines, y que por la tarde la íbamos a encender, y si veían humo que avisaran que nosotros iríamos a tapar los hormigueros para que ellos no se molestaran. Abuelita me llamó para tomar el café y no sé qué más se dijeron, pero yo estaba entusiasmado pensando que otra vez íbamos a combatir las hormigas, y me pasé la mañana leyendo Raffles aunque no me gustaba tanto como Buffalo Bill y muchas otras novelas.

A mi hermana se le había pasado la loca y andaba cantando por toda la casa, en una de esas le dio por pintar con los lápices de colores y vino adonde yo estaba, y antes de darme cuenta ya había metido la nariz en lo que yo hacía, y justo por casualidad yo acababa de escribir mi nombre, que me gustaba escribirlo en todas partes, y el de Lila que por pura casualidad había escrito al lado del mío. Cerré el libro pero ella ya había leído y se puso a reír a carcajadas y me miraba como con lástima, y yo me le fui encima pero ella chilló y oí que mamá se acercaba, entonces me fui al jardín con toda la rabia. En el almuerzo ella me estuvo mirando con burla todo el tiempo, y me hubiera encantado pegarle una patada por abajo de la mesa, pero era capaz de ponerse a gritar y a la tarde íbamos a encender la máquina, así que me aguanté y no dije nada. A la hora de la siesta me trepé al sauce a leer y a pensar, y cuando a las cuatro y media salió tío Carlos de dormir, cebamos mate y después preparamos la máquina, y yo hice dos palanganas de barro. Las mujeres estaban adentro y hacía calor, sobre todo al lado de

la máquina que era a carbón, pero el mate es bueno para
eso si se toma amargo y muy caliente.

Habíamos elegido la parte del fondo del jardín cerca
de los gallineros, porque parecía que las hormigas se estaban refugiando en esa parte y hacían mucho estrago en
los almácigos. Apenas pusimos el pico en el hormiguero
más grande empezó a salir humo por todas partes, y hasta
por entre los ladrillos del piso del gallinero salía. Yo iba
de un lado a otro taponando la tierra, y me gustaba echar
el barro encima y aplastarlo con las manos hasta que
dejaba de salir el humo. Tío Carlos se asomó al alambrado
de las de Negri y le preguntó a la Chola, que era la menos
sonsa, si no salía humo en su jardín, y la Cufina armaba
gran revuelo y andaba por todas partes mirando porque
a tío Carlos le tenían mucho respeto, pero no salía humo
del lado de ellas. En cambio oí que Lila me llamaba y
fui corriendo al ligustro y la vi que estaba con su vestido
de lunares anaranjados que era el que más me gustaba,
y la rodilla vendada. Me gritó que salía humo de su jardín,
el que era solamente suyo, y yo ya estaba saltando el
alambrado con una de las palanganas de barro mientras
Lila me decía afligida que al ir a ver su jardín había
oído que hablábamos con las de Negri y que entonces
justo al lado de donde habíamos plantado el jazmín empezaba a salir humo. Yo estaba arrodillado echando barro
con todas mis fuerzas. Era muy peligroso para el jazmín
recién trasplantado y ahora con el veneno tan cerca, aunque el manual decía que no. Pensé si no podría cortar la
galería de las hormigas unos metros antes del cantero,
pero antes de nada eché el barro y taponé la salida lo
mejor que pude. Lila se había sentado a la sombra con
un libro y me miraba trabajar. Me gustaba que me estuviera mirando, y puse tanto barro que seguro por ahí no
iba a salir más humo. Después me acerqué a preguntarle
dónde había una pala para ver de cortar la galería antes
que llegara al jazmín con todo el veneno. Lila se levantó
y fue a buscar la pala, y como tardaba yo me puse a
mirar el libro que era de cuentos con figuras, y me quedé
asombrado al ver que Lila también tenía una pluma de
pavorreal preciosa en el libro, y que nunca me había dicho

nada. Tío Carlos me estaba llamando para que taponara otros agujeros, pero yo me quedé mirando la pluma que no podía ser la de Hugo pero era tan idéntica que parecía del mismo pavorreal, verde con el ojo violeta y azul, y las manchitas de oro. Cuando Lila vino con la pala le pregunté de dónde había sacado la pluma, y pensaba contarle que Hugo tenía una idéntica. Casi no me di cuenta de lo que me decía cuando se puso muy colorada y contestó que Hugo se la había regalado al ir a despedirse.

—Me dijo que en su casa hay muchas —agregó como disculpándose pero no me miraba, y tío Carlos me llamó más fuerte del otro lado de los ligustros y yo tiré la pala que me había dado Lila y me volví al alambrado, aunque Lila me llamaba y me decía que otra vez estaba saliendo humo en su jardín. Salté el alambrado y desde casa por entre los ligustros la miré a Lila que estaba llorando con el libro en la mano y la pluma que asomaba apenas, y vi que el humo salía ahora al lado mismo del jazmín, todo el veneno mezclándose con las raíces. Fui hasta la máquina aprovechando que tío Carlos hablaba de nuevo con las de Negri, abrí la lata del veneno y eché dos, tres cucharadas llenas en la máquina y la cerré; así el humo invadía bien los hormigueros y mataba todas las hormigas, no dejaba ni una hormiga viva en el jardín de casa.

LA PUERTA CONDENADA

A Petrone le gustó el hotel Cervantes por razones que hubieran desagradado a otros. Era un hotel sombrío, tranquilo, casi desierto. Un conocido del momento se lo recomendó cuando cruzaba el río en el vapor de la carrera, diciéndole que estaba en la zona céntrica de Montevideo. Petrone aceptó una habitación con baño en el segundo piso, que daba directamente a la sala de recepción. Por el tablero de llaves en la portería supo que había poca gente en el hotel; las llaves estaban unidas a unos pesados discos de bronce con el número de la habitación, inocente recurso de la gerencia para impedir que los clientes se las echaran al bolsillo.

El ascensor dejaba frente a la recepción, donde había un mostrador con los diarios del día y el tablero telefónico. Le bastaba caminar unos metros para llegar a la habitación. El agua salía hirviendo, y eso compensaba la falta de sol y de aire. En la habitación había una pequeña ventana que daba a la azotea del cine contiguo; a veces una paloma se paseaba por ahí. El cuarto de baño tenía una ventana más grande, que se abría tristemente a un muro y a un lejano pedazo de cielo, casi inútil. Los muebles eran buenos, había cajones y estantes de sobra. Y muchas perchas, cosa rara.

El gerente resultó ser un hombre alto y flaco, completamente calvo. Usaba anteojos con armazón de oro y hablaba con la voz fuerte y sonora de los uruguayos. Le dijo a Petrone que el segundo piso era muy tranquilo, y que en la única habitación contigua a la suya vivía una señora sola, empleada en alguna parte, que volvía al hotel a la caída de la noche. Petrone la encontró al día siguiente en el ascensor. Se dio cuenta de que era ella por el número de la llave que tenía en la palma de la mano, como si ofreciera una enorme moneda de oro. El portero tomó la llave y la de Petrone para colgarlas en el tablero, y se quedó hablando con la mujer sobre unas cartas. Petrone tuvo tiempo de ver que era todavía joven, insignificante, y que se vestía mal como todas las orientales.

El contrato con los fabricantes de mosaicos llevaría más o menos una semana. Por la tarde Petrone acomodó la ropa en el armario, ordenó sus papeles en la mesa, y después de bañarse salió a recorrer el centro mientras se hacía hora de ir al escritorio de los socios. El día se pasó en conversaciones, cortadas por un copetín en Pocitos y una cena en casa del socio principal. Cuando lo dejaron en el hotel era más de la una. Cansado, se acostó y se durmió en seguida. Al despertarse eran casi las nueve, y en esos primeros minutos en que todavía quedan las sobras de la noche y del sueño, pensó que en algún momento lo había fastidiado el llanto de una criatura.

Antes de salir charló con el empleado que atendía la recepción y que hablaba con acento alemán. Mientras se informaba sobre líneas de ómnibus y nombres de calles, miraba distraído la gran sala en cuyo extremo estaban las puertas de su habitación y la de la señora sola. Entre las dos puertas había un pedestal con una nefasta réplica de la Venus de Milo. Otra puerta, en la pared lateral, daba a una salita con los infaltables sillones y revistas. Cuando el empleado y Petrone callaban, el silencio del hotel parecía coagularse, caer como ceniza sobre los muebles y las baldosas. El ascensor resultaba casi estrepitoso, y lo mismo el ruido de las hojas de un diario o el raspar de un fósforo.

Las conferencias terminaron al caer la noche y Petrone dio una vuelta por 18 de Julio antes de entrar a cenar en uno de los bodegones de la plaza Independencia. Todo iba bien, y quizá pudiera volverse a Buenos Aires antes de lo que pensaba. Compró un diario argentino, un atado de cigarrillos negros, y caminó despacio hasta el hotel.

En el cine de al lado daban dos películas que ya había visto, y en realidad no tenía ganas de ir a ninguna parte. El gerente lo saludó al pasar y le preguntó si necesitaba más ropa de cama. Charlaron un momento, fumando un pitillo, y se despidieron.

Antes de acostarse Petrone puso en orden los papeles que había usado durante el día, y leyó el diario sin mucho interés. El silencio del hotel era casi excesivo, y el ruido de uno que otro tranvía que bajaba por la calle Soriano no hacía más que pausarlo, fortalecerlo para un nuevo intervalo. Sin inquietud pero con alguna impaciencia, tiró el diario al canasto y se desvistió mientras se miraba distraído en el espejo del armario. Era un armario ya viejo, y lo habían adosado a una puerta que daba a la habitación contigua. A Petrone le sorprendió descubrir la puerta que se le había escapado en su primera inspección del cuarto. Al principio había supuesto que el edificio estaba destinado a hotel pero ahora se daba cuenta de que pasaba lo que en tantos hoteles modestos, instalados en antiguas casas de escritorios o de familia. Pensándolo bien, en casi todos los hoteles que había conocido en su vida — y eran muchos— las habitaciones tenían alguna puerta condenada, a veces a la vista pero casi siempre con un ropero, una mesa o un perchero delante, que como en este caso les daba una cierta ambigüedad, un avergonzado deseo de disimular su existencia como una mujer que cree taparse poniéndose las manos en el vientre o los senos. La puerta estaba ahí, de todos modos, sobresaliendo del nivel del armario. Alguna vez la gente había entrado y salido por ella, golpeándola, entornándola, dándole una vida que todavía estaba presente en su madera tan distinta de las paredes. Petrone imaginó que del otro lado habría también un ropero y que la señora de la habitación pensaría lo mismo de la puerta.

No estaba cansado pero se durmió con gusto. Llevaría tres o cuatro horas cuando lo despertó una sensación de incomodidad, como si algo ya hubiera ocurrido, algo molesto e irritante. Encendió el velador, vio que eran las dos y media, y apagó otra vez. Entonces oyó en la pieza de al lado el llanto de un niño.

En el primer momento no se dio bien cuenta. Su primer movimiento fue de satisfacción; entonces era cierto que la noche antes un chico no lo había dejado descansar. Todo explicado, era más fácil volver a dormirse. Pero después pensó en lo otro y se sentó lentamente en la cama, sin encender la luz, escuchando. No se engañaba, el llanto venía de la pieza de al lado. El sonido se oía a través de la puerta condenada, se localizaba en ese sector de la habitación al que correspondían los pies de la cama. Pero no podía ser que en la pieza de al lado hubiera un niño; el gerente había dicho claramente que la señora vivía sola, que pasaba casi todo el día en su empleo. Por un segundo se le ocurrió a Petrone que tal vez esa noche estuviera cuidando al niño de alguna parienta o amiga. Pensó en la noche anterior. Ahora estaba seguro de que *ya* había oído el llanto, porque no era un llanto fácil de confundir, más bien una serie irregular de gemidos muy débiles, de hipos quejosos seguidos de un lloriqueo momentáneo, todo ello inconsistente, mínimo, como si el niño estuviera muy enfermo. Debía ser una criatura de pocos meses aunque no llorara con la estridencia y los repentinos cloqueos y ahogos de un recién nacido. Petrone imaginó a un niño —un varón, no sabía por qué— débil y enfermo, de cara consumida y movimientos apagados. *Eso* se quejaba en la noche, llorando pudoroso, sin llamar demasiado la atención. De no estar allí la puerta condenada, el llanto no hubiera vencido las fuertes espaldas de la pared, nadie hubiera sabido que en la pieza de al lado estaba llorando un niño.

Por la mañana Petrone lo pensó un rato mientras tomaba el desayuno y fumaba un cigarrillo. Dormir mal no le convenía para su trabajo del día. Dos veces se había despertado en plena noche, y las dos veces a causa del llanto. La segunda vez fue peor, porque a más del llanto se oía la voz de la mujer que trataba de calmar al niño. La voz era muy baja pero tenía un tono ansioso que le daba una calidad teatral, un susurro que atravesaba la puerta con tanta fuerza como si hablara a gritos. El niño cedía por momentos al arrullo, a las instancias; después volvía a empezar con un leve quejido entrecortado, una inconsolable congoja. Y de nuevo la mujer murmuraba palabras incomprensibles, el encantamiento de la madre para acallar al hijo atormentado por su cuerpo o su alma, por estar vivo o amenazado de muerte.

«Todo es muy bonito, pero el gerente me macaneó» pensaba Petrone al salir de su cuarto. Lo fastidiaba la mentira y no lo disimuló. El gerente se quedó mirándolo.

—¿Un chico? Usted se habrá confundido. No hay chicos pequeños en este piso. Al lado de su pieza vive una señora sola, creo que ya se lo dije.

Petrone vaciló antes de hablar. O el otro mentía estúpidamente, o la acústica del hotel le jugaba una mala pasada. El gerente lo estaba mirando un poco de soslayo, como si a su vez lo irritara la protesta. «A lo mejor me cree tímido y que ando buscando un pretexto para mandarme mudar», pensó. Era difícil, vagamente absurdo insistir frente a una negativa tan rotunda. Se encogió de hombros y pidió el diario.

—Habré soñado —dijo, molesto por tener que decir eso, o cualquier otra cosa.

El cabaret era de un aburrimiento mortal y sus dos anfitriones no parecían demasiado entusiastas, de modo que a Petrone le resultó fácil alegar el cansancio del día y hacerse llevar al hotel. Quedaron en firmar los contratos al otro día por la tarde; el negocio estaba prácticamente terminado.

El silencio en la recepción del hotel era tan grande que Petrone se descubrió a sí mismo andando en puntillas. Le habían dejado un diario de la tarde al lado de la cama; había también una carta de Buenos Aires. Reconoció la letra de su mujer.

Antes de acostarse estuvo mirando el armario y la parte sobresaliente de la puerta. Tal vez si pusiera sus dos valijas sobre el armario, bloqueando la puerta, los ruidos de la pieza de al lado disminuirían. Como siempre a esa hora, no se oía nada. El hotel dormía, las cosas y las gentes dormían. Pero a Petrone, ya malhumorado, se le ocurrió que era al revés y que todo estaba despierto, anhelosamente despierto en el centro del silencio. Su ansiedad inconfesada debía estarse comunicando a la casa, a las gentes de la casa, prestándoles una calidad de acecho, de vigilancia agazapada. Montones de pavadas.

Casi no lo tomó en serio cuando el llanto del niño lo trajo de vuelta a las tres de la mañana. Sentándose en la cama se preguntó si lo mejor sería llamar al sereno para tener un testigo de que en esa pieza no se podía dormir. El niño lloraba tan débilmente que por momentos no se lo escuchaba, aunque Petrone sentía que el llanto estaba ahí, continuo, y que no tardaría en crecer otra vez. Pasaban diez o veinte lentísimos segundos; entonces llegaba un hipo breve, un quejido apenas perceptible que se prolongaba dulcemente hasta quebrarse en el verdadero llanto.

Encendiendo un cigarrillo, se preguntó si no debería dar unos golpes discretos en la pared para que la mujer hiciera callar al chico. Recién cuando los pensó a los dos, a la mujer y al chico, se dio cuenta de que no creía en ellos, de que absurdamente no creía que el gerente le hubiera mentido. Ahora se oía la voz de la mujer, tapando por completo el llanto del niño con su arrebatado —aunque tan discreto— consuelo. La mujer estaba arrullando al niño, consolándolo, y Petrone se la imaginó sentada al pie de la cama, moviendo la cuna del niño o teniéndolo en brazos. Pero por más que lo quisiera no conseguía imaginar al niño, como si la afirmación del hotelero fuese más cierta que esa realidad que estaba escuchando. Poco a poco, a medida que pasaba el tiempo y los débiles quejidos se alternaban o crecían entre los murmullos de consuelo, Petrone empezó a sospechar que aquello era una farsa, un juego ridículo y monstruoso que no alcanzaba a explicarse. Pensó en viejos relatos de mujeres sin hijos, organizando en secreto un culto de muñecas, una inventada maternidad a escondidas, mil veces peor que los mimos a perros o gatos o sobrinos. La mujer estaba imitando el llanto de su hijo frustrado, consolando el aire entre sus manos vacías, tal vez con la cara mojada de lágrimas porque el llanto que fingía era a la vez su verdadero llanto, su grotesco dolor en la soledad de una pieza de hotel, protegida por la indiferencia y por la madrugada.

Encendiendo el velador, incapaz de volver a dormirse, Petrone se preguntó qué iba a hacer. Su malhumor era maligno, se contagiaba de ese ambiente donde de repente todo se le antojaba trucado, hueco, falso: el silencio, el llanto, el arrullo, lo único real de esa hora entre noche y día y que lo engañaba con su mentira insoportable. Golpear en la pared le pareció demasiado poco. No estaba completamente despierto aunque le hubiera sido imposible dormirse; sin saber bien cómo, se encontró moviendo poco a poco el armario hasta dejar al descubierto la puerta polvorienta y sucia. En pijama y descalzo, se pegó a ella como un ciempiés, y acercando la boca a las tablas de pino empezó a imitar en falsete, imperceptiblemente, un quejido como el que venía del otro lado. Subió de tono, gimió, sollozó. Del otro lado se hizo un silencio que habría de durar toda la noche; pero en el instante que lo precedió, Petrone pudo oír que la mujer corría por la habitación con un chicotear de pantuflas, lanzando un grito seco e instantáneo, un comienzo de alarido que se cortó de golpe como una cuerda tensa.

Cuando pasó por el mostrador de la gerencia eran más de las diez. Entre sueños, después de las ocho, había oído la voz del empleado y la de una mujer. Alguien había andado en la pieza de al lado moviendo cosas. Vio un baúl y dos grandes valijas cerca del ascensor. El gerente tenía un aire que a Petrone se le antojó de desconcierto.

—¿Durmió bien anoche? —le preguntó con el tono profesional que apenas disimulaba la indiferencia.

Petrone se encogió de hombros. No quería insistir, cuando apenas le quedaba por pasar otra noche en el hotel.

—De todas maneras ahora va a estar más tranquilo —dijo el gerente, mirando las valijas—. La señora se nos va a mediodía.

Esperaba un comentario, y Petrone lo ayudó con los ojos.

—Llevaba aquí mucho tiempo, y se va así de golpe. Nunca se sabe con las mujeres.

—No —dijo Petrone—. Nunca se sabe.

En la calle se sintió mareado, con un mareo que no era físico. Tragando un café amargo empezó a darle vueltas al asunto, olvidándose del negocio, indiferente al espléndido sol. Él tenía la culpa de que esa mujer se fuera del hotel, enloquecida de miedo, de vergüenza o de rabia. *Llevaba aquí mucho tiempo...* Era una enferma, tal vez pero inofensiva. No era ella sino él quien hubiera debido irse del Cervantes. Tenía el deber de hablarle, de excusarse y pedirle que se quedara, jurándole discreción. Dio unos pasos de vuelta y a mitad del camino se paró. Tenía miedo de hacer un papelón, de que la mujer reaccionara de alguna manera insospechada. Ya era hora de encontrarse con los dos socios y no quería tenerlos esperando. Bueno, que se embromara. No era más que una histérica, ya encontraría otro hotel donde cuidar a su hijo imaginario.

Pero a la noche volvió a sentirse mal, y el silencio de la habitación le pareció todavía más espeso. Al entrar al hotel no había podido dejar de ver el tablero de las llaves donde faltaba ya la de la pieza de al lado. Cambió unas palabras con el empleado, que esperaba bostezando la hora de irse, y entró en su pieza con poca esperanza de poder dormir. Tenía los diarios de la tarde y una novela policial. Se entretuvo arreglando sus valijas, ordenando sus papeles. Hacía calor, y abrió de par en par la pequeña ventana. La cama estaba bien tendida, pero la encontró incómoda y dura. Por fin tenía todo el silencio necesario para dormir a pierna suelta, y le pesaba. Dando vueltas y vueltas, se sintió como vencido por ese silencio que había reclamado con astucia y que le devolvían entero y vengativo. Irónicamente pensó que extrañaba el llanto del niño, que esa calma perfecta no le bastaba para dormir y todavía menos para estar despierto. Extrañaba el llanto

42

del niño, y cuando mucho más tarde lo oyó, débil pero inconfundible a través de la puerta condenada, por encima del miedo, por encima de la fuga en plena noche supo que estaba bien y que la mujer no había mentido, no se había mentido al arrullar al niño, al querer que el niño se callara para que ellos pudieran dormirse.

LAS MÉNADES

Alcanzándome un programa impreso en papel crema,
Don Pérez me condujo a mi platea. Fila nueve, ligeramente hacia la derecha: el perfecto equilibrio acústico.
Conozco bien el teatro Corona y sé que tiene caprichos
de mujer histérica. A mis amigos les aconsejo que no
acepten jamás fila trece, porque hay una especie de pozo
de aire donde no entra la música; ni tampoco el lado
izquierdo de las tertulias, porque al igual que en el Teatro
Comunale de Florencia, algunos instrumentos dan la impresión de apartarse de la orquesta, flotar en el aire, y es
así como una flauta puede ponerse a sonar a tres metros
de uno mientras el resto continúa correctamente en la
escena, lo cual será pintoresco pero muy poco agradable.
Le eché una mirada al programa. Tendríamos *El sueño
de una noche de verano*, *Don Juan*, *El mar* y la *Quinta
sinfonía*. No pude menos de reírme al pensar en el Maestro. Una vez más el viejo zorro había ordenado su programa de concierto con esa insolente arbitrariedad estética
que encubría un profundo olfato psicológico, rasgo común
en los régisseurs de music-hall, los virtuosos de piano y
los match-makers de lucha libre. Sólo yo de puro aburrido podía meterme en un concierto donde después de
Strauss, Debussy, y sobre el pucho Beethoven contra todos
los mandatos humanos y divinos. Pero el Maestro conocía
a su público, armaba conciertos para los habitués del
teatro Corona, es decir gente tranquila y bien dispuesta
que prefiere lo malo conocido a lo bueno por conocer,
y que exige ante todo profundo respeto por su digestión

44

y su tranquilidad. Con Mendelssohn se pondrían cómodos, después el *Don Juan* generoso y redondo, con tonaditas silbables. Debussy los haría sentirse artistas, porque no cualquiera entiende su música. Y luego el plato fuerte, el gran masaje vibratorio beethoveniano, así llama el destino a la puerta, la V de la victoria, el sordo genial, y después volando a casa que mañana hay un trabajo loco en la oficina.

En realidad yo le tenía un enorme cariño al Maestro, que nos trajo buena música a esta ciudad sin arte, alejada de los grandes centros, donde hace diez años no se pasaba de *La Traviata* y la obertura de *El Guaraní*. El Maestro vino a la ciudad contratado por un empresario decidido, y armó esta orquesta que podía considerarse de primera línea. Poco a poco nos fue soltando Brahms, Mahler, los impresionistas, Strauss y Mussorgski. Al principio los abonados le gruñeron y el Maestro tuvo que achicar las velas y poner muchas «selecciones de ópera» en los programas; después empezaron a aplaudirle el Beethoven duro y parejo que nos plantaba, y al final lo ovacionaron por cualquier cosa, por sólo verlo, como ahora que su entrada estaba provocando un entusiasmo fuera de lo común. Pero a principios de temporada la gente tiene las manos frescas, aplaude con gusto, y además todo el mundo lo quería al Maestro que se inclinaba secamente, sin demasiada condescendencia, y se volvía a los músicos con su aire de jefe de brigantes. Yo tenía a mi izquierda a la señora de Jonatán, a quien no conozco mucho pero que pasa por melómana, y que sonrosadamente me dijo:

—Ahí tiene, ahí tiene a un hombre que ha conseguido lo que pocos. No sólo ha formado una orquesta sino un público. ¿No es admirable?

—Sí —dije yo con mi condescendencia habitual.

—A veces pienso que debería dirigir mirando hacia la sala, porque también nosotros somos un poco sus músicos.

—No me incluya, por favor —dije—. En materia de música tengo una triste confusión mental. Este programa, por ejemplo, me parece horrendo. Pero sin duda me equivoco.

La señora de Jonatán me miró con dureza y desvió el rostro, aunque su amabilidad pudo más y la indujo a darme una explicación.

—El programa es de puras obras maestras, y cada una ha sido solicitada especialmente por cartas de admiradores. ¿No sabe que el Maestro cumple esta noche sus bodas de plata con la música? ¿Y que la orquesta festeja los cinco años de formación? Lea al dorso del programa, hay un artículo tan delicado del doctor Palacín.

Leí el artículo del doctor Palacín en el intervalo, después de Mendelssohn y Strauss que le valieron al Maestro sendas ovaciones. Paseándome por el foyer me pregunté una o dos veces si las ejecuciones justificaban semejantes arrebatos de un público que, según me consta, no es demasiado generoso. Pero los aniversarios son las grandes puertas de la estupidez, y presumí que los adictos del Maestro no eran capaces de contener su emoción. En el bar encontré al doctor Epifanía con su familia, y me quedé a charlar unos minutos. Las chicas estaban rojas y excitadas, me rodearon como gallinitas cacareantes (hacen pensar en volátiles diversos) para decirme que Mendelssohn había estado bestial, que era una música como de terciopelo y de gasas, y que tenía un romanticismo divino. Uno podría quedarse toda la vida oyendo el nocturno, y el scherzo estaba tocado como por manos de hadas. A la Beba le gustaba más Strauss porque era fuerte, verdaderamente un Don Juan alemán, con esos cornos y esos trombones que le ponían carne de gallina — cosa que me resultó sorprendentemente literal. El doctor Epifanía nos escuchaba con sonriente indulgencia.

—¡Ah, los jóvenes! Bien se ve que ustedes no escucharon tocar a Risler, ni dirigir a von Bülow. Esos eran los grandes tiempos.

Las chicas lo miraban furiosas. Rosarito dijo que las orquestas estaban mucho mejor dirigidas que cincuenta años atrás, y la Beba negó a su padre todo derecho a disminuir la calidad extraordinaria del Maestro.

—Por supuesto, por supuesto —dijo el doctor Epifanía—. Considero que el Maestro está genial esta noche.

¡Qué fuego, qué arrebato! Yo mismo hacía años que no aplaudía tanto.

Y me mostró dos manos con las que se hubiera dicho que acababa de aplastar una remolacha. Lo curioso es que hasta ese momento yo había tenido la impresión contraria, y me parecía que el Maestro estaba en una de esas noches en que el hígado le molesta y él opta por un estilo escueto y directo, sin prodigarse mucho. Pero debía ser el único que pensaba así, porque Cayo Rodríguez casi me saltó al pescuezo al descubrirme, y me dijo que el *Don Juan* había estado brutal y que el Maestro era un director increíble.

—¿Vos no viste ese momento en el scherzo de Mendelssohn cuando parece que en vez de una orquesta son como susurros de voces de duendes?

—La verdad —dije yo— es que primero tendría que enterarme de cómo son las voces de los duendes.

—No seas bruto —dijo Cayo enrojeciendo, y vi que me lo decía sinceramente rabioso—. ¿Cómo no sos capaz de captar eso? El Maestro está genial, che, dirige como nunca. Parece mentira que seas tan coriáceo.

Guillermina Fontán venía presurosa hacia nosotros. Repitió todos los epítetos de las chicas de Epifanía, y ella y Cayo se miraron con lágrimas en los ojos, conmovidos por esa fraternidad en la admiración que por un momento hace tan buenos a los humanos. Yo los contemplaba con asombro, porque no me explicaba del todo un entusiasmo semejante; cierto que no voy todas las noches a los conciertos como ellos, y que a veces me ocurre confundir Brahms con Brückner y viceversa, lo que en su grupo sería considerado como de una ignorancia inapelable. De todas maneras esos rostros rubicundos, esos cuellos transpirados, ese deseo latente de seguir aplaudiendo aunque fuera en el foyer o en el medio de la calle, me hacían pensar en las influencias atmosféricas, la humedad o las manchas solares, cosas que suelen afectar los comportamientos humanos. Me acuerdo de que en ese momento pensé si algún gracioso no estaría repitiendo el memorable experimento del doctor Ox para incandescer al público. Guillermina me arrancó de mis cavilaciones sacudiéndome del brazo con violencia (apenas nos conocemos).

—Y ahora viene Debussy —murmuró excitadísima—. Esa puntilla de agua, *La Mer*.

—Será magnífico escucharla —dije, siguiéndole la corriente marina.

—¿Usted se imagina cómo la va a dirigir el Maestro?

—Impecablemente —estimé, mirándola para ver cómo juzgaba mi advertencia. Pero era evidente que Guillermina esperaba más fuego, porque se volvió a Cayo que bebía soda como un camello sediento y los dos se entregaron a un cálculo beatífico sobre lo que sería el segundo tiempo de Debussy, y la fuerza grandiosa que tendría el tercero. Me fui de ronda por los pasillos, volví al foyer, y en todas partes era entre conmovedor e irritante ver el entusiasmo del público por lo que acababa de escuchar. Un enorme zumbido de colmena alborotada incidía poco a poco en los nervios, y yo mismo acabé sintiéndome un poco febril y dupliqué mi ración habitual de soda Belgrano. Me dolía un poco no estar del todo en el juego, mirar a esa gente desde fuera, a lo entomólogo. Qué le iba a hacer, es una cosa que me ocurre siempre en la vida, y casi he llegado a aprovechar esta aptitud para no comprometerme en nada.

Cuando volví a la platea todo el mundo estaba ya en su sitio, y molesté a la entera fila para alcanzar mi butaca. Los músicos entraban desganadamente a escena, y me pareció curioso cómo la gente se había instalado antes que ellos, ávida de escuchar. Miré hacia el paraíso y las galerías altas; una masa negra, como moscas en un tarro de dulce. En las tertulias, más separadas, los trajes de los hombres daban la impresión de bandadas de cuervos; algunas linternas eléctricas se encendían y apagaban, los melómanos provistos de partituras ensayaban sus métodos de iluminación. La luz de la gran lucerna central bajó poco a poco, y en la oscuridad de la sala oí levantarse los aplausos que saludaban la entrada del Maestro. Me pareció curiosa esa sustitución progresiva de la luz por el ruido, y cómo uno de mis sentidos entraba en juego justamente cuando el otro se daba al descanso. A mi izquierda la señora de Jonatán batía palmas con fuerza, toda la fila aplaudía cerradamente; pero a la derecha, dos o tres plateas más allá, vi a un hombre que se estaba inmóvil, con la cabeza gacha. Un ciego, sin duda; adiviné el brillo del bastón blanco, los anteojos inútiles. Sólo él y yo nos negábamos a aplaudir y me atrajo su actitud. Hubiera querido sentarme a su lado, hablarle: alguien que no aplaudía esa noche era un ser digno de interés. Dos filas más adelante, las chicas de Epifanía se rompían las manos, y su padre no se quedaba atrás. El Maestro saludó brevemente, mirando una o dos veces hacia arriba, de donde el ruido bajaba como rolidos para encontrarse con el de la platea y los palcos. Me pareció verle un aire entre interesado y perplejo; su oído debía estarle mostrando la diferencia entre un concierto ordinario y el de unas bodas de plata. Ni qué decir que *La Mer* le valió una ovación apenas algo menor que la obtenida con Strauss, cosa por lo demás comprensible. Yo mismo me dejé atrapar por el último movimiento, con sus fragores y sus inmensos vaivenes sonoros, y aplaudí hasta que me dolieron las manos. La señora de Jonatán lloraba.

—Es tan inefable —murmuró volviendo hacia mí un rostro que parecía salir de la lluvia—. Tan increíblemente inefable...

El Maestro entraba y salía, con su destreza elegante y su manera de subir al podio como quien va a abrir un remate. Hizo levantarse a la orquesta, y los aplausos y los bravos redoblaron. A mi derecha, el ciego aplaudía suavemente, cuidándose las manos, era delicioso ver con qué parsimonia contribuía al homenaje popular, la cabeza gacha, el aire recogido y casi ausente. Los «¡bravo!», que resuenan siempre aisladamente y como expresiones individuales, restallaban desde todas direcciones. Los aplausos habían empezado con menos violencia que en la primera parte del concierto, pero ahora que la música quedaba olvidada y que no se aplaudía *Don Juan* ni *La Mer* (o, mejor, sus efectos), sino solamente al Maestro y al sentimiento colectivo que envolvía la sala, la fuerza de la ovación empezaba a alimentarse a sí misma, crecía por momentos y se tornaba casi insoportable. Irritado, miré hacia la izquierda; vi a una mujer vestida de rojo que corría aplaudiendo por el centro de la platea, y que se detenía al pie del podio, prácticamente a los pies del Maestro. Al inclinarse para saludar otra vez, el Maestro se encontró con la señora de rojo a tan poca distancia que se enderezó sorprendido. Pero de las galerías altas venía un fragor que lo obligó a alzar la cabeza y saludar, como raras veces lo hacía, levantando el brazo izquierdo. Aquello exacerbó el entusiasmo, y a los aplausos se agregaban truenos de zapatos batiendo el piso de las tertulias y los palcos. Realmente era una exageración.

No había intervalo, pero el maestro se retiró a descansar dos minutos, y yo me levanté para ver mejor la sala. El calor, la humedad y la excitación habían convertido a la mayoría de los asistentes en lamentables langostinos sudorosos. Cientos de pañuelos funcionaban como olas de un mar que grotescamente prolongaba el que acabábamos de oír. Muchas personas corrían hacia el foyer, para tragar a toda velocidad una cerveza o una naranjada. Temerosos de perder algo, retornaban a punto de tropezarse con otros que salían, y en la puerta principal de la platea había una confusión considerable. Pero no se producían altercados, la gente se sentía de una bondad infinita, era más bien como un gran reblandecimiento sentimental en que todos se encontraban fraternalmente y se reconocían. La señora de Jonatán, demasiado gorda para maniobrar en su platea, alzaba hasta mí, siempre de pie, un rostro extrañamente semejante a un rabanito. «Inefable» repetía. «Tan inefable.»

Casi me alegré de que volviera el Maestro, porque aquella multitud de la que yo formaba parte inexcusablemente me daba entre lástima y asco. De toda esa gente, los músicos y el Maestro parecían los únicos dignos. Y además el ciego a pocas plateas de la mía, rígido y sin aplaudir, con una atención exquisita y sin la menor bajeza.

—La Quinta —me humedeció en la oreja la señora de Jonatán—. El éxtasis de la tragedia.

Pensé que era más bien un título para película, y cerré los ojos. Tal vez buscaba en ese instante asimilarme al ciego, al único ser entre tanta cosa gelatinosa que me rodeaba. Y cuando veía ya pequeñas luces verdes cruzando mis párpados como golondrinas, la primera frase de la Quinta me cayó encima como una pala de excavadora, obligándome a mirar. El Maestro estaba casi hermoso, con su rostro fino y avizor, haciendo despegar la orquesta que zumbaba con todos sus motores. Un gran silencio se había hecho en la sala, sucediendo fulminantemente a los aplausos; hasta creo que el Maestro soltó la máquina antes de que terminaran de saludarlo. El primer movimiento pasó sobre nuestras cabezas con sus fuegos de recuerdo, sus símbolos, su fácil e involuntaria pega-pega. El segundo, magníficamente dirigido, repercutía en una sala donde el aire daba la impresión de estar incendiado pero con un incendio que fuera invisible y frío, que quemara de dentro afuera. Casi nadie oyó el primer grito porque fue ahogado y corto, pero como la muchacha estaba justamente delante de mí, su convulsión me sorprendió y al mismo tiempo la oí gritar, entre un gran acorde de metales y maderas. Un grito seco y breve como de espasmo amoroso o de histeria. Su cabeza se dobló hacia atrás, sobre esa especie de raro unicornio de bronce que tienen las plateas del Corona, y al mismo tiempo sus pies golpearon furiosamente el suelo mientras las personas a su lado la sujetaban por los brazos. Arriba, en la primera fila de tertulia, oí otro grito, otro golpe en el suelo. El Maestro cerró el segundo tiempo y soltó directamente el tercero; me pregunté si un director puede escuchar un grito de la platea, atrapado como está por el primer plano sonoro de la orquesta. La muchacha de la butaca delantera se doblaba ahora poco a poco y alguien (quizá su madre) la sostenía siempre de un brazo. Yo hubiera querido ayudar, pero menudo lío es meterse en las cosas de la fila de adelante, en pleno concierto y con gentes desconocidas. Quise decirle algo a la señora de Jonatán, por aquello de que las mujeres son las indicadas para atender esa clase de ataques, pero estaba con los ojos fijos en la espalda del Maestro, perdida en la música; me pareció que algo le brillaba debajo de la boca, en la barbilla. De golpe dejé de ver al Maestro, porque la rotunda espalda de un señor de smoking se enderezaba en la fila delantera. Era muy raro que alguien se levantara a mitad del movimiento, pero también eran raros esos gritos y la indiferencia de la gente ante la muchacha histérica. Algo como una mancha roja me obligó a mirar hacia el centro de la platea, y nuevamente vi a la señora que en el intervalo había corrido a aplaudir al pie del podio. Avanzaba lentamente, yo hubiera dicho que agazapada aunque su cuerpo se mantenía erecto, pero era más bien el tono de su marcha, un avance a pasos lentos, hipnóticos, como quien se prepara a dar un salto. Miraba fijamente al Maestro, vi por un instante la lumbre emocionada de sus ojos. Un hombre salió de las filas y se puso a andar tras ella; ahora estaban a la altura de la quinta fila y otras tres personas se les agregaban. La música concluía, saltaban los primeros grandes acordes finales desencadenados por el Maestro con espléndida sequedad, como masas escultóricas surgiendo de una sola vez, altas columnas blancas y verdes, un Karnak de sonido por cuya nave avanzaban paso a paso la mujer roja y sus seguidores.

Entre dos estallidos de la orquesta oí gritar otra vez, pero ahora el clamor venía de uno de los palcos de la derecha. Y con él los primeros aplausos, sobre la música, incapaces de retenerse por más tiempo, como si en ese jadeo de amor que venían sosteniendo el cuerpo masculino de la orquesta con la enorme hembra de la sala entregada, ésta no hubiera querido esperar el goce viril y se abandonara a su placer entre retorcimientos quejumbrosos y gritos de insoportable voluptuosidad. Incapaz de moverme en mi butaca, sentía a mis espaldas como un nacimiento de fuerzas, un avance paralelo al avance de la mujer de rojo y sus seguidores por el centro de la platea, que llegaban ya bajo el podio en el preciso momento en que el Maestro, igual a un matador que envaina su estoque en el toro, metía la batuta en el último muro de sonido y se doblaba hacia adelante, agotado, como si el aire vibrante lo hubiese corneado con el impulso final. Cuando se enderezó la sala entera estaba de pie y yo con ella, y el espacio era un vidrio instantáneamente trizado por un bosque de lanzas agudísimas, los aplausos y los gritos confundiéndose en una materia insoportablemente grosera y rezumante pero llena a la vez de una cierta grandeza, como una manada de búfalos a la carrera o algo por el estilo. De todas partes confluía el público a la platea, y casi sin sorpresa vi a dos hombres saltar de los palcos al suelo. Gritando como una rata pisoteada la señora de Jonatán había podido desencajarse de su asiento, y con la boca abierta y los brazos tendidos hacia la escena vociferaba su entusiasmo. Hasta ese instante el Maestro había permanecido de espaldas, casi desdeñoso, mirando a sus músicos con probable aprobación. Ahora se dio vuelta, lentamente, y bajó la cabeza en su primer saludo. Su cara estaba muy blanca, como si la fatiga lo venciera, y llegué a pensar (entre tantas otras sensaciones, trozos de pensamientos, ráfagas instantáneas de todo lo que me rodeaba en ese infierno del entusiasmo) que podía desmayarse. Saludó por segunda vez, y al hacerlo miró a la derecha donde un hombre de smoking y pelo rubio acababa de saltar al escenario seguido por otros dos. Me pareció que el Maestro iniciaba un movimiento como para descender del podio, pero entonces reparé en que ese movimiento tenía algo de espasmódico, como de querer librarse. Las manos de la mujer de rojo se cerraban en su tobillo derecho; tenía la cara alzada hacia el Maestro y gritaba, al menos yo veía su boca abierta y supongo que gritaba como los demás, probablemente como yo mismo. El Maestro dejó caer la batuta y se esforzó por soltarse, mientras decía algo imposible de escuchar. Uno de los seguidores de la mujer le abrazaba ya la otra pierna, desde la rodilla, y el Maestro se volvió hacia su orquesta como reclamando auxilio. Los músicos estaban de pie, en una enorme confusión de instrumentos, bajo la luz cegadora de las lámparas de escena. Los atriles caían como espigas a medida que por los dos lados del escenario subían hombres y mujeres de la platea, al punto que ya no podía saber quiénes eran músicos o no. Por eso el Maestro, al ver que un hombre trepaba por detrás del podio, se agarró de él para que lo ayudara a arrancarse de la mujer y sus seguidores que le cubrían ya las piernas con las manos, y en ese momento se dio cuenta de que el hombre no era uno de sus músicos y quiso rechazarlo, pero el otro lo abrazó por la cintura, vi que la mujer de rojo abría los brazos como reclamando, y el cuerpo del Maestro se perdió en un vórtice de gentes que lo envolvían y se lo llevaban amontonadamente. Hasta ese instante yo había mirado todo con una especie de espanto lúcido, por encima o por debajo de lo que estaba ocurriendo, pero en el mismo momento me distrajo un grito agudísimo a mi derecha y vi que el ciego se había levantado y revolvía los brazos como aspas, clamando, reclamando, pidiendo algo. Fue demasiado, entonces ya no pude seguir asistiendo, me sentí partícipe mezclado en ese desbordar del entusiasmo y corrí a mi vez hacia el escenario y salté por un costado, justamente cuando una multitud delirante rodeaba a los violinistas, les quitaba los instrumentos (se los oía crujir y reventarse como enormes cucarachas marrones) y empezaba a tirarlos del escenario a la platea, donde otros esperaban a los músicos para abrazarlos y hacerlos desaparecer en confusos remolinos. Es muy curioso pero yo no tenía ningún deseo de contribuir a esas demostraciones, solamente estar al lado y ver lo que ocurría, sobrepasado por ese homenaje inaudito. Me quedaba suficiente lucidez como para preguntarme por qué los músicos no escapaban a toda carrera por entre bambalinas, y en seguida vi que no era posible porque legiones de oyentes habían bloqueado las dos alas del escenario, formando un cordón móvil que avanzaba pisoteando los instrumentos, haciendo volar los atriles, aplaudiendo y vociferando al mismo tiempo, en un estrépito tan monstruoso que ya empezaba a asemejarse al silencio. Vi correr hacia mí un tipo gordo que traía su clarinete en la mano, y estuve tentado de agarrarlo al pasar o hacerle una zancadilla para que el público pudiera atraparlo. No me decidí, y una señora de rostro amarillento y gran escote donde galopaban montones de perlas me miró con odio y escándalo al pasar a mi lado y apoderarse del clarinetista que chilló débilmente y trató de proteger su instrumento. Se lo quitaron entre dos hombres, y el músico tuvo que dejarse llevar del lado de la platea donde la confusión alcanzaba su pleno.

Los gritos sobrepujaban ahora a los aplausos, la gente estaba demasiado ocupada abrazando y palmeando a los músicos para poder aplaudir, de modo que la calidad del estrépito iba virando a un tono cada vez más agudo, roto aquí y allá por verdaderos alaridos entre los que me pareció oír algunos con ese color especialísimo que da el sufrimiento, tanto que me pregunté si en las carreras y en los saltos no habría tipo quebrándose los brazos y las piernas, y a mi vez me tiré de vuelta a la platea ahora que el escenario estaba vacío y los músicos en posesión de sus admiradores que los llevaban en todas direcciones, parte hacia los palcos, donde confusamente se adivinaban movimientos y revuelos, parte hacia los estrechos pasillos que lateralmente conducen al foyer. Era de los palcos de donde venían los clamores más violentos como si los músicos, incapaces de resistir la presión y el ahogo de tantos abrazos, pidieran desesperadamente que los dejaran respirar. La gente de las plateas se amontonaba frente a las aberturas de los palcos balcón, y cuando corrí por entre las butacas para acercarme a uno de ellos la confusión parecía mayor, las luces bajaron bruscamente y se redujeron a una lumbre rojiza que apenas permitía ver las caras, mientras los cuerpos se convertían en sombras epilépticas, en un amontonamiento de volúmenes informes tratando de rechazarse o confundirse unos con otros. Me pareció distinguir la cabellera plateada del Maestro en el segundo palco de mi lado, pero en ese instante mismo desapareció como si lo hubieran hecho caer de rodillas. A mi lado oí un grito seco y violento, y vi a la señora de Jonatán y a una de las chicas de Epifanía precipitándose hacia el palco del Maestro, porque ahora yo estaba seguro de que en ese palco estaba el Maestro rodeado de la mujer vestida de rojo y sus seguidores. Con una agilidad increíble la señora de Jonatán puso un pie entre las dos manos de la chica de Epifanía, que cruzaba los dedos para hacerle un estribo, y se precipitó de cabeza en el interior del palco. La chica de Epifanía me miró, reconociéndome, y me gritó algo, probablemente que la ayudara a subir, pero no le hice caso y me quedé a distancia del palco, poco dispuesto a disputarles su derecho a individuos absolutamente enloquecidos de entusiasmo, que se batían entre ellos a empellones. A Cayo Rodríguez, que se había distinguido en el escenario por su encarnizamiento en hacer bajar los músicos a la platea, acababan de partirle la nariz de una trompada, y andaba titubeando de un lado a otro con la cara cubierta de sangre. No me dio la menor lástima, ni tampoco ver al ciego arrastrándose por el suelo, dándose contra las plateas, perdido en ese bosque simétrico sin puntos de referencia. Ya no me importaba nada, solamente saber si los gritos iban a cesar de una vez porque de los palcos seguían saliendo gritos penetrantes que el público de la platea repetía y coreaba incansable, mientras cada uno trataba de desalojar a los demás y meterse por algún lado en los palcos. Era evidente que los pasillos exteriores estaban atiborrados, pues el asalto mayor se daba desde la platea misma, tratando de saltar como lo había hecho la señora de Jonatán. Yo veía todo eso, y me daba cuenta de todo eso, y al mismo tiempo no tenía el menor deseo de agregarme a la confusión, de modo que mi indiferencia me producía un extraño sentimiento de culpa, como si mi conducta fuera el escándalo final y absoluto de aquella noche. Sentándome en una platea solitaria dejé que pasaran los minutos, mientras al margen de mi inercia iba notando el decrecimiento del inmenso clamor desesperado, el debilitamiento de los gritos que al fin cesaron, la retirada confusa y murmurante de parte del público. Cuando me pareció que ya se podía salir, dejé atrás la parte central de la platea y atravesé el pasillo que da al foyer. Uno que otro individuo se desplazaba como borracho, secándose las manos o la boca con el pañuelo, alisándose el traje, componiéndose el cuello. En el foyer vi algunas mujeres que buscaban espejos y revolvían en sus carteras. Una de ellas debía haberse lastimado porque tenía sangre en el pañuelo. Vi salir corriendo a las chicas de Epifanía; parecían furiosas por no haber llegado a los palcos, y me miraron como si yo tuviera la culpa. Cuando consideré que ya estarían afuera, eché a andar hacia la escalinata de salida, y en ese momento asomaron al foyer la mujer vestida de rojo y sus seguidores. Los hombres marchaban detrás de ella como antes, y parecían cubrirse mutuamente para que no se viera el destrozo de sus ropas. Pero la mujer vestida de rojo, iba al frente, mirando altaneramente, y cuando estuve a su lado vi que se pasaba la lengua por los labios, lenta y golosamente se pasaba la lengua por los labios que sonreían.

II

II

EL ÍDOLO DE LAS CÍCLADAS

—Me da lo mismo que me escuches o no —dijo Somoza—. Es así, y me parece justo que lo sepas.

Morand se sobresaltó como si regresara bruscamente de muy lejos. Recordó que antes de perderse en un vago fantaseo, había pensado que Somoza se estaba volviendo loco.

—Perdona, me distraje un momento —dijo—. Admitirás que todo esto... En fin, llegar aquí y encontrarte en medio de...

Pero dar por supuesto que Somoza se estaba volviendo loco era demasiado fácil.

—Sí, no hay palabras para eso —dijo Somoza—. Por lo menos nuestras palabras.

Se miraron un segundo, y Morand fue el primero en desviar los ojos mientras la voz de Somoza se alzaba otra vez con el tono impersonal de esas explicaciones que se perdían en seguida más allá de la inteligencia. Morand prefería no mirarlo, pero entonces recaía en la contemplación involuntaria de la estatuilla sobre la columna, y era como volver a aquella tarde dorada de cigarras y de olor a hierbas en que increíblemente Somoza y él la habían desenterrado en la isla. Se acordaba de cómo Thérèse, unos metros más allá sobre el peñón desde donde se alcanzaba a distinguir el litoral de Paros, había vuelto la cabeza al oír el grito de Somoza, y tras un segundo de vacilación había corrido hacia ellos olvidando que tenía en la mano el corpiño rojo de su *deux pièces*, para inclinarse sobre el pozo de donde brotaban las manos de

61

Somoza con la estatuilla casi irreconocible de moho y adherencias calcáreas, hasta que Morand con una mezcla de cólera y risa le gritó que se cubriera, y Thérèse se enderezó mirándolo como si no comprendiera, y de golpe les dio la espalda y escondió los senos entre las manos mientras Somoza tendía la estatuilla a Morand y saltaba fuera del pozo. Casi sin transición Morand recordó las horas siguientes, la noche en las tiendas de campaña a orillas del torrente, la sombra de Thérèse caminando bajo la luna entre los olivos, y era como si ahora la voz de Somoza, reverberando monótona en el taller de escultura casi vacío, le llegara también desde aquella noche, formando parte de su recuerdo, cuando le había insinuado confusamente su absurda esperanza y él, entre dos tragos de vino resinoso, había reído alegremente y lo había tratado de falso arqueólogo y de incurable poeta.

«No hay palabras para eso», acababa de decir Somoza. «Por lo menos nuestras palabras.»

En la tienda de campaña en lo hondo del valle de Skoros, sus manos habían sostenido la estatuilla y la habían acariciado para terminar de quitarle su falso ropaje de tiempo y de olvido (Thérèse, entre los olivos, seguía enfurruñada por la represión de Morand, por sus estúpidos prejuicios), y la noche había girado lentamente mientras Somoza le confiaba su insensata esperanza de llegar alguna vez hasta la estatuilla por otras vías que las manos y los ojos y la ciencia, mientras el vino y el tabaco se mezclaban al diálogo con los grillos y el agua de torrente hasta no dejar más que una confusa sensación de no poder entenderse. Más tarde, cuando Somoza se fue a su tienda llevándose la estatuilla y Thérèse se cansó de estar sola y vino a acostarse, Morand le habló de las ilusiones de Somoza y lo dos se preguntaron con amable ironía parisiense si toda la gente del Río de la Plata tendría la imaginación fácil. Antes de dormirse discutieron en voz baja lo ocurrido esa tarde, hasta que Thérèse aceptó las excusas de Morand, hasta que lo besó y fue como siempre en la isla, en todas partes, fueron él y ella y la noche por encima y el largo olvido.

—¿Alguien más lo sabe? —preguntó Morand.

—No. Tú y yo. Era justo, me parece —dijo Somoza—. Casi no me he movido de aquí en los últimos meses. Al principio venía una vieja a arreglar el taller y a lavarme la ropa, pero me molestaba.

—Parece increíble que se pueda vivir así en las afueras de París. El silencio... Oye, pero al menos bajas al pueblo para comprar provisiones.

—Antes sí, ya te dije. Ahora no hace falta. Hay todo lo necesario, ahí.

Morand miró en la dirección que mostraba el dedo de Somoza, más allá de la estatuilla y de las réplicas abandonadas en las estanterías. Vio madera, yeso, piedra, martillos, polvo, la sombra de los árboles contra los cristales. El dedo parecía señalar un rincón del taller donde no había nada, apenas un trapo sucio en el piso. Pero poco había cambiado en el fondo, esos dos años entre ellos habían sido también un rincón vacío del tiempo, con un trapo sucio que era como todo lo que no se habían dicho y que quizá hubieran debido decirse. La expedición a las islas, una locura romántica nacida en una terraza de café del bulevar Saint-Michel, había terminado apenas encontraron el ídolo en las ruinas del valle. Tal vez el temor de que los descubrieran les fue limando la alegría de las primeras semanas, y llegó el día en que Morand sorprendió una mirada de Somoza mientras los tres bajaban a la playa, y esa noche habló con Thérèse y decidieron volver lo antes posible, porque estimaban a Somoza y les parecía casi injusto que él empezara —tan imprevisiblemente— a sufrir. En París siguieron viéndose espaciadamente, casi siempre por razones profesionales, pero Morand iba solo a las citas. La primera vez Somoza preguntó por Thérèse, después pareció no importarle. Todo lo que hubieran debido decirse pesaba entre los dos, quizá entre los tres. Morand estuvo de acuerdo en que Somoza guardara por un tiempo la estatuilla. Era imposible venderla antes de un par de años; Marcos, el hombre que conocía a un coronel que conocía a un aduanero ateniense, había impuesto el plazo como condición complementaria del soborno. Somoza se llevó la estatuilla a su departamento, y Morand la veía cada vez que se encontraban. Nunca se habló de que Somoza visitara alguna vez a los Morand, como tantas otras cosas que ya no se mencionaban y que en el fondo eran siempre Thérèse. A Somoza parecía preocuparle únicamente su idea fija, y si alguna vez invitaba a Morand a beber un coñac en su departamento no era más que para volver sobre eso. Nada muy extraordinario, después de todo Morand conocía demasiado bien los gustos de Somoza por ciertas literaturas marginales como para extrañarse de su nostalgia. Sólo lo sorprendía el fanatismo de esa esperanza a la hora de las confidencias casi automáticas y en las que él se sentía como innecesario, la repetida caricia de las manos en el cuerpecito de la estatua inexpresivamente bella, los ensalmos monótonos repitiendo hasta el cansancio las mismas fórmulas de pasaje. Vista desde Morand, la obsesión de Somoza era analizable: todo arqueólogo se identifica en algún sentido con el pasado que explora y saca a luz. De ahí a creer que la intimidad con una de esas huellas podía enajenar, alterar el tiempo y el espacio, abrir una fisura por donde acceder a... Somoza no empleaba jamás ese vocabulario; lo que decía era siempre más o menos que eso, una suerte de lenguaje que aludía y conjuraba desde planos irreductibles. Ya por ese entonces había empezado a trabajar torpemente en las réplicas de la estatuilla; Morand alcanzó a ver la primera antes de que Somoza se fuera de París, y escuchó con amistosa cortesía los obstinados lugares comunes sobre la reiteración de los gestos y la situaciones como vía de abolición, la seguridad de Somoza de que su obstinado acercamiento llegaría a identificarlo con la estructura inicial, en una superposición que sería más que eso porque ya no habría dualidad sino fusión, contacto primordial (no eran sus palabras, pero de alguna manera tenía que traducirlas Morand cuando, más tarde, las reconstruía para Thérèse). Contacto que, como acababa de decirle Somoza, había ocurrido cuarenta y ocho horas antes, en la noche del solsticio de junio.

—Sí —admitió Morand, encendiendo otro cigarrillo—. Pero me gustaría que me explicaras por qué estás tan seguro de que... Bueno, de que has tocado fondo.

—Explicar... ¿No lo estás viendo?

Otra vez tendía la mano a una casa del aire, a un rincón del taller, describía un arco que incluía el techo y la estatuilla posada sobre una fina columna de mármol, envuelta por el cono brillante del reflector. Morand se acordó incongruentemente de que Thérèse había pasado la frontera llevando la estatuilla escondida en el perro de juguete fabricado por Marcos en un sótano de Placca.

—No podía ser que no ocurriera —dijo casi puerilmente Somoza—. A cada nueva réplica me acercaba un poco más. Las formas me iban conociendo. Quiero decir que... Ah, necesitaría explicarte durante días enteros... y lo absurdo es que ahí todo entra en un... Pero cuando es esto...

La mano iba y venía, acentuando el *ahí*, el *esto*.

—La verdad es que has llegado a convertirte en un escultor —dijo Morand, oyéndose hablar y encontrándose estúpido—. Las dos últimas réplicas son perfectas. Si alguna vez me dejas tener la estatua, nunca sabré si me has dado el original.

—No te la daré nunca —dijo Somoza simplemente—. Y no creas que me he olvidado de que es de los dos. Pero no te la daré nunca. Lo único que hubiera querido es que Thérèse y tú me siguieran, que encontraran conmigo. Sí, me hubiera gustado que estuvieran conmigo la noche en que llegué.

Era la primera vez desde hacia casi dos años que Morand le oía mencionar a Thérèse, como si hasta ese momento hubiera estado muerta para él, pero su manera de nombrar a Thérèse era incurablemente antigua, era Grecia aquella mañana en que habían bajado a la playa. Pobre Somoza. Todavía. Pobre loco. Pero aun más extraño era preguntarse por qué a último momento, antes de subir al auto después del llamado de Somoza, había sentido como una necesidad de telefonear a Thérèse a su oficina para pedirle que más tarde viniera a reunirse con ellos en el taller. Tendría que preguntárselo, saber qué había pensado Thérèse mientras escuchaba sus instrucciones para llegar hasta el pabellón solitario en la colina. Que Thérèse repitiera exactamente lo que le ha-

había oído decir, palabra por palabra. Morand maldijo en silencio esa manía sistemática de recomponer la vida como restauraba un vaso griego en el museo, pegando minuciosamente los ínfimos trozos, y la voz de Somoza ahí mezclada con el ir y venir de sus manos que también parecían querer pegar trozos de aire, armar un vaso transparente, sus manos que señalaban la estatuilla, obligando a Morand a mirar una vez más contra su voluntad ese blanco cuerpo lunar de insecto anterior a toda historia, trabajado en circunstancias inconcebibles por alguien inconcebiblemente remoto, a miles de años pero todavía más atrás, en una lejanía vertiginosa de grito animal, de salto, de ritos vegetales alternando con mareas y sicigias y épocas de celo y torpes ceremonias de propiciación, el rostro inexpresivo donde sólo la línea de la nariz quebraba su espejo ciego de insoportable tensión, los senos apenas definidos, el triángulo sexual y los brazos ceñidos al vientre, el ídolo de los orígenes, del primer terror bajo los ritos del tiempo sagrado, del hacha de piedra de las inmolaciones en los altares de las colinas. Era realmente para creer que también él se estaba volviendo imbécil, como si ser arqueólogo no fuera ya bastante.

—Por favor —dijo Morand—, ¿no podrías hacer un esfuerzo para explicarme aunque creas que nada de eso se puede explicar? En definitiva lo único que sé es que te has pasado estos meses tallando réplicas, y que hace dos noches...

—Es tan sencillo —dijo Somoza—. Siempre sentí que la piel estaba todavía en contacto con lo otro. Pero había que desandar cinco mil años de caminos equivocados. Curioso que ellos mismos, los descendientes de los egeos, fueran culpables de ese error. Pero nada importa ahora. *Mira, es así.*

Junto al ídolo, alzó una mano y la posó suavemente sobre los senos y el vientre. La otra acariciaba el cuello, subía hasta la boca ausente de la estatua, y Morand oyó hablar a Somoza con una voz sorda y opaca, un poco como si fuesen sus manos o quizá esa boca inexistente las que hablaban de la cacería en las cavernas del humo, de los ciervos acorralados, del nombre que sólo debía decirse después, de los círculos de grasa azul, del juego de los ríos dobles, de la infancia de Pohk, de la marcha hacia las gradas del oeste y los altos en las sombras nefastas. Se preguntó si llamando por teléfono en un descuido de Somoza, alcanzaría a prevenir a Thérèse para que trajera al doctor Vernet. Pero Thérèse ya debía de estar en camino, y al borde de las rocas donde mugía la Múltiple, el jefe de los verdes cercenaba el cuerno izquierdo del macho más hermoso y lo tendía al jefe de los que cuidan la sal, para renovar el pacto con Haghesa.

—Oye, déjame respirar —dijo Morand, levantándose y dando un paso adelante—. Es fabuloso, y además tengo una sed terrible. Bebamos algo, puedo ir a buscar un...

—El whisky está ahí —dijo Somoza retirando lentamente las manos de la estatua—. Yo no beberé, tengo que ayunar antes del sacrificio.

—Una lástima —dijo Morand, buscando la botella—. No me gusta nada beber solo. ¿Qué sacrificio?

Se sirvió whisky hasta el borde del vaso.

—El de la unión, para hablar con tus palabras. ¿No los oyes? La flauta doble, como la de la estatuilla que vimos en el museo de Atenas. El sonido de la vida a la izquierda, el de la discordia a la derecha. La discordia es también la vida para Haghesa, pero cuando se cumpla el sacrificio los flautistas cesarán de soplar en la caña de la derecha y sólo se escuchará el silbido de la vida nueva que bebe la sangre derramada. Y los flautistas se llenarán la boca de sangre y la soplarán por la caña de la izquierda, y yo untaré de sangre su cara, ves, así, y le asomarán los ojos y la boca bajo la sangre.

—Déjate de tonterías —dijo Morand, bebiendo un largo trago—. La sangre le quedaría mal a nuestra muñequita de mármol. Sí, hace calor.

Somoza se había quitado la blusa con un lento gesto pausado. Cuando lo vio que se desabotonaba los pantalones, Morand se dijo que había hecho mal en permitir que se excitara, en consentirle esa explosión de su manía. Enjuto y moreno, Somoza se irguió desnudo bajo la luz del reflector y pareció perderse en la contemplación de un punto del espacio. De la boca entreabierta le caía un hilo de saliva y Morand, dejando precipitadamente el vaso en el suelo, calculó que para llegar a la puerta tendría que engañarlo de alguna manera. Nunca supo de dónde había salido el hacha de piedra que se balanceaba en la mano de Somoza. Comprendió.

—Era previsible —dijo, retrocediendo lentamente—. El pacto con Haghesa, ¿eh? La sangre va a donarla el pobre Morand, ¿no es cierto?

Sin mirarlo, Somoza empezó a moverse hacia él describiendo un arco de círculo, como si cumpliera un derrotero prefijado.

—Si realmente me quieres matar —le gritó Morand retrocediendo hacia la zona en penumbra—, ¿a qué viene esta *mise en scène*? Los dos sabemos muy bien que es por Thérèse. ¿Pero de qué te va a servir si no te ha querido ni te querrá nunca?

El cuerpo desnudo salía ya del círculo iluminado por el reflector. Refugiado en la sombra del rincón, Morand pisó los trapos húmedos del suelo y supo que ya no podía ir más atrás. Vio levantarse el hacha y saltó como le había enseñado Nagashi en el gimnasio de la Place des Ternes. Somoza recibió el puntapié en mitad del muslo y el golpe nishi en el lado izquierdo del cuello. El hacha bajó en diagonal, demasiado lejos, y Morand repelió elásticamente el torso que se volcaba sobre él y atrapó la muñeca indefensa. Somoza era todavía un grito ahogado y atónito cuando el filo del hacha le cayó en mitad de la frente.

Antes de volver a mirarlo, Morand vomitó en el rincón del taller, sobre los trapos sucios. Se sentía como hueco, y vomitar le hizo bien. Levantó el vaso del suelo y bebió lo que quedaba de whisky, pensando que Thérèse llegaría de un momento a otro y que habría que hacer algo, avisar a la policía, explicarse. Mientras arrastraba por un pie el cuerpo de Somoza hasta exponerlo de lleno a la luz del reflector, pensó que no le sería difícil demostrar que había obrado en legítima defensa. Las excentricidades de Somoza, su alejamiento del mundo, la evidente locura. Agachándose, mojó las manos en la sangre que corría por la cara y el pelo del muerto, mirando al mismo tiempo su reloj pulsera que marcaba las siete y cuarenta. Thérèse no podía tardar, lo mejor sería salir, esperarla en el jardín o en la calle, evitarle el espectáculo del ídolo con la cara chorreante de sangre, los hilillos rojos que resbalaban por el cuello, contorneaban los senos, se juntaban en el fino triángulo del sexo, caían por los muslos. El hacha estaba profundamente hundida en la cabeza del sacrificado, y Morand la tomó sopesándola entre las manos pegajosas. Empujó un poco más el cadáver con un pie hasta dejarlo contra la columna, husmeó el aire y se acercó a la puerta. Lo mejor sería abrirla para que pudiera entrar Thérèse. Apoyando el hacha junto a la puerta empezó a quitarse la ropa porque hacía calor y olía a espeso, a multitud encerrada. Ya estaba desnudo cuando oyó el ruido del taxi y la voz de Thérèse dominando el sonido de las flautas; apagó la luz y con el hacha en la mano esperó detrás de la puerta, lamiendo el filo del hacha y pensando que Thérèse era la puntualidad en persona.

UNA FLOR AMARILLA

Parece una broma, pero somos inmortales. Lo sé po[r]
la negativa, lo sé porque conozco al único mortal. M[e]
contó su historia en un bistró de la rue Cambronne, ta[n]
borracho que no le costaba nada decir la verdad aunqu[e]
el patrón y los viejos clientes del mostrador se riera[n]
hasta que el vino se les salía por los ojos. A mí debi[ó]
verme algún interés pintado en la cara, porque se m[e]
apiló firme y acabamos dándonos el lujo de una mes[a]
en un rincón donde se podía beber y hablar en paz.
Me contó que era jubilado de la municipalidad y qu[e]
su mujer se había vuelto con sus padres por una tempo[ra]
rada, un modo como otro cualquiera de admitir que l[o]
había abandonado. Era un tipo nada viejo y nada igno[-]
rante, de cara reseca y ojos de tuberculoso. Realment[e]
bebía para olvidar, y lo proclamaba a partir del quint[o]
vaso de tinto. No le sentí ese olor que es la firma d[e]
París pero que al parecer sólo olemos los extranjero[s.]
Y tenía las uñas cuidadas, y nada de caspa.

Contó que en un autobús de la línea 95 había vist[o]
a un chico de unos trece años, y que al rato de mirarl[o]
descubrió que el chico se parecía mucho a él, por l[o]
menos se parecía al recuerdo que guardaba de sí mism[o]
a esa edad. Poco a poco fue admitiendo que se le pare[-]
cía en todo, la cara y las manos, el mechón cayéndol[e]
en la frente, los ojos muy separados, y más aun en la t[i]
midez, la forma en que se refugiaba en una revista d[e]
historietas, el gesto de echarse el pelo hacia atrás, la to[r]
peza irremediable de los movimientos. Se le parecía d[e]

al manera que casi le dio risa, pero cuando el chico bajó en la rue de Rennes, él bajó también y dejó plantado a un amigo que lo esperaba en Montparnasse. Buscó un pretexto para hablar con el chico, le preguntó por una calle y oyó ya sin sorpresa una voz que era su voz de la infancia. El chico iba hacia esa calle, caminaron tímidamente juntos unas cuadras. A esa altura una especie de revelación cayó sobre él. Nada estaba explicado pero era algo que podía prescindir de explicación, que se volvía borroso o estúpido cuando se pretendía —como ahora— explicarlo.

Resumiendo, se las arregló para conocer la casa del chico, y con el prestigio que le daba un pasado de instructor de boy scouts se abrió paso hasta esa fortaleza de fortalezas, un hogar francés. Encontró una miseria decorosa y una madre avejentada, un tío jubilado, dos gatos. Después no le costó demasiado que un hermano suyo le confiara a su hijo que andaba por los catorce años, y los dos chicos se hicieron amigos. Empezó a ir todas las semanas a casa de Luc; la madre lo recibía con café recocido, hablaban de la guerra, de la ocupación, también de Luc. Lo que había empezado como una revelación se organizaba geométricamente, iba tomando ese perfil demostrativo que a la gente le gusta llamar fatalidad. Incluso era posible formularlo con las palabras de todos los días: Luc era otra vez él, no había mortalidad, éramos todos inmortales.

—Todos inmortales, viejo. Fíjese, nadie había podido comprobarlo y me toca a mí, en un 95. Un pequeño error en el mecanismo, un pliegue del tiempo, un avatar simultáneo en vez de consecutivo. Luc hubiera tenido que nacer después de mi muerte, y en cambio... Sin contar la fabulosa casualidad de encontrármelo en el autobús. Creo que ya se lo dije, fue una especie de seguridad total, sin palabras. Era eso y se acabó. Pero después empezaron las dudas, porque en esos casos uno se trata de imbécil o toma tranquilizantes. Y junto con las dudas, matándolas una por una, las demostraciones de que no estaba equivocado, de que no había razón para dudar. Lo que le voy a decir es lo que más risa les da a esos

imbéciles, cuando a veces se me ocurre contarles. Lu
no solamente era yo otra vez, sino que iba a ser com
yo, como este pobre infeliz que le habla. No había má
que verlo jugar, verlo caerse siempre mal, torciéndos
un pie o sacándose una clavícula, esos sentimientos a flo
de piel, ese rubor que le subía a la cara apenas se l
preguntaba cualquier cosa. La madre, en cambio, cóm
ies gusta hablar, cómo le cuentan a uno cualquier cos
aunque el chico esté ahí muriéndose de vergüenza, la
intimidades más increíbles, las anécdotas del primer dier
te, los dibujos de los ocho años, las enfermedades... L
buena señora no sospechaba nada, claro, y el tío juga
ba conmigo al ajedrez, yo era como de la familia, hast
les adelanté dinero para llegar a un fin de mes. No m
costó ningún trabajo conocer el pasado de Luc, bastab
intercalar preguntas entre los temas que interesaban
los viejos: el reumatismo del tío, las maldades de l
portera, la política. Así fui conociendo la infancia de Lu
entre jaques al rey y reflexiones sobre el precio de l
carne, y así la demostración se fue cumpliendo infalible
Pero entiéndame, mientras pedimos otra copa: Luc er
yo, lo que yo había sido de niño, pero no se lo imagin
como un calco. Más bien una figura análoga, comprende
es decir que a los siete años yo me había dislocado un
muñeca y Luc la clavícula, y a los nueve habíamos tenid
respectivamente el sarampión y la escarlatina, y ademá
la historia intervenía, viejo, a mí el sarampión me habí
durado quince días mientras que a Luc lo habían curad
en cuatro, los progresos de la medicina y cosas por e
estilo. Todo era análogo y por eso, para ponerle un ejem
plo al caso, bien podría suceder que el panadero de l
esquina fuese un avatar de Napoleón, y él no lo sab
porque el orden no se ha alterado, porque no podrá er
contrarse nunca con la verdad en un autobús; pero s
de alguna manera llegara a darse cuenta de esa verdad
podría comprender que ha repetido y que está repitiend
a Napoleón, que pasar de lavaplatos a dueño de una buen
panadería en Mont-parnasse es la misma figura que salta
de Córcega al trono de Francia, y que escarbando des
pacio en la historia de su vida encontraría los momento

que corresponden a la campaña de Egipto, al consulado
y a Austerlitz, y hasta se daría cuenta de que algo le
va a pasar con su panadería dentro de unos años, y que
acabará en una Santa Helena que a lo mejor es una
piecita en un sexto piso, pero también vencido, también
rodeado por el agua de la soledad, también orgulloso de su
panadería que fue como un vuelo de águilas. Usted se da
cuenta, no.

Yo me daba cuenta, pero opiné que en la infancia
todos tenemos enfermedades típicas a plazo fijo, y que
casi todos nos rompemos alguna cosa jugando al fútbol.

—Ya sé, no le he hablado más que de las coinci-
dencias visibles. Por ejemplo, que Luc se pareciera a mí
no tenía importancia, aunque sí la tuvo para la revelación en el autobús. Lo verdaderamente importante eran
las secuencias, y eso es difícil de explicar porque tocan
al carácter, a recuerdos imprecisos, a fábulas de la infancia. En ese tiempo, quiero decir cuando tenía la edad
de Luc, yo había pasado por una época amarga que empezó con una enfermedad interminable, después en plena
convalecencia me fui a jugar con los amigos y me rompí
un brazo, y apenas había salido de eso me enamoré de
la hermana de un condiscípulo y sufrí como se sufre
cuando se es incapaz de mirar en los ojos a una chica
que se está burlando de uno. Luc se enfermó también,
apenas convaleciente lo invitaron al circo y al bajar de
las graderías resbaló y se dislocó un tobillo. Poco después su madre lo sorprendió una tarde llorando al lado
de la ventana, con un pañuelito azul estrujado en la
mano, un pañuelo que no era de la casa.

Como alguien tiene que hacer de contradictor en esta
vida, dije que los amores infantiles son el complemento
inevitable de los machucones y las pleuresías. Pero admití
que lo del avión ya era otra cosa. Un avión con hélice
a resorte, que él le había traído para su cumpleaños.

—Cuando se lo di me acordé una vez más del Meccano
que mi madre me había regalado a los catorce años,
y de lo que me pasó. Pasó que estaba en el jardín, a
pesar de que se venía una tormenta de verano y se oían
ya los truenos, y me había puesto a armar una grúa so-

bre la mesa de la glorieta, cerca de la puerta de call
Alguien me llamó desde la casa, y tuve que entrar u
minuto. Cuando volví, la caja del Meccano había desa
parecido y la puerta estaba abierta. Gritando desesperad
corrí a la calle donde ya no se veía a nadie, y en ese mis
mo instante cayó un rayo en el chalet de enfrente. Tod
eso ocurrió como en un solo acto, y yo lo estaba reco
dando mientras le daba el avión a Luc y él se quedab
mirándolo con la misma felicidad con que yo había m
rado mi Meccano. La madre vino a traerme una taz
de café, y cambiábamos las frases de siempre cuand
oímos un grito. Luc había corrido a la ventana com
si quisiera tirarse al vacío. Tenía la cara blanca y lo
ojos llenos de lágrimas, alcanzó a balbucear que el avió
se había desviado en su vuelo, pasando exactamente po
el hueco de la ventana entreabierta. «No se lo ve má
no se lo ve más», repetía llorando. Oímos gritar má
abajo, el tío entró corriendo para anunciar que hab
un incendio en la casa de enfrente. ¿Comprende, ahora
Sí, mejor nos tomamos otra copa.

Después, como yo me callaba, el hombre dijo qu
había empezado a pensar solamente en Luc, en la suert
de Luc. Su madre lo destinaba a una escuela de artes
oficios, para que modestamente se abriera lo que ella lla
maba su camino en la vida, pero ese camino ya estab
abierto y solamente él, que no hubiera podido habla
sin que lo tomaran por loco y lo separaran para siempr
de Luc, podía decirle a la madre y al tío que todo er
inútil, que cualquier cosa que hicieran el resultado serí
el mismo, la humillación, la rutina lamentable, los año
monótonos, los fracasos que van royendo la ropa y e
alma, el refugio en una soledad resentida, en un bistr
de barrio. Pero lo peor de todo no era el destino d
Luc; lo peor era que Luc moriría a su vez y otro hom
bre repetiría la figura de Luc y su propia figura, hast
morir para que otro hombre entrara a su vez en la rueda
Luc ya casi no le importaba; de noche, su insomnio s
proyectaba más allá hasta otro Luc, hasta otros que s
llamarían Robert o Claude o Michel, una teoría al infinit
de pobres diablos repitiendo la figura sin saberlo, con

vencidos de su libertad y su albedrío. El hombre tenía el vino triste, no había nada que hacerle.

—Ahora se ríen de mí cuando les digo que Luc murió unos meses después, son demasiado estúpidos para entender que... Sí, no se ponga usted también a mirarme con esos ojos. Murió unos meses después, empezó por una especie de bronquitis, así como a esa misma edad yo había tenido una infección hepática. A mí me internaron en el hospital, pero la madre de Luc se empeñó en cuidarlo en casa, y yo iba casi todos los días, y a veces llevaba a mi sobrino para que jugara con Luc. Había tanta miseria en esa casa que mis visitas eran un consuelo en todo sentido, la compañía para Luc, el paquete de arenques o el pastel de damascos. Se acostumbraron a que yo me encargara de comprar los medicamentos, después que les hablé de una farmacia donde me hacían un descuento especial. Terminaron por admitirme como enfermero de Luc, y ya se imagina que en una casa como ésa, donde el médico entra y sale sin mayor interés, nadie se fija mucho si los síntomas finales coinciden del todo con el primer diagnóstico... ¿Por qué me mira así? ¿He dicho algo que no esté bien?

No, no había dicho nada que no estuviera bien, sobre todo a esa altura del vino. Muy al contrario, a menos de imaginar algo horrible la muerte del pobre Luc venía a demostrar que cualquiera dado a la imaginación puede empezar un fantaseo en un autobús 95 y terminarlo al lado de la cama donde se está muriendo calladamente un niño. Para tranquilizarlo, se lo dije. Se quedó mirando un rato el aire antes de volver a hablar.

—Bueno, como quiera. La verdad es que en esas semanas después del entierro sentí por primera vez algo que podía parecerse a la felicidad. Todavía iba cada tanto a visitar a la madre de Luc, le llevaba un paquete de bizcochos, pero poco me importaba ya de ella o de la casa, estaba como anegado por la certidumbre maravillosa de ser el primer mortal, de sentir que mi vida se seguía desgastando día tras días, vino tras vino, y que al final se acabaría en cualquier parte y a cualquier hora, repitiendo hasta lo último el destino de algún desconocido muerto vaya a saber dónde y cuándo, pero yo sí que estaría muerto de verdad, sin un Luc que entrara en la rueda para repetir estúpidamente una estúpida vida. Comprenda esa plenitud, viejo, envídieme tanta felicidad mientras duró.

Porque, al parecer, no había durado. El bistró y el vino barato lo probaban, y esos ojos donde brillaba una fiebre que no era del cuerpo. Y sin embargo había vivido algunos meses saboreando cada momento de su mediocridad cotidiana, de su fracaso conyugal, de su ruina a los cincuenta años, seguro de su mortalidad inalienable. Una tarde, cruzando el Luxemburgo, vio una flor.

—Estaba al borde de un cantero, una flor amarilla cualquiera. Me había detenido a encender un cigarrillo y me distraje mirándola. Fue un poco como si también la flor me mirara, esos contactos, a veces... Usted sabe, cualquiera los siente, eso que llaman la belleza. Justamente eso, la flor era bella, era una lindísima flor. Y yo estaba condenado, yo me iba a morir un día para siempre. La flor era hermosa, siempre habría flores para los hombres futuros. De golpe comprendí la nada, eso que había creído la paz, el término de la cadena. Yo me iba a morir y Luc ya estaba muerto, no habría nunca más una flor para alguien como nosotros, no habría nada, no habría absolutamente nada, y la nada era eso, que no hubiera nunca más una flor. El fósforo encendido me abrasó los dedos. En la plaza salté a un autobús que iba a cualquier lado y me puse absurdamente a mirar, a mirar todo lo que se veía en la calle y todo lo que había en el autobús. Cuando llegamos al término, bajé y subí a otro autobús que llevaba a los suburbios. Toda la tarde, hasta entrada la noche, subí y bajé de los autobuses pensando en la flor y en Luc, buscando entre los pasajeros a alguien que se pareciera a Luc, a alguien que se pareciera a mí o a Luc, a alguien que pudiera ser yo otra vez, a alguien a quien mirar sabiendo que era yo, y luego dejarlo irse sin decirle nada, casi protegiéndolo para que siguiera por su pobre vida estúpida, su imbécil vida fracasada hacia otra imbécil vida fracasada hacia otra imbécil vida fracasada hacia otra...

Pagué.

SOBREMESA

> El tiempo, un niño que juega y mueve los peones.
>
> HERÁCLITO, *fragmento* 59.

Carta del doctor Federico Moraes.

Buenos Aires, martes 15 de julio de 1958.

Señor Alberto Rojas,
Lobos, F.C.N.G.R.
Mi querido amigo:
Como siempre a esta altura del año, me invade un gran deseo de volver a ver a los viejos amigos, tan alejados ya por esas mil razones que la vida nos va obligando a acatar poco a poco. Usted también, creo, es sensible a la amable melancolía de una sobremesa en la que nos hacemos la ilusión de haber sido menos usados por el tiempo, como si los recuerdos comunes nos devolvieran por un rato el verdor perdido.

Naturalmente, cuento con usted en primerísimo término y le envío estas líneas con suficiente antelación como para decidirlo a abandonar por unas horas su finca de Lobos donde el rosedal y la biblioteca tienen para usted más atractivos que todo Buenos Aires. Anímese, y acepte el doble sacrificio de subir al tren y soportar los ruidos de la capital. Cenaremos en casa, como en años anteriores, y estaremos los amigos de siempre, con excepción de... Pero antes prefiero dejar bien establecida la fecha, para que usted se vaya haciendo a la idea; ya ve que lo conozco y me preparo estratégicamente el terreno. Digamos, entonces, el...

77

Carta del doctor Alberto Rojas.

Lobos, 14 de julio de 1958.

Señor Federico Moraes.
Buenos Aires.
Querido amigo:
Quizá le sorprenda recibir estas líneas tan pocas horas
después de nuestra grata reunión en su casa, pero un
incidente ocurrido durante la velada me ha afectado de
tal manera que me veo precisado a confiarle mi preocu-
pación. Ya sabe que detesto el teléfono y que tampoco
me apasiona escribir, pero tan pronto pude pensar a solas
en lo sucedido me pareció que lo más lógico y hasta
elemental era enviarle esta carta. Para serle franco, si
Lobos no estuviera tan alejado de la capital (un hombre
viejo y enfermo mide de otra manera los kilómetros) creo
que hubiera vuelto hoy mismo a Buenos Aires para
conversar con usted de este asunto. En fin, basta de exor-
dios y vamos a los hechos. Pero antes, querido Federico,
gracias otra vez por la magnífica cena que nos ofreció
como solamente usted sabe hacerlo. Tanto Luis Funes
como Barrios y Robirosa coincidieron conmigo en que
es usted una de las delicias del género humano (Barrios
dixit) y un anfitrión insuperable. No le extrañará, pues,
que a pesar de lo acontecido guarde todavía la satisfacción un poco nostálgica de esa velada que me permitió
alternar una vez más con los viejos amigos y pasar revista a tantos recuerdos que la soledad va limando inape-
lablemente.

Lo que voy a decirle, ¿es realmente una novedad para
usted? Mientras le escribo no puedo dejar de pensar que
quizá su condición de dueño de casa lo movió anoche a
disimular la incomodidad que debía haberle producido
el desagradable incidente entre Robirosa y Luis Funes. Por
lo que toca a Barrios, distraído como siempre, no se dio
cuenta de nada; saboreaba con harta fruición su café,
atento a las anécdotas y a las bromas, y siempre pronto
a aportar esa gracia criolla que todos le festejamos tanto.
En resumen, Federico, si esta carta no le dice nada de

nuevo, mil perdones; de cualquier manera creo que hago bien en escribírsela.

Ya al llegar a su casa me di cuenta de que Robirosa, siempre tan cordial con todo el mundo, se mostraba evasivo cada vez que Funes le dirigía la palabra. Al mismo tiempo noté que Funes era sensible a esa frialdad, y que en varias ocasiones insistía en hablar con Robirosa como si quisiera asegurarse de que su actitud no era el mero producto de una distracción momentánea. Cuando se cuenta con comensales tan brillantes como Barrios, Funes y usted, el relativo silencio de los demás pasa inadvertido y no creo que fuese fácil reparar en que Robirosa sólo aceptaba el diálogo con usted, con Barrios y conmigo, en las raras ocasiones en que preferí hablar a escuchar.

Ya en la biblioteca, nos disponíamos a sentarnos junto al fuego (mientras usted daba algunas instrucciones a su fiel Ordóñez) cuando Robirosa se apartó del grupo, fue hacia una de las ventanas y se puso a tamborilear en los cristales. Yo había cambiado unas frases con Barrios —que se empeña en defender las abominables experiencias nucleares— y me disponía a ubicarme confortablemente cerca de la chimenea; en ese momento giré la cabeza sin ninguna razón especial, y vi que Funes se apartaba a su vez e iba hacia la ventana donde aún permanecía Robirosa. Ya Barrios había agotado sus argumentos y miraba distraídamente un número de *Esquire*, ajeno a lo que sucedía más allá. Una rareza acústica de su biblioteca me permitió percibir con una sorprendente claridad las palabras que se decían en voz baja junto a la ventana. Como me parece seguir oyéndolas, las repetiré textualmente. Hubo una pregunta de Funes: «¿Se puede saber qué te pasa, che?», y la respuesta inmediata de Robirosa: «Andá a saber qué nombre caritativo te dan en esa embajada. Para mí no hay más que una manera de llamarte, y no lo quiero hacer en casa ajena.»

Lo insólito del diálogo, y sobre todo su tono, me confundieron al punto de que me pareció estar cometiendo una indiscreción y desvié la mirada. En ese mismo momento usted terminaba de hablar con Ordóñez y lo despedía; Barrios se refocilaba con un dibujo de Varga. Sin volver a mirar hacia la ventana, oí la voz de Funes: «Por lo que más quieras te pido que...», y la de Robirosa, cortándola como un látigo: «Esto ya no se arregla con palabras, che.» Usted golpeó amablemente las manos, invitándonos a sentarnos cerca del fuego, y le quitó la revista a Barrios que se empeñaba en admirar una página particularmente atractiva. Entre las bromas y las risas, alcancé todavía a oír que Funes decía: «Por favor, que Matilde no se entere.» Vi vagamente que Robirosa se encogía de hombros y le daba la espalda. Usted se había acercado a ellos, y no me sorprendería que hubiese escuchado el final del diálogo. Entonces Ordóñez apareció con los cigarros y el coñac, Funes vino a sentarse a mi lado, y la conversación nos envolvió una vez más y hasta muy tarde.

Mentiría, querido Federico, si no agregara que el incidente bastó para malograrme el fin de una velada tan grata. En estos tiempos de amenazas bélicas, fronteras cerradas y codiciables pozos de petróleo, una acusación semejante adquiere un peso que no hubiera tenido en épocas más felices; el hecho de que naciera de un hombre tan estratégicamente situado en las altas esferas como Robirosa, le da un peso que sería pueril negar, aparte del matiz de admisión que, lo reconocerá usted, se desprende del silencio y la súplica del acusado.

En rigor, lo que pueda haber ocurrido entre nuestros amigos sólo nos concierne indirectamente. En ese sentido estas líneas suplantan un comentario verbal que las circunstancias no me permitieron en el momento. Estimo demasiado a Luis Funes como para no desear haberme equivocado, y pienso que mi aislamiento y la misantropía que todos ustedes me reprochan cariñosamente pueden haber contribuido a la fabricación de un fantasma, de una mala interpretación que dos líneas suyas disiparán tal vez. Ojalá sea así, ojalá se eche usted a reír y me demuestre, en una carta que desde ya espero, que los años me dan en canas lo que me quitan en inteligencia.

Un gran abrazo de su amigo

Alberto Rojas

Buenos Aires, miércoles 16 de julio de 1958.

Señor Alberto Rojas.
Querido Rojas.

Si se propuso asombrarme, alégrese: triunfo completo. Aunque me resisto a creerlo, por viejo y por escéptico, tengo que admitir sus poderes telepáticos a menos de atribuir su éxito a una casualidad aun más asombrosa. En fin, soy buen jugador, y me parece justo recompensarlo con la plena admisión de mi sorpresa y mi desconcierto. Pues sí, amigo mío: su carta me llegó en el momento exacto en que yo le garabateaba unas líneas, como hago todos los años, para invitarlo a cenar en casa dentro de un par de semanas. Empezaba un párrafo cuando se presentó Ordóñez con un sobre en la mano; reconocí de inmediato el papel gris que usa usted desde que nos conocemos, y la coincidencia me hizo soltar la estilográfica como si fuera un ciempiés. ¡Compañero, a eso le llamo yo hacer blanco a ojos cerrados!

Pero coincidencia aparte le confieso que su broma me ha dejado perplejo. Por lo pronto me maravilla que haya acertado con todos los detalles. Primero, sospechó que no tardaría en enviarle una invitación para cenar en casa; segundo (y esto ya me deja estupefacto) dio por sentado que este año no invitaría a Carlos Frers. ¿Cómo se las arregló para adivinar mis intenciones? Se me ocurre pensar que alguien del club pudo haberle dicho que Frers y yo andábamos distanciados después de la cuestión del Pacto Agrícola; pero por otra parte, usted vive aislado y sin alternar con nadie... En fin, me inclino ante su genio analítico, si de análisis se trata. Yo tengo más bien una impresión de brujería, admirablemente ilustrada por el recibo de su carta en el preciso momento en que me disponía a escribirle.

De todas maneras, querido Alberto, su habilísima invención tiene un reverso que me preocupa. ¿Qué objeto persigue con esa acusación indirecta contra Luis Funes? Que yo sepa, ustedes han sido siempre muy buenos amigos, aunque la vida nos vaya llevando a todos por caminos diferentes. Si realmente tiene algo que reprocharle a Funes, ¿por qué me escribe a mí y no a él? En último término, ¿por qué no hacer partícipe de su acusación a Robirosa, dadas las funciones especiales que sus amigos más íntimos sabemos que desempeña en la Cancillería? En vez de eso ensaya usted una complicada carambola a tres bandas, cuyo sentido prefiero no indagar por el momento. Con toda sinceridad le confieso mi desazón frente a una maniobra que me resisto a creer una mera broma puesto que toca al honor de uno de nuestros amigos más queridos. A usted lo he tenido siempre por hombre íntegro y leal, a quien sus mismas cualidades lo han llevado en tiempos de corrupción y venalidad a refugiarse en una finca solitaria, entre libros y flores más puros que nosotros. Y así, aunque me admire e incluso divierta el juego de casualidades o de aciertos de su carta, cada vez que la releo me invade un desasosiego en el que la definición misma de nuestra amistad parece amenazada. Perdóneme la franqueza; o si no me perdona, acláreme el malentendido y liquidemos la cuestión.

Huelga decir que todo esto no altera en nada mi intención de que nos reunamos en mi casa el 30 del corriente, tal como se lo anunciaba en una carta que interrumpió la llegada de la suya. Ya he escrito a Barrios y a Funes, que andan por las provincias, y Robirosa me ha telefoneado aceptando la invitación. Como las obras maestras no deben quedar ignoradas, no le extrañará que le haya hablado a Robirosa de su extraordinaria broma epistolar. Pocas veces lo he oído reírse con tantas ganas... A mí su carta me divierte menos que a nuestro amigo, y hasta creo que unas líneas suyas me quitarían eso que se da en llamar un peso de encima.

Hasta esas líneas, pues, o hasta que nos veamos en casa. Muy sinceramente,

Federico Moraes.

Señor Federico Moraes.
Querido amigo:
Usted habla de asombro, de casualidades, de triunfos epistolares. Muchas gracias, pero los cumplidos que sólo encubren una mixtificación no son los que prefiero. Si encuentra un tanto fuerte el término, apliquese en carne propia el sentido crítico que tanto lo ha ilustrado en el foro y la política, y reconocerá que la calificación no es exagerada. O bien, cosa que preferiría, dé por terminada la broma si de broma se trata. Puedo comprender que usted —y quizá el resto de los que asistieron a la cena en su casa— traten de echar tierra sobre algo que alcancé a saber por un azar que deploro profundamente. También puedo comprender que su vieja amistad con Luis Funes lo mueva a fingir que mi carta es una pura broma, a la espera de que yo pesque el hilo y me llame a silencio. Lo que no entiendo es la necesidad de tantas complicaciones entre gentes como usted y yo. Bastaba con pedirme que olvidara lo que escuché en su biblioteca; ya deberían ustedes saber que mi capacidad de olvido es muy grande apenas adquiero la certidumbre de que puede serle útil a alguien.

En fin, pongamos que la misantropía agregue su acíbar a estos párrafos; detrás, querido Federico, está su amigo de siempre. Un tanto desconcertado, eso sí, porque no alcanzo a entender la razón de que quiera reunirnos nuevamente. Además, ¿por qué llevar las cosas a un extremo casi ridículo, y referirse a una supuesta invitación, interrumpida al parecer por la llegada de mi carta? Si no tuviese el hábito de tirar casi todos los papeles que recibo, me complacería en devolverle adjunta su esquela del...

Interrumpí esta carta para cenar. Por el boletín de la radio acabo de enterarme del suicidio de Luis Funes. Ahora comprenderá usted, sin necesidad de más palabras, por qué quisiera no haber sido testigo involuntario de algo que explica bien claramente una muerte que asombrará a otras personas. No creo que entre estas últimas figure nuestro amigo Robirosa, a pesar de la risa que según usted le produjo el contenido de mi carta. Ya ve que a Robirosa no le faltaban razones para sentirse satisfecho de su labor, y presumo que hasta debió complacerle que hubiera un testigo presencial del penúltimo acto de la tragedia. Todos tenemos nuestra vanidad, y quizá a Robirosa le duele a veces que sus altos servicios a la nación se cumplan en el más indiferente de los secretos; por lo demás sabe muy bien que en esta ocasión puede contar con nuestro silencio. ¿Acaso el suicidio de Funes no le da cumplidamente la razón?

Pero ni usted ni yo tenemos motivos para compartir hasta ese punto su alegría. Ignoro las culpas de Funes; en cambio recuerdo al buen amigo, al camarada de otros tiempos mejores y más felices. Usted sabrá decirle a la pobre Matilde todo lo que yo, desde mi encierro, que quizá no hubiera debido violar, siento frente a su desgracia.

Suyo,

Rojas.

Buenos Aires, lunes 21 de julio de 1958.

Señor Alberto Rojas.
De mi consideración:
Recibí su carta del 18 del corriente. Cumplo en avisarle que, en señal de duelo por la muerte de mi amigo Luis Funes, he decidido cancelar la reunión que había proyectado para el 30 del corriente.

Lo saluda atentamente,

Federico Moraes.

LA BANDA

A la memoria de René Crevel, que murió por cosas así.

En febrero de 1947, Lucio Medina me contó un divertido episodio que acababa de sucederle. Cuando en setiembre de ese año supe que había renunciado a su profesión y abandonado el país, pensé oscuramente una relación entre ambas cosas. No sé si a él se le ocurrió alguna vez el mismo enlace. Por si le es útil a la distancia, por si aún anda vivo en Roma o en Birmingham, narro su simple historia con la mayor cercanía posible.

Una ojeada a la cartelera previno a Lucio que en el Gran Cine Ópera daban una película de Anatole Litvak que se le había escapado en la época de su paso por las salas del centro. Le llamó la atención que un cine como el Ópera diera otra vez esa película, pero en el 47 Buenos Aires ya andaba escaso de novedades. A las seis, liquidado su trabajo en Sarmiento y Florida, se largó al centro con el gusto del buen porteño y llegó al cine cuando iba a empezar la función. El programa anunciaba un noticiario, una platea en fila doce y compró *Crítica* para evitarse tener que mirar las decoraciones de la sala y los balconcitos laterales que le producían legítimas náuseas. El noticiario empezó en ese momento, y mucha gente entró a la sala mientras bañistas en Miami rivalizan con las sirenas y en Túnez inauguran un dique gigante. A la derecha de Lucio se sentó un cuerpo voluminoso que olía a *Cuero de Rusia* de Atkinson, lo que ya es oler. El cuerpo venía acompañado de dos cuerpos menores que durante un rato bulleron intranquilos y sólo se calmaron a la hora de Donald Duck. Todo eso era corriente en un cine de Buenos Aires, y sobre todo en la sección vermouth.

Cuando se encendieron las luces, borrando un tanto el indescriptible cielo estrellado y nebuloso, mi amigo prologó su lectura de *Crítica* con una ojeada a la sala. Había algo ahí que no andaba bien, algo no definible. Señoras preponderantemente obesas se diseminaban en la platea, y al igual que la que tenía al lado aparecían acompañadas de una prole más o menos numerosa. Le extrañó que gente así sacara plateas en el Ópera, varias de tales señoras tenían el cutis y el atuendo de respetables cocineras endomingadas, hablaban con abundancia de ademanes de neto corte italiano, y sometían a sus niños a un régimen de pellizcos e invocaciones. Señores con el sombrero sobre los muslos (y agarrado con ambas manos) representaban la contraparte masculina de una concurrencia que tenía perplejo a Lucio. Miró el programa impreso, sin encontrar más mención que la de las películas proyectadas y los programas venideros. Por fuera todo estaba en orden.

Desentendiéndose, se puso a leer el diario y despachó los telegramas del exterior. A mitad del editorial su noción del tiempo le insinuó que el intervalo era anormalmente largo, y volvió a echarle una ojeada a la sala. Llegaban parejas, grupos de tres o cuatro señoritas venidas con lo que Villa Crespo o el Parque Lezama estiman elegante, y había grandes encuentros, presentaciones y entusiasmos en distintos sectores de la platea. Lucio empezó a preguntarse si no se habría equivocado, aunque le costaba precisar cuál podía ser su equivocación. En ese momento bajaron las luces, pero al mismo tiempo ardieron brillantes proyectores de escena, se alzó el telón y Lucio vio, sin poder creerlo, una inmensa banda femenina de música formada en el escenario, con un cartelón donde podía leerse: BANDA DE «ALPARGATAS». Y mientras (me acuerdo de su cara al contármelo) jadeaba de sorpresa y maravilla, el director alzó la batuta y un estrépito inconmensurable arrolló la platea so pretexto de una marcha militar.

—Vos comprendés, aquello era tan increíble que me

llevó un rato salir de la estupidez en que había caído —dijo Lucio—. Mi inteligencia, si me permitís llamarla así, sintetizó instantáneamente todas las anomalías dispersas e hizo de ella la verdad: una función para empleados y familias de la compañía «Alpargatas», que los ranas del Ópera ocultaban en los programas para vender las plateas sobrantes. Demasiado sabían que si los de afuera nos enterábamos de la banda no íbamos a entrar ni a tiros. Todo eso lo vi muy bien, pero no creas que se me pasó el asombro. Primero que yo jamás me había imaginado que en Buenos Aires hubiera una banda de mujeres tan fenomenal (aludo a la cantidad). Y después que la música que estaban tocando era tan terrible, que el sufrimiento de mis oídos no me permitía coordinar las ideas ni los reflejos. Tenía al mismo tiempo ganas de reírme a gritos, de putear a todo el mundo, y de irme. Pero tampoco quería perder el film del viejo Anatole, che, de manera que no me movía.

La banda terminó la primera marcha y las señoras rivalizaron en el menester de celebrarla. Durante el segundo número (anunciado con un cartelito) Lucio empezó a hacer nuevas observaciones. Por lo pronto la banda era un enorme camelo, pues de sus ciento y pico de integrantes sólo una tercera parte tocaba los instrumentos. El resto era puro chiqué, las nenas enarbolaban trompetas y clarines al igual que las verdaderas ejecutantes, pero la única música que producían era la de sus hermosísimos muslos que Lucio encontró dignos de alabanza y cultivo, sobre todo después de algunas lúgubres experiencias en el Maipo. En suma, aquella banda descomunal se reducía a una cuarentena de sopladoras y tamborileras, mientras el resto se proponía en aderezo visual con ayuda de lindísimos uniformes y caruchas de fin de semana. El director era un joven por completo inexplicable si se piensa que estaba enfundado en un frac que, recortándose como una silueta china contra el fondo oro y rojo de la banda, le daba un aire de coleóptero totalmente ajeno al cromatismo del espectáculo. Este joven movía en todas direcciones una larguísima batuta, y parecía vehementemente dispuesto a ritmar la música de la banda, cosa que estaba muy lejos de conseguir a juicio de Lucio. Como calidad, la banda era una de las peores que había escuchado en su vida. Marcha tras marcha, la audición continuaba en medio del beneplácito general (repito sus términos sarcásticos y esdrújulos), y a cada pieza terminada renacía la esperanza de que por fin el centenar de budincitos se mandara mudar y reinara el silencio bajo la estrellada bóveda del Ópera. Cayó el telón y Lucio tuvo como un ataque de felicidad, hasta reparar en que los proyectores no se habían apagado, lo que lo hizo enderezarse desconfiado en la platea. Y ahí nomás telón arriba otra vez, pero ahora un nuevo cartelón: LA BANDA EN DESFILE. Las chicas se habían puesto de perfil, de los metales brotaba una ululante discordancia vagamente parecida a la marcha *El Tala*, y la banda entera, inmóvil en escena, movía rítmicamente las piernas como si estuviera desfilando. Bastaba con ser la madre de una de las chicas para hacerse la perfecta ilusión del desfile, máxime cuando al frente evolucionaban ocho imponderables churros esgrimiendo esos bastones con borlas que se revolean, se tiran al aire y se barajan. El joven coleóptero abría el desfile, fingiendo caminar con gran aplicación, y Lucio tuvo que escuchar interminables *da capo al fine* que en su opinión alcanzaron a durar entre cinco y ocho cuadras. Hubo una modesta ovación al finalizar, y el telón vino como un vasto párpado a proteger los manoseados derechos de la penumbra y el silencio.

—El asombro se me había pasado —me dijo Lucio— pero ni siquiera durante la película, que era excelente, pude quitarme de encima una sensación de extrañamiento. Salí a la calle, con el calor pegajoso y la gente de las ocho de la noche, y me metí en *El Galeón* a beber un *gin fizz*. De golpe me olvidé por completo de la película de Litvak, la banda me ocupaba como si yo fuera el escenario del Ópera. Tenía ganas de reírme pero estaba enojado, comprendés. Primero que yo hubiera debido acercarme a la taquilla del cine y cantarles cuatro verdades. No lo hice porque soy porteño, lo sé muy bien. Total, qué le vachaché, ¿no te parece? Pero no era eso lo que me irritaba, había otra cosa más profunda. A mitad del segundo copetín empecé a comprender.

Aquí el relato de Lucio se vuelve de difícil transcripción. En esencia (pero justamente lo esencial es lo que se fuga) sería así: hasta ese momento lo había preocupado una serie de elementos anómalos sueltos: el mentido programa, los espectadores inapropiados, la banda ilusoria en la que la mayoría era falsa, el director fuera de tono, el fingido desfile, y él mismo metido en algo que no le tocaba. De pronto le pareció entender aquello en términos que lo excedían infinitamente. Sintió como si le hubiera sido dado ver al fin la realidad. Un momento de la realidad que le había parecido falsa porque era la verdadera, la que ahora ya no estaba viendo. Lo que acababa de presenciar era lo cierto, es decir lo falso. Dejó de sentir el escándalo de hallarse rodeado de elementos que no estaban en su sitio, porque en la misma conciencia de un mundo otro, comprendió que esa visión podía prolongarse a la calle, al *Galeón*, a su traje azul, a su programa de la noche, a su oficina de mañana, a su plan de ahorro, a su veraneo de marzo, a su amiga, a su madurez, al día de su muerte. Por suerte ya no seguía viendo así, por suerte era otra vez Lucio Medina. Pero sólo por suerte.

A veces he pensado que esto hubiera sido realmente interesante si Lucio vuelve al cine, indaga, y descubre la inexistencia de tal festival. Pero es cosa verificable que la banda tocó esa tarde en el Ópera. En realidad no hay por qué andar exagerando las cosas. A lo mejor el cambio de vida y el destierro de Lucio le vienen del hígado o de alguna mujer. Y después que no es justo seguir hablando mal de la banda, pobres chicas.

LOS AMIGOS

En ese juego todo tenía que andar rápido. Cuando el Número Uno decidió que había que liquidar a Romero y que el Número Tres se encargaría del trabajo, Beltrán recibió la información pocos minutos más tarde. Tranquilo pero sin perder un instante, salió del café de Corrientes y Libertad y se metió en un taxi. Mientras se bañaba en su departamento, escuchando el noticioso, se acordó de que había visto por última vez a Romero en San Isidro, un día de mala suerte en las carreras. En ese entonces Romero era un tal Romero, y él un tal Beltrán; buenos amigos antes de que la vida los metiera por caminos tan distintos. Sonrió casi sin ganas, pensando en la cara que pondría Romero al encontrárselo de nuevo, pero la cara de Romero no tenía ninguna importancia y en cambio había que pensar despacio en la cuestión del café y del auto. Era curioso que al Número Uno se le hubiera ocurrido hacer matar a Romero en el café de Cochabamba y Piedras, y a esa hora; quizá, si había que creer en ciertas informaciones, el Número Uno ya estaba un poco viejo. De todos modos la torpeza de la orden le daba una ventaja: podía sacar el auto del garaje, estacionarlo con el motor en marcha por el lado de Cochabamba, y quedarse esperando a que Romero llegara como siempre a encontrarse con los amigos a eso de las siete de la tarde. Si todo salía bien evitaría que Romero entrase en el café, y al mismo tiempo que los del café vieran o sospecharan su intervención. Era cosa de suerte y de cálculo, un simple gesto (que Romero no dejaría de ver,

90

porque era un lince), y saber meterse en el tráfico y pegar la vuelta a toda máquina. Si los dos hacían las cosas como era debido —y Beltrán estaba tan seguro de Romero como de él mismo— todo quedaría despachado en un momento. Volvió a sonreír pensando en la cara del Número Uno cuando más tarde, bastante más tarde, lo llamara desde algún teléfono público para informarle de lo sucedido.

Vistiéndose despacio, acabó el atado de cigarrillos y se miró un momento al espejo. Después sacó otro atado del cajón, y antes de apagar las luces comprobó que todo estaba en orden. Los gallegos del garaje le tenían el Ford como una seda. Bajó por Chacabuco, despacio, y a las siete menos diez se estacionó a unos metros de la puerta del café, después de dar dos vueltas a la manzana esperando que un camión de reparto le dejara el sitio. Desde donde estaba era imposible que los del café lo vieran. De cuando en cuando apretaba un poco el acelerador para mantener el motor caliente; no quería fumar, pero sentía la boca seca y le daba rabia.

A las siete menos cinco vio venir a Romero por la vereda de enfrente; lo reconoció en seguida por el chambergo gris y el saco cruzado. Con una ojeada a la vitrina del café, calculó lo que tardaría en cruzar la calle y llegar hasta ahí. Pero a Romero no podía pasarle nada a tanta distancia del café, era preferible dejarlo que cruzara la calle y subiera a la vereda. Exactamente en ese momento, Beltrán puso el coche en marcha y sacó el brazo por la ventanilla. Tal como había previsto, Romero lo vio y se detuvo sorprendido. La primera bala le dio entre los ojos, después Beltrán tiró al montón que se derrumbaba. El Ford salió en diagonal, adelantándose limpio a un tranvía, y dio la vuelta por Tacuarí. Manejando sin apuro, el Número Tres pensó que la última visión de Romero había sido la de un tal Beltrán, un amigo del hipódromo en otros tiempos.

EL MÓVIL

No me lo van a creer, es como en las cintas de biógrafo, las cosas son como vienen y vos las tenés que
aceptar, si no te gusta te vas y la plata nadie te la devuelve. Como quien no quiere ya son veinte años y el
asunto está más que prescrito, así que lo voy a contar
y el que crea que macaneo se puede ir a freír buñuelos.

A Montes lo mataron en el bajo una noche de agos-
to. A lo mejor era cierto que Montes le había faltado
a una mujer, y que el macho se lo cobró con intereses.
Lo que yo sé es que a Montes lo mataron de atrás, de
un tiro en la cabeza, y eso no se perdona. Montes y yo
éramos carne y uña, siempre juntos en la timba y el café
del negro Padilla, pero ustedes no se han de acordar del
negro. También a él lo mataron, un día si quieren les
cuento.

La cosa es que cuando me avisaron ya Montes había
espichado y a gatas llegué para ver cómo la hermana
se le tiraba encima y le daba la pataleta. Yo lo miré
un rato a Montes que estaba con los ojos abiertos, y le
juré que el otro no se la iba a llevar de arriba. Esa noche
hablé con Barros y aquí es donde el cuento les va a
parecer macana. La cuestión es que Barros había sido
el primero en llegar cuando se oyó el tiro, y lo encontró
a Montes boqueando al lado de un paraíso. Barros que
era una luz hizo lo imposible para que le dijera quién
había sido. Montes quería hablar pero con un plomo
en la cabeza no debe ser nada fácil, así que Barros no

le pudo sacar gran cosa. De todas maneras Montes le alcanzó a decir, fíjense lo que es el delirio de un moribundo, algo así como «el del brazo azul», y después dijo una palabra que debía ser «tatuaje», y por ahí sacamos que el mozo era marinero y gracias. Dénse cuenta, con lo fácil que era decir López o Fernández, pero con un balazo en el coco a cualquiera se la doy. A lo mejor Montes no sabía cómo se llamaba el otro, los tatuajes se ven pero un nombre hay que averiguarlo y en una de esas es de grupo.

Ahora ustedes se van a reír cuando les diga que ocho días después Barros y yo lo localizamos al tipo, mientras la mejor del mundo seguía meta batidas al cuete en el puerto y por todas partes. Nosotros teníamos nuestros rebusques, y no los voy a cansar con detalles. Pero no es de eso que se van a reír, se van a reír de que el batidor no nos pudo dar la filiación del tipo, en cambio nos avisó que rajaba en un barco francés y que no iba de marinero, iba de pasajero y dénse cuenta qué lujo. Por ahí sacamos que el mozo estaba retirado de la profesión, pero aprovechaba que conocía mundo para hacerse humo. Lo único que sabíamos era que viajaba de tercera y que era argentino. No hay que extrañarse, un gringo no lo hubiera podido a Montes, pero lo más raro del caso es que el batidor no nos pudo conseguir el apellido del mozo. Mejor dicho le dieron uno que después resultó que no figuraba entre los pasajeros. La gente a veces tiene miedo, che, y a lo mejor el tipo que por treinta nacionales le pasó el dato a nuestro batidor, le macaneó el nombre para curarse en salud. O andá a saber si el mozo a última hora no consiguió otros papeles. La cosa es que ahora sigue el biógrafo, porque yo y Barros hablamos toda una noche, y a la mañana me constituí en el Departamento y empecé con los papeles. En aquel entonces no daba tanto trabajo conseguir el pasaporte. Bueno, abreviando detalles la cosa es que en el comité me palanquearon el pasaje, y una noche a las diez este cuerpo estaba a bordo con destino a Marsella, que es un apeadero de los franchutes. Ya les estoy viendo la cara pero paciencia. Si quieren no lo sigo. Y bueno, entonces echá más caña y háganse de cuenta que están leyendo el conde de Montecristo. Ya les previne de entrada que estos casos no les ocurren a todos, aparte que eran otros tiempos.

En el barco que iba casi vacío me dieron para mí solo un camarote con cuatro camas, fíjense qué lujo. Podía poner la ropa bien estirada, y me sobraba lugar. ¿Ustedes viajaron a Europa, muchachos? Lo digo por reírme. Mirá, es así: los camarotes daban a un pasillo, y por el pasillo se iba a un cafecito que había en una punta; por el otro lado trepabas una escalera y subías adelante del barco. La primera noche me la pasé en la cubierta, mirando Buenos Aires que se perdía de a poco. Pero al otro día empecé a vichar alrededor. En Montevideo no se bajó nadie, el barco ni atracó siquiera. Cuando le metimos mar afuera, me aguanté los corcovos que me hacían las tripas y que no se los deseo. La cosa no iba a ser difícil porque en el café todo se sabe en seguida y resultó que de los veintitantos de tercera había como quince polleras, y el resto eran casi todos gallegos y tanos. No había más que tres argentinos sin contarme a mí, y ya al rato estábamos los cuatro pegándole al truco y a la cerveza.

De los tres uno ya era viejo, aunque le hubiera podido dar un susto al más pintado. Los otros dos andaban por los treinta como yo. En seguida estuvimos como chanchos con Pereyra, pero Lamas era más reservado y parecía medio tristón. Yo paraba la oreja para ver cuál de los tres hablaba con el lunfardo de los marineros, y por ahí les soltaba comentarios a propósito del barco para ver si alguno pisaba el palito. Al rato ya me di cuenta que iba por mal camino, y que el interesado se cuidaba como de mearse en la cama. Decían cada pavada sobre el barco que hasta yo me daba cuenta. Y a todo esto hacía un frío bárbaro y nadie se sacaba el saco ni la tricota.

Ya los tres me habían dicho que iban a Marsella, de modo que en el Brasil estuve bien atento, pero era cierto y ninguno se las tomó. Cuando empezó a apretar el calor me puse en camiseta para dar el ejemplo, pero ellos andaban en mangas de camisa, y se las arrollaban hasta el codo nada más. El viejo Ferro se reía al verme afilar con la camarera, y me felicitaba por todos los colchones que tenía en el camarote. Pereyra se tiraba también su buen lance, y la Petrona que era una galleguita viva nos tenía a los dos a mal traer. Y no hablemos de cómo se movía el barco, y la puerca comida que nos daban.

Cuando me pareció que Pereyra atropellaba a fondo con la Petrona, tomé mis disposiciones. Apenas me la topé en el pasillo le dije que en mi camarote estaba entrando el agua. Me creyó y le cerré la puerta apenas estuvo adentro. Al primer manotón me tiró una cachetada, pero riéndose. Después estuvo mansita como oveja. Calculen con todas esas camas, como decía Ferro. En realidad esa noche no hicimos gran cosa, pero al otro día me le afirmé de veras, y la verdad es que gallega y todo valía la pena. Pucha si valía.

De pasada se lo dije a Lamas y a Pereyra, que al principio no lo querían creer o se hacían los asombrados. Lamas se quedó callado como siempre, pero Pereyra estaba embalado y le vi las intenciones. Me hice el sonso y se fue con todo lo que tenía. Esa noche la Petrona me faltó al camarote, yo los había visto ya charlando del lado de los baños. Les parecerá raro que la galleguita me largara tan pronto, y va a ser mejor que les diga todo. Con un canario y la promesa de otro si me conseguía la información necesaria, la Petrona había agarrado viaje al galope. Se imaginarán que no le dije por qué quería saber si Pereyra tenía alguna marca en el brazo; le hablé de una apuesta, de cualquier pavada. Nos reíamos como locos.

A la mañana siguiente charlé largo con Lamas, sentados en un rollo de sogas que había adelante del barco. Me dijo que iba a Francia a trabajar de ordenanza en la embajada, o una cosa así. Era un tipo callado, medio tristón, pero conmigo se franqueaba bastante. Yo le buscaba los ojos, y de repente se me pasaba por la memoria la cara de Montes muerto, los gritos de la hermana, el velorio cuando lo devolvieron de la autopsia. Me daban ganas de acorralarlo a Lamas y preguntarle derecho viejo si había sido él. Pero qué hubiera ganado, en esa forma lo echaba todo a perder. Mejor esperar que la Petrona cayera por mi camarote.

A eso de las cinco me golpeó la puerta. Venía muerta de risa y de entrada me anunció que Pereyra no tenía nada en los brazos. «Me sobró tiempo para mirarlo por todos lados», dijo, y se reía como loca. Yo pensé en Lamas que me había resultado el más simpático, y me di cuenta de lo infeliz que es uno por dejarse llevar así. Qué simpático ni qué carajo. Si Ferro y Pereyra quedaban afuera, no había vuelta que darle. De pura bronca la tumbé ahí nomás a la Petrona, que no quería, y le di unos chirlos para activar la desvestida. No la largué hasta la hora de comer, y eso para no comprometerla con los tipos del buque que ya la andarían buscando. Quedamos en que volvería al otro día por la tarde, y me fui a comer. Nos habían puesto a los cuatro criollos en una mesa, lejos de los gallegos y los tanos, y yo lo tenía de frente a Lamas. No saben lo que me costaba mirarlo natural, pensando en Montes. Ahora ya no extrañaba que lo hubiera ventajeado a Montes, a cualquiera lo sobraba con ese aire reconcentrado que inspiraba confianza. A Pereyra ya ni lo tenía en cuenta, pero al final me llamó la atención que no decía nada de la Petrona, él que antes se la pasaba anunciando cómo se iba a encamar con la galleguita. Se me vino a la cabeza que tampoco ella me había hablado mucho del mozo, fuera de decirme lo importante. Por las dudas me quedé de guardia con la puerta entornada, y a eso de la medianoche la vi que se metía en el camarote de Pereyra. Me acosté y me quedé pensando.

Al otro día la Petrona no vino. La arrinconé en uno de los cuartos de baño y le pregunté qué le pasaba. Dijo que nada, que andaba con mucho trabajo.

—¿Anoche volviste con Pereyra? —le pregunté de sopetón.

—¿Yo? ¿Por qué? No, no volví —me mintió.

Que a uno le saquen la mujer no es para reírse, pero si encima de eso la culpa la tenés vos, se imaginarán que no le veía la gracia. Cuando la apremié para que me viniera a ver esa misma noche, se puso a llorar y dijo que el cabo o el capataz de a bordo la tenía entre ojos y se sospechaba lo ocurrido, que no quería perder el conchabo, y otras bolas parecidas. Creo que fue en ese momento que me di cuenta de la cosa y me quedé pensando. De la gallega no me importaba mucho, aunque el amor propio me comía la sangre. Pero había otras cosas más serias, y tuve toda la noche para pensarlas. La noche aquella también me sirvió para verla a la Petrona cuando se colaba de nuevo en el camarote de Pereyra.

Al otro día me las arreglé para charlar con el viejo Ferro. Hacía rato que no le desconfiaba, pero quería estar seguro. Me repitió con detalles que iba a Francia a visitar a su hija que se había casado con un franchute y tenía una punta de hijos. El viejo quería ver a los nietos antes de espichar, y andaba con la billetera llena de fotos de la familia. Pereyra se presentó tarde y con cara de dormido. También... Y Lamas andaba con un método para aprender el francés. Fíjense que compañía, che.

La cosa siguió así hasta la víspera de llegar a Marsella. Aparte de acorralarla una o dos veces en los pasillos, no pude conseguir que la Petrona volviera a mi camarote. Ya ni se acordaba de la plata prometida, y eso que se la mencionaba cada vez. Como ponía cara de asco al oír hablar de los pesos que le debía, me afirmé en mi idea y vi todo bien clarito. La noche antes de llegar me la encontré tomando fresco en la cubierta. Pereyra estaba al lado y se hizo el inocente al verme pasar. Yo esperé la ocasión y a la hora de ir a dormir la atajé a la galleguita que andaba muy atareada.

—¿No vas a venir? —le pregunté, haciéndole una caricia en las ancas.

Se echó atrás como si hubiera visto al diablo, pero después disimuló.

—No puedo —dijo—. Ya te expliqué que me tienen vigilada.

Me daban ganas de partirle la jeta de un revés, para que no siguiera tomándome pal churrete, pero me contuve. Ya no quedaba tiempo para pavadas.

—Decime —le pregunté—. ¿Estás bien segura de lo

97

que me dijiste de Pereyra? Mirá que es importante, y a lo mejor no te fijaste bien.

Le vi en los ojos las ganas de reírse que tenía, mezcladas con miedo.

—Pero sí, ya te dije que no tenía nada. ¿Qué querés, que vaya otra vez con él para estar más segura?

Y se sonreía, la muy perra, convencida de que yo estaba en la luna. Le pegué un chirlo liviano y me volví al camarote. Ahora no me interesaba espiar si la Petrona se metía en lo de Pereyra.

Por la mañana ya tenía mi valija lista y lo necesario en la faja. El franchute que atendía el café champurreaba un poco el español y me había explicado que al llegar a Marsella la policía subía a bordo y revisaba los documentos. Recién después de eso daban permiso de desembarco. Nos pusimos todos en fila, y fuimos pasando de a uno para mostrar los papeles. Yo lo dejé ir primero a Pereyra, y cuando estábamos del otro lado lo agarré del brazo y lo invité a despedirnos en mi camarote con un trago de caña. Como ya la había probado y le gustaba, vino en seguida. Cerré la puerta con pasador y me quedé mirándolo.

—¿Y la caña? —dijo él, pero cuando vio lo que tenía en la mano se puso blanco y se echó atrás—. No seas animal... Por una mujer como esa... —me alcanzó a decir.

El camarote resultaba estrecho, tuve que saltar por encima del finado para tirar el facón al agua. Aunque ya sabía que era al ñudo, me agaché para ver si la Petrona no me había mentido. Agarré la valija, cerré con llave el camarote y salí. Ferro ya estaba en la planchada y me saludó a gritos. Lamas esperaba turno, callado como siempre. Me le acerqué y le dije un par de cosas a la oreja. Creí que se iba a caer redondo, pero no era más que la impresión. Pensó un momento y estuvo de acuerdo. Yo sabía hacía rato que iba a estar de acuerdo. Secreto por secreto, los dos cumplimos. De él nunca supe más nada, después que me acomodó entre sus amigos franchutes. A los tres años ya pude volverme. Tenía unas ganas de ver Buenos Aires...

TORITO

A la memoria de don Jacinto Cúcaro, que en las clases de pedagogía del Normal "Mariano Acosta", allá por el año 30, nos contaba las peleas de Suárez.

Qué le vas a hacer, ñato, cuando estás abajo todos te fajan. Todos, che, hasta el más maula. Te sacuden contra las sogas, te encajan la biaba. Andá, andá, qué venís con consuelos, vos. Te conozco, mascarita. Cada vez que pienso en eso, salí de ahí, salí. Vos te creés que yo me desespero, lo que pasa es que no doy más aquí tumbado todo el día. Pucha que son largas las noches de invierno, te acordás del pibe del almacén cómo lo cantaba. Pucha que son largas... Y es así, ñato. Más largas que esperanza'e pobre. Fijáte que yo a la noche casi no la conozco, y venir a encontrarla ahora... Siempre a la cama temprano, a las nueve o a las diez. El patrón me decía: «Pibe, andáte al sobre, mañana hay que meterle duro y parejo.» Una noche que me le escapaba era una casualidad. El patrón... Y ahora todo el tiempo así, mirando el techo. Ahí tenés otra cosa que no sé hacer, mirar p'arriba. Todos dijeron que me hubiera convenido, que hice la gran macana de levantarme a los dos segundos, cabrero como la gran flauta. Tiene razón, si me quedo hasta los ocho no me agarra tan mal el rubio.

Y bueno, es así. Pa peor la tos. Después te vienen con el jarabe y los pinchazos. Pobre la hermanita, el trabajo que le doy. Ni mear solo puedo. Es buena la hermanita, me da leche caliente y me cuenta cosas. Quién te iba a decir, pibe. El patrón me llamaba siempre pibe. Dale áperca, pibe. A la cocina, pibe. Cuando pelié con el negro en Nueva York el patrón andaba preocupado. Yo lo juné en el hotel antes de salir. «Lo fajás en seis rounds, pibe», pero fumaba como loco. El negro, cómo se llamaba el negrito, Flores o algo así. Duro de pelar, che. Un estilo lindo, me sacaba distancia vuelta a vuelta. Áperca, pibe, metéle áperca. Tenía razón el trompa. Al tercero se me vino abajo como un trapo. Amarillo, el negro. Flores, creo, algo así. Mirá cómo uno se ensarta, al principio me pareció que el rubio iba a ser más fácil. Lo que es la confianza, ñato. Me barajó de una piña que te la debo. Me agarró en frío el maula. Pobre patrón, no quería creer. Con qué bronca me levanté. Ni sentía las piernas, me lo quería comer ahí nomás. Mala suerte, pibe. Todo el mundo cobra a la final. La noche del Tani, te acordás pobre Tani, qué biaba. Se veía que el Tani estaba de vuelta. Guapo el indio, me sacudía con todo, dale que va, arriba, abajo. No me hacía nada, pobre Tani. Y eso que cuando lo fui a saludar al rincón me dolía bastante la cara, al fin y al cabo me arrimó una buena leñada. Pobre Tani, vos sabés que me miró, yo le puse el guante en la cabeza y me reía de contento, no me quería reír, te imaginás que no era de él, pobre pibe. Me miró apenas, pero me hizo no sé qué. Todos me agarraban, pibe lindo, pibe macho, ah criollo, y el Tani quieto entre los de él, más chatos que cinco'e queso. Pobre Tani. Por qué me acuerdo de él decime un poco. A lo mejor yo lo miré así al rubio esa noche. Qué sé yo, para acordarme estaba. Qué biaba, hermano. Ahora no vas a andar disimulando. Te fajó y se acabó. Lo malo que yo no quería creer. Estaba acostado en el hotel, y el patrón fumaba y fumaba, casi no había luz. Me acuerdo que hacía calor. Después me pusieron hielo fijáte un poco yo con hielo. El trompa no decía nada, lo malo que no decía nada. Te juro que tenía ganas de llorar como cuando ella... Pero para qué te vas a hacer mala sangre. Si llego a estar solo, te juro que moqueo. «Mala pata, patrón», le dije. Qué más le iba a decir. Él dale que dale al tabaco. Fue suerte dormirme. Como ahora, cada vez que agarro el sueño me saco la lotería. De día tenés la radio que trajo la hermanita, la radio que... Parece mentira, ñato. Bueno, te oís unos tanguitos y las transmisiones de los teatros. ¿Te gusta Canaro a vos? A mí Fresedo, che, y Pedro Maffia. Si los habré visto en el ringside, me iban a ver todas las veces. Podés pensar en eso, y se te acortan las horas. Pero a la noche qué lata, viejo. Ni la radio, ni la hermanita, y en una de esas te agarra la tos, y dale que dale, y por ahí uno de otra cama se rechifla y te pega un grito. Pensar que antes... Fijáte que ahora me cabreo más que antes. En los diarios salía que yo de pibe los peleaba a los carreros en la Quema. Puras macanas, che, nunca me agarré a trompadas en la calle. Una o dos veces, y no por mi culpa, te juro. Me podés creer. Cosas que pasan, estás con la barra, caen otros y en una de esas se arma. No me gustaba, pero cuando me metí la primera vez me di cuenta que era lindo. Claro, cómo no va a ser lindo si el que cobraba era el otro. De pibe yo peleaba de zurda, no sabés lo que me gustaba fajar de zurda. Mi vieja se descompuso la primera vez que me vio pelearme con uno que tenía como treinta años. Se creía que me iba a matar, pobre vieja. Cuando el tipo se vino al suelo no lo quería creer. Te voy a decir que yo tampoco, creéme que las primeras veces me parecía cosa de suerte. Hasta que el amigo del trompa me fue a ver al club y me dijo que había que seguir. Te acordás de esos tiempos, pibe. Qué pestos. Había cada pesado que te la voglio dire. «Vos metele nomás», decía el amigo del patrón. Después hablaba de profesionales, del Parque Romano, de River. Yo qué sabía, si nunca tenía cincuenta guitas para ir a ver nada. También la noche que me dio veinte pesos, qué alegrón. Fue con Tala, o con aquel flaco zurdo, ya ni me acuerdo. Lo saqué en dos vueltas, ni me tocó. Vos sabés que siempre mezquiné la cara. Si me llego a sospechar lo del rubio... Vos creés que tenés la pera de fierro, y en eso te la hacen sonar de una piña. Qué fierro ni que ocho cuartos. Veinte pesos, pibe, imagináte un poco. Le di cinco a la vieja, te juro que de compadre, pa mostrarle. La pobre me quería poner agua de azahar en la muñeca resentida. Cosas de la vieja, pobre. Si te fijás, fue la única que tenía esas atenciones, porque la otra...

Ahí tenés, apenas pienso en la otra, ya estoy de vuelta en Nueva York. De Lanús casi no me acuerdo, se me borra todo. Un vestido a cuadritos, sí, ahora veo, y el zaguán de Don Furcio, y también las mateadas. Cómo me tenían en esa casa, los pibes se juntaban a mirarme por la reja, y ella siempre pegando algún recorte de *Crítica* o de *Última Hora* en el álbum que había empezado, o me mostraba las fotos del *Gráfico*. ¿Vos nunca te viste en foto? Te hace impresión la primera vez, vos pensás pero ése soy yo, con esa cara. Después te das cuenta que la foto es linda, casi siempre sos vos que estás fajando, o al final con el brazo levantado. Yo venía con mi Graham Paige, imaginate, me empilchaba para ir a verla, y el barrio se alborotaba. Era lindo matear en el patio, y todos me preguntaban qué sé yo cuánta cosa. Yo a veces no podía creer que era cierto, de noche antes de dormirme me decía que estaba soñando. Cuando le compré el terreno a la vieja, qué barullo que hacían todos. El trompa era el único que se quedaba tranquilo. «Hacés bien, pibe», decía, y dale al tabaco. Me parece estarlo viendo la primera vez, en el club de la calle Lima. No, era en Chacabuco, esperá que no me acuerdo, pero si era en Lima, infeliz, no te acordás del vestuario todo de verde, con más mugre... Esa noche el entrenador me presentó al patrón, resultaba que eran amigos, cuando me dijo el nombre casi me agarro de las sogas, apenas lo vi que me miraba yo pensé: «Vino para verme pelear», y cuando el entrenador me lo presentó me quería morir. Él no me había dicho nunca nada, de puro rana, pero hizo bien, así yo iba subiendo despacio, sin engolosinarme. Como el pobre zurdito, que lo llevaron a River en un año, y en dos meses se vino abajo que daba miedo. En ese entonces no era macana, pibe. Te venía cada tano de Italia, cada gallego que te daba miedo, y no te digo nada de los rubios. Claro que a veces la gozabas, como la vez del príncipe. Eso fue un plato, te juro, el príncipe en el ringside y el patrón que me dice en el camarín: «No te andés con vueltas, no te vayas a dejar vistear que para eso los yonis son una luz», y te acordás que decían que era el campeón de Inglaterra, o qué sé yo qué cosa. Pobre rubio, lindo pibe. Me daba no sé qué cuando nos saludamos, el tipo chamuyó una cosa que andá a entendele, y parecía que te iba a salir a pelear con galera. El patrón no te vayas a creer que estaba muy tranquilo, te puedo decir que él nunca se daba cuenta de cómo yo lo palpitaba. Pobre trompa, se creía que no me daba cuenta. Che, y el príncipe ahí abajo, eso fue grande, a la primera finta que me hace el rubio le largo la derecha en gancho y se la meto justo justo. Te juro que me quedé frío cuando lo vi patas arriba. Qué manera de dormir, pobre tipo. Esa vez no me dio gusto ganar, más lindo hubiera sido una linda agarrada, cuatro o cinco vueltas como con el Tani o con el yoni aquél, Herman se llamaba, uno que venía con un auto colorado y una pinta bárbara. Cobró, pero fue lindo. Qué leñada, mama mía. No quería aflojar y tenía más mañas que... Ahora que para mañas el Brujo, che. De dónde me lo fueron a sacar a ése. Era uruguayo, sabés, ya estaba acabado pero era peor que los otros, se te pegaba como sanguijuela y andá sacátelo de encima. Meta forcejeo, y el tipo con el guante por los ojos, pucha me daba una bronca. Al final lo fajé feo, me dejó un claro y lo entré con unas ganas... Muñeco al suelo, pibe. *Muñeco al suelo fastrás...* Vos sabés que me habían hecho un tango y todo. Todavía me acuerdo un cacho, *de Mataderos al centro, y del centro a Nueva York...* Me lo cantaban por todos lados, en los asados, por la radio... Era lindo oírse en la radio, che, la vieja me escuchaba todas las peleas. Y vos sabés que ella también me escuchaba, un día me dijo que me había conocido por la radio, porque el hermano puso la pelea con uno de los tanos... ¿Vos te acordás de los tanos? Yo no sé de dónde los iba a sacar el trompa, me los traía fresquitos de Italia, y se armaban unas leñadas en River... Hasta me hizo pelear con dos hermanos, con el primero fue colosal, al cuarto round se pone a llover, ñato, y nosotros con ganas de seguirla porque el tanito era de ley y nos fajábamos que era un contento, y en eso empezamos a refalar y dale al suelo yo, y al suelo él... Era una pantomima, hermano... La suspendieron, qué macana. A la otra vez el tano cobró por las dos, y el patrón me puso con el hermano, y otro pesto... Qué tiempos, pibe, aquí sí era lindo pelear, con toda la barra que venía, te acordás de los carteles y las bocinas de auto, che, qué lío que armaban en la popular... Una vez leí que el boxeador no oye nada cuando está peleando, qué macana, pibe. Claro que oye, vos te creés que yo no oía distinto entre los gringos, menos mal que lo tenía al trompa en el rincón, áperca, pibe, dale áperca. Y en el hotel, y los cafés, qué cosa tan rara, che, no te hallabas ahí. Después el gimnasio, con esos tipos que te hablaban y no les pescabas ni medio. Meta señas, pibe, como los mudos. Menos mal que estaba ella y el patrón para chamuyar, y podíamos matear en el hotel y de cuando en cuando caía un criollo y dale con los autógrafos, y a ver si me lo fajás bien a ese gringo pa que aprendan cómo somos los argentinos. No hablaban más que del campeonato, qué le vas a hacer, me tenían fe, che, y me daban unas ganas de salir atropellando y no parar hasta el campeón. Pero lo mismo pensaba todo el tiempo en Buenos Aires, y el patrón ponía los discos de Carlitos y los de Pedro Maffia, y el tango que me hicieron, yo no sé si sabés que me habían hecho un tango. Como a Legui, igualito. Y una vez me acuerdo que fuimos con ella y el patrón a una playa, todo el día en el agua, fue macanudo. No te creas que podía divertirme mucho, siempre con el entrenamiento y la comida cuidada, y nada que hacerle, el trompa no me sacaba los ojos. «Ya te vas a dar el gusto, pibe», me decía el trompa. Me acuerdo cuando la pelea con Mocoroa, esa fue pelea. Vos sabés que dos meses antes ya lo tenía al patrón dale que esa izquierda va mal, que no te dejés entrar así, y me cambiaba los sparrings y meta salto a la soga y bife jugoso... Menos mal que me dejaba matear un poco, pero siempre me quedaba con sed de verde. Y vuelta a empezar todos los días, tené cuidado con la derecha, la tirás muy abierta, mirá que el coso no es macana. Te creés que yo no lo sabía, más de una vez lo fui a ver y me gustaba el pibe, no se achicaba nunca, y un estilo, che. Vos sabés lo que es estilo, estás ahí y cuando hay que hacer una cosa vas y la hacés sobre el pucho, no como esos que la empiezan a zapallazo limpio, dale que va, arriba abajo los tres minutos. Una vez en *El Gráfico* un coso escribió que yo no tenía estilo. Me dio una bronca, te juro. No te voy a decir que yo era como Rayito, eso era para ir a verlo, pibe, y Mocoroa lo mismo. Yo qué te voy a decir, al rato de empezar ya veía todo colorado y le metía nomás, pero no te vas a creer que no me daba cuenta, solamente que me salía y si me salía bien para qué te vas a afligir. Vos ves cómo fue con Rayito, está bien que no lo saqué pero lo pude. Y a Mocoroa igual, qué querés. Flor de leñada, viejo, se me agachaba hasta el suelo y de abajo me zampaba cada piña que te la debo. Y yo meta a la cara, te juro que a la mitad ya estábamos con bronca y dale nomás. Esa vez no sentí nada, el patrón me agarraba la cabeza y decía pibe no te abrás tanto, dale abajo, pibe, guarda la derecha. Yo le oía todo pero después salíamos y meta biaba los dos, y hasta el final que no podíamos más, fue algo grande. Vos sabés que esa noche después de la pelea nos juntamos en un bodegón, estaba toda la barra y fue lindo verlo al pibe que se reía, y me dijo qué fenómeno, che, cómo fajás, y yo le dije te gané pero para mí que la empatamos, y todos brindaban y era un lío que no te puedo contar... Lástima esta tos, te agarra descuidado y te dobla. Y bueno, ahora hay que cuidarse, mucha leche y estar quieto, qué le vas a hacer. Una cosa que me duele es que no te dejan levantar, a las cinco estoy despierto y meta mirar p'arriba. Pensás y pensás, y siempre lo malo, claro. Y los sueños igual, la otra noche, estaba peleando de nuevo con Peralta. Por qué justo tengo que venir a embocarla en esa pelea, pensá lo que fue, pibe, mejor no acordarse. Vos sabés lo que es toda la barra ahí, todo de nuevo como antes, no como en Nueva York, con los gringos... Y la barra del ringside, toda la hinchada, y unas ganas de ganar para que vieran que... Otra que ganar, si no me salía nada, y vos sabés cómo pegaba Víctor. Ya sé, ya sé, yo le ganaba con una mano, pero a la vuelta era distinto. No tenía ánimo, che, el patrón menos todavía, qué te vas a entrenar bien si estás triste. Y bueno, yo aquí era el campeón y él me desafió, tenía derecho. No le voy a disparar, no te parece. El patrón pensaba que le podía ganar por puntos, no te abrás mucho y no te cansés de entrada, mirá que aquél te va a boxear todo el tiempo. Y claro, se me iba para todos lados, y después que yo no estaba bien, con la barra ahí y todo te juro que tenía un cansancio en el cuerpo... Como modorra, entendés, no te puedo explicar. A la mitad de la pelea la empecé a pasar mal, después no me acuerdo mucho. Mejor no acordarse, no te parece. Son cosas que para qué. Me quisiera olvidar de todo. Mejor dormirse, total aunque soñés con las peleas a veces le acertás una linda y la gozás de nuevo. Como cuando el príncipe, qué plato. Pero mejor cuando no soñás, pibe, y estás durmiendo que es un gusto y no tosés ni nada, meta dormir nomás toda la noche dale que dale.

III

III

RELATO CON UN FONDO DE AGUA

No te preocupes, disculpame este gesto de impaciencia. Era perfectamente natural que nombraras a Lucio, que te acordaras de él a la hora de las nostalgias, cuando uno se deja corromper por esas ausencias que llamamos recuerdos y hay que remendar con palabras y con imágenes tanto hueco insaciable. Además no sé, te habrás fijado que este bungalow invita, basta que uno se instale en la veranda y mire un rato hacia el río y los naranjales, de golpe se está increíblemente lejos de Buenos Aires, perdido en un mundo elemental. Me acuerdo de Láinez cuando nos decía que el Delta hubiera tenido que llamarse el Alfa. Y esa otra vez en la clase de matemáticas, cuando vos... ¿Pero por qué nombraste a Lucio, era necesario que dijeras: Lucio?

El coñac está ahí, servite. A veces me pregunto por qué te molestás todavía en venir a visitarme. Te embarrás los zapatos, te aguantás lo mosquitos y el olor de la lámpara a kerosene... Ya sé, no pongas la cara del amigo ofendido. No es eso, Mauricio, pero en realidad sos el único que queda, del grupo de entonces ya no veo a nadie. Vos, cada cinco o seis meses llega tu carta, y después la lancha te trae con un paquete de libros y botellas, con noticias de ese mundo remoto a menos de cincuenta kilómetros, a lo mejor con la esperanza de arrancarme alguna vez de este rancho medio podrido. No te ofendas, pero casi me da rabia tu fidelidad amistosa. Comprendé, tiene algo de reproche, cuando te vas me siento como enjuiciado, todas mis elecciones definitivas me parecen simples formas de la hipocondría, que un viaje a la ciudad bastaría para mandar al diablo. Vos pertenecés a esa especie de testigos cariñosos que hasta en los peores sueños nos acosan sonriendo. Y ya que hablamos de sueños, ya que nombraste a Lucio, por qué no habría de contarte el sueño como entonces se lo conté a él. Era aquí mismo, pero en esos tiempos —¿cuántos años ya, viejo?— todos ustedes venían a pasar temporadas al bungalow que me dejaban mis padres, nos daba por el remo, por leer poesía hasta la náusea, por enamorarnos desesperadamente de lo más precario y lo más perecedero, todo eso envuelto en una infinita pedantería inofensiva, en una ternura de cachorros sonsos. Éramos tan jóvenes, Mauricio, resultaba tan fácil creerse hastiado, acariciar la imagen de la muerte entre discos de jazz y mate amargo, dueños de una sólida inmortalidad de cincuenta o sesenta años por vivir. Vos eras el más retraído, mostrabas ya esa cortés fidelidad que no se puede rechazar como se rechazan otras fidelidades más impertinentes. Nos mirabas un poco desde fuera, y ya entonces aprendí a admirar en vos las cualidades de los gatos. Uno habla con vos y es como si al mismo tiempo estuviera solo, y a lo mejor es por eso que uno habla con vos como yo ahora. Pero entonces estaban los otros, y jugábamos a tomarnos en serio. Sabés, lo terrible de ese momento de la juventud es que en una hora oscura y sin nombre todo deja de ser serio para ceder a la sucia máscara de seriedad que hay que ponerse en la cara, y yo ahora soy el doctor fulano, y vos el ingeniero mengano, bruscamente nos hemos quedado atrás, empezamos a vernos de otro modo aunque por un tiempo persistamos en los rituales, en los juegos comunes, en las cenas de camaradería que tiran sus últimos salvavidas en medio de la dispersión y el abandono, y todo es tan horriblemente natural, Mauricio, y a algunos les duele más que a otros, los hay como vos que van pasando por sus edades sin sentirlo, que encuentran normal un álbum donde uno se ve con pantalones cortos, con un sombrero de paja o el uniforme de conscripto... En fin, hablábamos de un sueño que tuve en ese tiempo, y era un sueño que empezaba aquí en la veranda, conmigo mirando la luna llena sobre los cañaverales, oyendo las ranas que ladraban como no ladran ni siquiera los perros, y después siguiendo un vago sendero hasta llegar al río, andando despacio por la orilla con la sensación de estar descalzo y que los pies se me hundían en el barro. En el sueño yo estaba solo en la isla, lo que era raro en ese tiempo; si volviese a soñarlo ahora la soledad no me parecería tan vecina de la pesadilla como entonces. Una soledad con la luna apenas trepada en el cielo de la otra orilla, con el chapoteo del río y a veces el golpe aplastado de un durazno cayendo en una zanja. Ahora hasta las ranas se habían callado, el aire estaba pegajoso como esta noche, o como casi siempre aquí, y parecía necesario seguir, dejar atrás el muelle, meterse por la vuelta grande de la costa, cruzar los naranjales, siempre con la luna en la cara. No invento nada, Mauricio, la memoria sabe lo que debe guardar entero. Te cuento lo mismo que entonces le conté a Lucio, voy llegando al lugar donde los juncos raleaban poco a poco y una lengua de tierra avanzaba sobre el río, peligrosa por el barro y la proximidad del canal, porque en el sueño yo sabía que eso era un canal profundo y lleno de remansos, y me acercaba a la punta paso a paso, hundiéndome en el barro amarillo y caliente de luna. Y así me quedé al borde, viendo del otro lado los cañaverales negros donde el agua se perdía secreta mientras aquí, tan cerca, el río manoteaba solapado buscando dónde agarrarse, resbalando otra vez y empecinándose. Todo el canal era luna, una inmensa cuchillería confusa que me tajeaba los ojos, y encima un cielo aplastándose contra la nuca y los hombros, obligándome a mirar interminablemente el agua. Y cuando río arriba vi el cuerpo del ahogado, balanceándose lentamente como para desenredarse de los juncos de la otra orilla, la razón de la noche y de que yo estuviera en ella se resolvió en esa mancha negra a la deriva, que giraba apenas, retenida por un tobillo, por una mano, oscilando blandamente para soltarse saliendo de los juncos hasta ingresar en la corriente del canal, acercándose cadenciosa a la ribera desnuda donde la luna iba a darle de lleno en plena cara.

Estás pálido, Mauricio. Apelemos al coñac, si querés.

Lucio también estaba un poco pálido cuando le conté el sueño. Me dijo solamente: «¿Cómo te acordás de los detalles?» Y a diferencia de vos, cortés como siempre, él parecía adelantarse a lo que le estaba contando, como si temiera que de golpe se me olvidase el resto del sueño. Pero todavía faltaba algo, te estaba diciendo que la corriente del canal hacía girar el cuerpo, jugaba con él antes de traerlo de mi lado, y al borde de la lengua de tierra yo esperaba ese momento en que pasaría casi a mis pies y podría verle la cara. Otra vuelta, un brazo blandamente tendido como si eso nadara todavía, la luna hincándose en el pecho, mordiéndole el vientre, las piernas pálidas, desnudando otra vez al ahogado boca arriba. Tan cerca de mí que me hubiera bastado agacharme para sujetarlo del pelo, tan cerca que lo reconocí, Mauricio, le vi la cara y grité, creo, algo como un grito que me arrancó de mí mismo y me tiró en el despertar, en el jarro de agua que bebí jadeando, en la asombrada y confundida conciencia de que ya no me acordaba de esa cara que acababa de reconocer. Y eso seguiría ya corriente abajo, de nada serviría cerrar los ojos y querer volver al borde del agua, al borde del sueño, luchando por acordarme, queriendo precisamente eso que algo en mí no quería. En fin, vos sabés que más tarde uno se conforma, la máquina diurna está ahí con sus bielas bien lubricadas, con sus rótulos satisfactorios. Ese fin de semana viniste vos, vinieron Lucio y los otros, anduvimos de fiesta todo aquel verano, me acuerdo que después te fuiste al norte, llovió mucho en el delta, y hacia el fin Lucio se hartó de la isla, la lluvia y tantas cosas lo enervaban, de golpe nos mirábamos como yo nunca hubiera pensado que podríamos mirarnos. Entonces empezaron los refugios en el ajedrez o la lectura, el cansancio de tantas inútiles concesiones, y cuando Lucio volvía a Buenos Aires yo me juraba no esperarlo más, incluía a todos mis amigos, al verde mundo que día a día se iba cerrando y muriendo, en una misma hastiada condenación. Pero si algunos se daban por enterados y no aparecían más después de un impecable «hasta pronto», Lucio volvía sin ganas, yo estaba en el muelle esperándolo, nos mirábamos como desde lejos, realmente desde ese otro mundo cada vez más atrás, el pobre paraíso perdido que empecinadamente él volvía a buscar y yo me obstinaba en defenderle casi sin ganas. Vos nunca sospechaste demasiado todo eso, Mauricio, veraneante imperturbable en alguna quebrada norteña, pero ese fin de verano... ¿La ves, allá? Empieza a levantarse entre los juncos, dentro de un momento te dará en la cara. A esta hora es curioso cómo crece el chapoteo del río, no sé si porque los pájaros se han callado o porque la sombra consiente mejor ciertos sonidos. Ya ves, sería injusto no terminar lo que te estaba contando, a esta altura de la noche en que todo coincide cada vez más con esa otra noche en que se lo conté a Lucio. Hasta la situación es simétrica, en esa silla de hamaca llenás el hueco de Lucio que venía en ese fin de verano y se quedaba como vos sin hablar, él que tanto había hablado, y dejaba correr las horas bebiendo, resentido por nada o por la nada, por esa repleta nada que nos iba acosando sin que pudiéramos defendernos. Yo no creía que hubiera odio entre nosotros, era a la vez menos y peor que el odio, un hastío en el centro mismo de algo que había sido a veces una tormenta o un girasol o si preferís una espada, todo menos ese tedio, ese otoño pardo y sucio que crecía desde adentro como telas en los ojos. Salíamos a recorrer la isla, corteses y amables, cuidando de no herirnos; caminábamos sobre hojas secas, pesados colchones de hojas secas a la orilla del río. A veces me engañaba el silencio, a veces una palabra con el acento de antes, y tal vez Lucio caía conmigo en las astutas trampas inútiles del hábito, hasta que una mirada o el deseo acuciante de estar a solas nos ponía de nuevo frente a frente, siempre amables y corteses y extranjeros. Entonces él me dijo: «Es una hermosa noche; caminemos.» Y como podríamos hacerlo ahora vos y yo, bajamos de la veranda y fuimos hacia allá, donde sale esa luna que te da en los ojos. No me acuerdo demasiado del camino, Lucio iba delante y yo dejaba que mis pasos cayeran sobre sus huellas y aplastaran otra vez las hojas muertas. En algún momento debí empezar a reconocer la senda entre los naranjos; quizá fue más allá, del lado de los últimos ranchos y los juncales. Sé que en ese momento la silueta de Lucio se volvió lo único incongruente en ese encuentro metro a metro, noche a noche, a tal punto coincidente que no me extrañé cuando los juncos se abrieron para mostrar a plena luna la lengua de tierra entrando en el canal, las manos del río resbalando sobre el barro amarillo. En alguna parte a nuestras espaldas un durazno podrido cayó con un golpe que tenía algo de bofetada, de torpeza indecible.

Al borde del agua, Lucio se volvió y me estuvo mirando un momento. Dijo: «¿Este es el lugar, verdad?» Nunca habíamos vuelto a hablar del sueño, pero le contesté: «Sí, este es el lugar.» Pasó un tiempo antes que dijera: «Hasta eso me has robado, hasta mi deseo más secreto; porque yo he deseado un sitio así, yo he necesitado un sitio así. Has soñado un sueño ajeno.» Y cuando dijo eso, Mauricio, cuando lo dijo con una voz monótona y dando un paso hacia mí, algo debió estallar en mi olvido, cerré los ojos y supe que iba a recordar, sin mirar hacia el río supe que iba a ver el final del sueño, y lo vi, Mauricio, vi al ahogado con la luna arrodillada sobre el pecho, y la cara del ahogado era la mía, Mauricio, la cara del ahogado era la mía.

¿Por qué te vas? Si te hace falta, hay un revólver en el cajón del escritorio, si querés podés alertar a la gente del otro rancho. Pero quedate, Mauricio, quedate otro poco oyendo el chapoteo del río, a lo mejor acabarás por sentir que entre todas esas manos de agua y juncos que resbalan en el barro y se deshacen en remolinos, hay unas manos que a esta hora se hincan en las raíces y no sueltan, algo trepa al muelle y se endereza cubierto de basuras y mordiscos de peces, viene hacia aquí a buscarme. Todavía puedo dar vuelta la moneda, todavía puedo matarlo otra vez, pero se obstina y vuelve y alguna noche me llevará con él. Me llevará, te digo, y el sueño cumplirá su imagen verdadera. Tendré que ir, la lengua de tierra y los cañaverales me verán pasar boca arriba, magnífico de luna, y el sueño estará al fin completo, Mauricio, el sueño estará al fin completo.

DESPUÉS DEL ALMUERZO

Después del almuerzo yo hubiera querido quedarme en mi cuarto leyendo, pero papá y mamá vinieron casi en seguida a decirme que esa tarde tenía que llevarlo de paseo.

Lo primero que contesté fue que no, que lo llevara otro, que por favor me dejaran estudiar en mi cuarto. Iba a decirles otras cosas, explicarles por qué no me gustaba tener que salir con él, pero papá dio un paso adelante y se puso a mirarme en esa forma que no puedo resistir, me clava los ojos y yo siento que se me van entrando cada vez más hondo en la cara, hasta que estoy a punto de gritar y tengo que darme vuelta y contestar que sí, que claro, en seguida. Mamá en esos casos no dice nada y no me mira, pero se queda un poco atrás con las dos manos juntas, y yo le veo el pelo gris que le cae sobre la frente y tengo que darme vuelta y contestar que sí, que claro, en seguida. Entonces se fueron sin decir nada más y yo empecé a vestirme, con el único consuelo de que iba a estrenar unos zapatos amarillos que brillaban y brillaban.

Cuando salí de mi cuarto eran las dos, y tía Encarnación dijo que podía ir a buscarlo a la pieza del fondo, donde siempre le gusta meterse por la tarde. Tía Encarnación debía darse cuenta de que yo estaba desesperado por tener que salir con él, porque me pasó la mano por la cabeza y después se agachó y me dio un beso en la frente. Sentí que me ponía algo en el bolsillo.

—Para que te compres alguna cosa —me dijo al oído—. Y no te olvides de darle un poco, es preferible.

Yo la besé en la mejilla, más contento, y pasé delante de la puerta de la sala donde estaban papá y mamá jugando a las damas. Creo que les dije hasta luego, alguna cosa así, y después saqué el billete de cinco pesos para alisarlo bien y guardarlo en mi cartera donde ya había otro billete de un peso y monedas.

Lo encontré en un rincón del cuarto, lo agarré lo mejor que pude y salimos por el patio hasta la puerta que daba al jardín de adelante. Una o dos veces sentí la tentación de soltarlo, volver adentro y decirles a papá y a mamá que él no quería venir conmigo, pero estaba seguro de que acabarían por traerlo y obligarme a ir con él hasta la puerta de calle. Nunca me habían pedido que lo llevara al centro, era injusto que me lo pidieran porque sabían muy bien que la única vez que me habían obligado a pasearlo por la vereda había ocurrido esa cosa horrible con el gato de los Álvarez. Me parecía estar viendo todavía la cara del vigilante hablando con papá en la puerta, y después papá sirviendo dos vasos de caña, y mamá llorando en su cuarto. Era injusto que me lo pidieran.

Por la mañana había llovido y las veredas de Buenos Aires están cada vez más rotas, apenas se puede andar sin meter los pies en algún charco. Yo hacía lo posible para cruzar por las partes más secas y no mojarme los zapatos nuevos, pero en seguida vi que a él le gustaba meterse en el agua, y tuve que tironear con todas mis fuerzas para obligarlo a ir de mi lado. A pesar de eso consiguió acercarse a un sitio donde había una baldosa un poco más hundida que la otras, y cuando me di cuenta ya estaba completamente empapado y tenía hojas secas por todas partes. Tuve que pararme, limpiarlo, y todo el tiempo sentía que los vecinos estaban mirando desde los jardines, sin decir nada pero mirando. No quiero mentir, en realidad no me importaba tanto que nos miraran (que lo miraran a él, y a mí que lo llevaba de paseo); lo peor era estar ahí parado, con un pañuelo que se iba mojando y llenando de manchas de barro y pedazos de hojas secas, y teniendo que sujetarlo al mismo tiempo para que no volviera a acercarse al charco. Además yo estoy acostumbrado a andar por las calles con las manos en los bolsillos del pantalón, silbando o mascando chicle, o leyendo las historietas mientras con la parte de abajo de los ojos voy adivinando las baldosas de las veredas que conozco perfectamente desde mi casa hasta el tranvía, de modo que sé cuándo paso delante de la casa de la Tita o cuándo voy a llegar a la esquina de Carabobo. Y ahora no podía hacer nada de eso, y el pañuelo me empezaba a mojar el forro del bolsillo y sentía la humedad en la pierna, era como para no creer en tanta mala suerte junta.

A esa hora el tranvía viene bastante vacío, y yo rogaba que pudiéramos sentarnos en el mismo asiento, poniéndolo a él del lado de la ventanilla para que molestara menos. No es que se mueva demasiado, pero a la gente le molesta lo mismo y yo comprendo. Por eso me afligí al subir, porque el tranvía estaba casi lleno y no había ningún asiento doble desocupado. El viaje era demasiado largo para quedarnos en la plataforma, el guarda me hubiera mandado que me sentara y lo pusiera en alguna parte; así que lo hice entrar en seguida y lo llevé hasta un asiento del medio donde una señora ocupaba el lado de la ventanilla. Lo mejor hubiera sido sentarme detrás de él para vigilarlo, pero el tranvía estaba lleno y tuve que seguir adelante y sentarme bastante más lejos. Los pasajeros no se fijaban mucho, a esa hora la gente va haciendo la digestión y está medio dormida con los barquinazos del tranvía. Lo malo fue que el guarda se paró al lado del asiento donde yo lo había instalado, golpeando con una moneda en el fierro de la máquina de los boletos, y yo tuve que darme vuelta y hacerle señas de que viniera a cobrarme a mí, mostrándole la plata para que comprendiera que tenía que darme dos boletos, pero el guarda era uno de esos chinazos que están viendo las cosas y no quieren entender, dale con la moneda golpeando contra la máquina. Me tuve que levantar (y ahora dos o tres pasajeros me miraban) y acercarme al otro asiento. «Dos boletos», le dije. Cortó uno, me miró un momento, y después me alcanzó el boleto y miró para abajo, medio de reojo. «Dos, por favor», repetí, seguro de que todo el tranvía ya estaba enterado. El chinazo cortó el otro boleto y me lo dio, iba a decirme algo pero yo le alcancé la plata justa y me volví en dos trancos a mi asiento, sin mirar para atrás. Lo peor era que a cada momento tenía que darme vuelta para ver si seguía quieto en el asiento de atrás, y con eso iba llamando la atención de algunos pasajeros. Primero decidí que sólo me daría vuelta al pasar cada esquina, pero las cuadras me parecían terriblemente largas y a cada momento tenía miedo de oír alguna exclamación o un grito, como cuando el gato de los Álvarez. Entonces me puse a contar hasta diez, igual que en las peleas, y eso venía a ser más o menos media cuadra. Al llegar a diez me daba vuelta disimuladamente, por ejemplo arreglándome el cuello de la camisa o metiendo la mano en el bolsillo del saco, cualquier cosa que diera la impresión de un tic nervioso o algo así.

Como a las ocho cuadras no sé por qué me pareció que la señora que iba del lado de la ventanilla se iba a bajar. Eso era lo peor, porque le iba a decir algo para que la dejara pasar, y cuando él no se diera cuenta o no quisiera darse cuenta, a lo mejor la señora se enojaba y quería pasar a la fuerza, pero yo sabía lo que iba a ocurrir en ese caso y estaba con los nervios de punta, de manera que empecé a mirar para atrás antes de llegar a cada esquina, y en una de esas me pareció que la señora estaba ya a punto de levantarse, y hubiera jurado que le decía algo porque miraba de su lado y yo creo que movía la boca. Justo en ese momento una vieja gorda se levantó de uno de los asientos cerca del mío y empezó a andar por el pasillo, y yo iba detrás queriendo empujarla, darle una patada en las piernas para que se apurara y me dejara llegar al asiento donde la señora había agarrado una canasta o algo que tenía en el suelo y ya se levantaba para salir. Al final creo que la empujé, la oí que protestaba, no sé cómo llegué al lado del asiento y conseguí sacarlo a tiempo para que la señora pudiera bajarse en la esquina. Entonces lo puse contra la ventanilla y me senté a su lado, tan feliz aunque cuatro o cinco idiotas me estuvieran mirando desde los asientos de adelante y desde la plataforma donde a lo mejor el chinazo les había dicho alguna cosa.

Ya andábamos por el Once, y afuera se veía un sol

precioso y las calles estaban secas. A esa hora si yo hubiera viajado solo me habría largado del tranvía para seguir a pie hasta el centro, para mí no es nada ir a pie desde el Once a Plaza de Mayo, una vez que me tomé el tiempo le puse justo treinta y dos minutos, claro que corriendo de a ratos y sobre todo al final. Pero ahora en cambio tenía que ocuparme de la ventanilla, porque un día alguien había contado que era capaz de abrir de golpe la ventanilla y tirarse afuera, nada más que por el gusto de hacerlo, como tantos otros gustos que nadie se explicaba. Una o dos veces me pareció que estaba a punto de levantar la ventanilla, y tuve que pasar el brazo por detrás y sujetarla por el marco. A lo mejor eran cosas mías, tampoco quiero asegurar que estuviera por levantar la ventanilla y tirarse. Por ejemplo, cuando lo del inspector me olvidé completamente del asunto y sin embargo no se tiró. El inspector era un tipo alto y flaco que apareció por la plataforma delantera y se puso a marcar los boletos con ese aire amable que tienen algunos inspectores. Cuando llegó a mi asiento le alcancé los dos boletos y él marcó uno, miró para abajo, después miró el otro boleto, lo fue a marcar y se quedó con el boleto metido en la ranura de la pinza, y todo el tiempo yo rogaba que lo marcara de una vez y me lo devolviera, me parecía que la gente del tranvía nos estaba mirando cada vez más. Al final lo marcó encogiéndose de hombros, me devolvió los dos boletos, y en la plataforma de atrás oí que alguien soltaba una carcajada, pero naturalmente no quise darme vuelta, volví a pasar el brazo y sujeté la ventanilla, haciendo como que no veía más al inspector y a todos los otros. En Sarmiento y Libertad se empezó a bajar la gente, y cuando llegamos a Florida ya no había casi nadie. Esperé hasta San Martín y lo hice salir por la plataforma delantera, porque no quería pasar al lado del chinazo que a lo mejor me decía alguna cosa.

A mí me gusta mucho la Plaza de Mayo, cuando me hablan del centro pienso en seguida en la Plaza de Mayo. Me gusta por las palomas, por la Casa de Gobierno y porque trae tantos recuerdos de historia, de las bombas que cayeron cuando hubo revolución, y los caudillos que habían dicho que iban a atar sus caballos en la Pirámide. Hay maniseros y tipos que venden cosas, en seguida se encuentra un banco vacío y si uno quiere puede seguir un poco más y al rato llega al puerto y ve los barcos y los guinches. Por eso pensé que lo mejor era llevarlo a la Plaza de Mayo, lejos de los autos y los colectivos, y sentarnos un rato ahí hasta que fuera hora de ir volviendo a casa. Pero cuando bajamos del tranvía y empezamos a andar por San Martín sentí como un mareo, de golpe me daba cuenta de .que me había cansado terriblemente, casi una hora de viaje y todo el tiempo teniendo que mirar hacia atrás, hacerme el que no veía que nos estaban mirando, y después el guarda con los boletos, y la señora que se iba a bajar, y el inspector. Me hubiera gustado tanto poder entrar en una lechería y pedir un helado o un vaso de leche, pero estaba seguro de que no iba a poder, que me iba a arrepentir si lo hacía entrar en un local cualquiera donde la gente estaría sentada y tendría más tiempo para mirarnos. En la calle la gente se cruza y cada uno sigue viaje, sobre todo en San Martín que está lleno de bancos y oficinas y todo el mundo anda apurado con portafolios debajo del brazo. Así que seguimos hasta la esquina de Cangallo, y entonces cuando íbamos pasando delante de las vidrieras de Peuser que estaban llenas de tinteros y cosas preciosas, sentí que él no quería seguir, se hacía cada vez más pesado y por más que yo tiraba (tratando de no llamar la atención) casi no podía caminar y al final tuve que pararme delante de la última vidriera, haciéndome el que miraba los juegos de escritorio repujados en cuero. A lo mejor estaba un poco cansado, a lo mejor no era un capricho. Total, estar ahí parados no tenía nada de malo, pero igual no me gustaba porque la gente que pasaba tenía más tiempo para fijarse, y dos o tres veces me di cuenta de que alguien le hacía algún comentario a otro, o se pegaban con el codo para llamarse la atención. Al final no pude más y lo agarré otra vez, haciéndome el que caminaba con naturalidad, pero cada paso me costaba como en esos sueños en que uno tiene unos zapatos que pesan toneladas y apenas puede despegarse del sueño. A la larga conseguí que se le pasara el capricho de quedarse ahí parado, y seguimos por San Martín hasta la esquina de la Plaza de Mayo. Ahora la cosa era cruzar, porque a él no le gusta cruzar una calle. Es capaz de abrir la ventanilla del tranvía y tirarse, pero no le gusta cruzar la calle. Lo malo es que para llegar a la Plaza de Mayo hay que cruzar siempre alguna calle con mucho tráfico, en Cangallo y Bartolomé Mitre no había sido tan difícil pero ahora yo estaba a punto de renunciar, me pesaba terriblemente en la mano, y dos veces que el tráfico se paró y los que estaban a nuestro lado en el cordón de la vereda empezaron a cruzar la calle, me di cuenta de que no íbamos a poder llegar al otro lado porque se plantaría justo en la mitad, y entonces preferí seguir esperando hasta que se decidiera. Y claro, el del puesto de revistas de la esquina ya estaba mirando cada vez más, y le decía algo a un pibe de mi edad que hacía muecas y le contestaba qué sé yo, y los autos seguían pasando y se paraban y volvían a pasar, y nosotros ahí plantados. En una de esas se iba a acercar el vigilante, eso era lo peor que nos podía suceder porque los vigilantes son muy buenos y por eso meten la pata, se ponen a hacer preguntas, averiguan si uno anda perdido, y de golpe a él le puede dar uno de sus caprichos y yo no sé en lo que termina la cosa. Cuanto más pensaba más me afligía, y al final tuve miedo de veras, casi como ganas de vomitar, lo juro, y en un momento en que paró el tráfico lo agarré bien y cerré los ojos y tiré para adelante doblándome casi en dos, y cuando estuvimos en la Plaza lo solté, seguí dando unos pasos solo, y después volví para atrás y hubiera querido que se muriera, que ya estuviera muerto, o que papá y mamá estuvieran muertos, y yo también al fin y al cabo, que todos estuvieran muertos y enterrados menos tía Encarnación.

Pero esas cosas se pasan en seguida, vimos que había un banco muy lindo completamente vacío, y yo lo sujeté sin tironearlo y fuimos a ponernos en ese banco y a mirar las palomas que por suerte no se dejan agarrar como los gatos. Compré manises y caramelos, le fui dando de las dos cosas y estábamos bastante bien con ese sol que hay por la tarde en la Plaza de Mayo y la gente que va de un lado a otro. Yo no sé en qué momento me vino la idea de abandonarlo ahí, lo único que me acuerdo es que estaba pelándole un maní y pensando al mismo tiempo que si me hacía el que iba a tirarles algo a las palomas que andaban más lejos, sería facilísimo dar la vuelta a la pirámide y perderlo de vista. Me parece que en ese momento no pensaba en volver a casa ni en la cara de papá y mamá, porque si lo hubiera pensado no habría hecho esa pavada. Debe ser muy difícil abarcar todo al mismo tiempo como hacen los sabios y los historiadores, yo pensé solamente que lo podía abandonar ahí y andar solo por el centro con las manos en los bolsillos, y comprarme una revista o entrar a tomar un helado en alguna parte antes de volver a casa. Le seguí dando manises un rato pero ya estaba decidido, y en una de esas me hice el que me levantaba para estirar las piernas y vi que no le importaba si seguía a su lado o me iba a darle manises a las palomas. Les empecé a tirar lo que me quedaba, y las palomas me andaban por todos lados, hasta que se me acabó el maní y se cansaron. Desde la otra punta de la plaza apenas se veía el banco; fue cosa de un momento cruzar a la Casa Rosada donde siempre hay dos granaderos de guardia, y por el costado me largué hasta el Paseo Colón, esa calle donde mamá dice que no deben ir los niños solos. Ya por costumbre me daba vuelta a cada momento, pero era imposible que me siguiera, lo más que podría estar haciendo sería revolcarse alrededor del banco hasta que se acercara alguna señora de la beneficencia o algún vigilante.

No me acuerdo muy bien de lo que pasó en ese rato en que yo andaba por el Paseo Colón, que es una avenida como cualquier otra. En una de esas yo estaba sentado en una vidriera baja de una casa de importaciones y exportaciones, y entonces me empezó a doler el estómago, no como cuando uno tiene que ir en seguida al baño, era más arriba, en el estómago verdadero, como si se me retorciera poco a poco, y yo quería respirar y me costaba, entonces tenía que quedarme quieto y esperar que se pasara el calambre, y delante de mí se veía como una mancha verde y puntitos que bailaban, y la cara de papá, al final era solamente la cara de papá porque yo había cerrado los ojos, me parece, y en medio de la mancha verde estaba la cara de papá. Al rato pude respirar mejor, y unos muchachos me miraron un momento y uno le dijo al otro que yo estaba descompuesto, pero yo moví la cabeza y dije que no era nada, que siempre me daban calambres pero se me pasaban en seguida. Uno dijo que si yo quería que fuera a buscar un vaso de agua, y el otro me aconsejó que me secara la frente porque estaba sudando. Yo me sonreí y dije que ya estaba bien, y me puse a caminar para que se fueran y me dejaran solo. Era cierto que estaba sudando porque me caía el agua por las cejas y una gota salada me entró en un ojo, y entonces saqué el pañuelo y me lo pasé por la cara, y sentí un arañazo en el labio, y cuando miré era una hoja seca pegada en el pañuelo que me había arañado la boca.

No sé cuánto tardé en llegar otra vez a la Plaza de Mayo. A la mitad de la subida me caí pero volví a levantarme antes que nadie se diera cuenta, y crucé a la carrera entre todos los autos que pasaban por delante de la Casa Rosada. Desde lejos vi que no se había movido del banco, pero seguí corriendo y corriendo hasta llegar al banco, y me tiré como muerto mientras las palomas salían volando asustadas y la gente se daba vuelta con ese aire que toman para mirar a los chicos que corren, como si fuera un pecado. Después de un rato lo limpié un poco y dije que teníamos que volver a casa. Lo dije para oírme yo mismo y sentirme todavía más contento, porque con él lo único que servía era agarrarlo bien y llevarlo, las palabras no las escuchaba o se hacía el que no las escuchaba. Por suerte esta vez no se encaprichó al cruzar las calles, y el tranvía estaba casi vacío al comienzo del recorrido, así que lo puse en el primer asiento y me senté al lado y no me di vuelta ni una sola vez en todo el viaje, ni siquiera al bajarnos. La última cuadra la hicimos muy despacio, él queriendo meterse en los charcos y yo luchando para que pasara por las baldosas secas. Pero no me importaba, no me importaba nada. Pensaba todo el tiempo: «Lo abandoné», lo miraba y pensaba: «Lo abandoné», y aunque no me había olvidado del Paseo Colón me sentía tan bien, casi orgulloso. A lo mejor otra vez... No era fácil, pero a lo mejor... Quien sabe con qué ojos me mirarían papá y mamá cuando me vieran llegar con él de la mano. Claro que estarían contentos de que yo lo hubiera llevado a pasear al centro, los padres siempre están contentos de esas cosas; pero no sé por qué en ese momento se me daba por pensar que también a veces papá y mamá sacaban el pañuelo para secarse, y que también en el pañuelo había una hoja seca que les lastimaba la cara.

AXOLOTL

Hubo un tiempo en que yo pensaba mucho en los axolotl. Iba a verlos al acuario del Jardin des Plantes y me quedaba horas mirándolos, observando su inmovilidad, sus oscuros movimientos. Ahora soy un axolotl.

El azar me llevó hasta ellos una mañana de primavera en que París abría su cola de pavorreal después de la lenta invernada. Bajé por el bulevar de Port-Royal, tomé St. Marcel y L'Hôpital, vi los verdes entre tanto gris y me acordé de los leones. Era amigo de los leones y las panteras, pero nunca había entrado en el húmedo y oscuro edificio de los acuarios. Dejé mi bicicleta contra las rejas y fui a ver los tulipanes. Los leones estaban feos y tristes y mi pantera dormía. Opté por los acuarios, soslayé peces vulgares hasta dar inesperadamente con los axolotl. Me quedé una hora mirándolos y salí, incapaz de otra cosa.

En la biblioteca Sainte-Geneviève consulté un diccionario y supe que los axolotl son formas larvales, provistas de branquias, de una especie de batracios del género amblistoma. Que eran mexicanos lo sabía ya por ellos mismos, por sus pequeños rostros rosados aztecas y el cartel en lo alto del acuario. Leí que se han encontrado ejemplares en África capaces de vivir en tierra durante los períodos de sequía, y que continúan su vida en el agua al llegar la estación de las lluvias. Encontré su nombre español, ajolote, la mención de que son comestibles y que su aceite se usaba (se diría que no se usa más) como el de hígado de bacalao.

No quise consultar obras especializadas, pero volví al

día siguiente al Jardín des Plantes. Empecé a ir todas las mañanas, a veces de mañana y de tarde. El guardián de los acuarios sonreía perplejo al recibir el billete. Me apoyaba en la barra de hierro que bordea los acuarios y me ponía a mirarlos. No hay nada de extraño en esto, porque desde un primer momento comprendí que estábamos vinculados, que algo infinitamente perdido y distante seguía sin embargo uniéndonos. Me había bastado detenerme aquella primera mañana ante el cristal donde unas burbujas corrían en el agua. Los axolotl se amontonaban en el mezquino y angosto (sólo yo puedo saber cuán angosto y mezquino) piso de piedra y musgo del acuario. Había nueve ejemplares, y la mayoría apoyaba la cabeza contra el cristal, mirando con sus ojos de oro a los que se acercaban. Turbado, casi avergonzado, sentí como una impudicia asomarme a esas figuras silenciosas e inmóviles aglomeradas en el fondo del acuario. Aislé mentalmente una, situada a la derecha y algo separada de las otras, para estudiarla mejor. Vi un cuerpecito rosado y como translúcido (pensé en las estatuillas chinas de cristal lechoso), semejante a un pequeño lagarto de quince centímetros, terminado en una cola de pez de una delicadeza extraordinaria, la parte más sensible de nuestro cuerpo. Por el lomo le corría una aleta transparente que se fusionaba con la cola, pero lo que me obsesionó fueron las patas, de una finura sutilísima, acabadas en menudos dedos, en uñas minuciosamente humanas. Y entonces descubrí sus ojos, su cara. Un rostro inexpresivo, sin otro rasgo que los ojos, dos orificios como cabezas de alfiler, enteramente de un oro transparente, carentes de toda vida pero mirando, dejándose penetrar por mi mirada que parecía pasar a través del punto áureo y perderse en un diáfano misterio interior. Un delgadísimo halo negro rodeaba el ojo y lo inscribía en la carne rosa, en la piedra rosa de la cabeza vagamente triangular pero con lados curvos e irregulares, que le daban una total semejanza con una estatuilla corroída por el tiempo. La boca estaba disimulada por el plano triangular de la cara, sólo de perfil se adivinaba su tamaño considerable; de frente una fina hendedura rasgaba apenas la piedra sin vida. A ambos lados de la cabeza, donde hubieran debido estar las orejas, le crecían tres ramitas rojas como de coral, una excrecencia vegetal, las branquias, supongo. Y era lo único vivo en él, cada diez o quince segundos las ramitas se enderezaban rígidamente y volvían a bajarse. A veces una pata se movía apenas, yo veía los diminutos dedos posándose con suavidad en el musgo. Es que no nos gusta movernos mucho, y el acuario es tan mezquino; apenas avanzamos un poco nos damos con la cola o la cabeza de otro de nosotros; surgen dificultades, peleas, fatiga. El tiempo se siente menos si nos estamos quietos.

Fue su quietud lo que me hizo inclinarme fascinado la primera vez que vi a los axolotl. Oscuramente me pareció comprender su voluntad secreta, abolir el espacio y el tiempo con una inmovilidad indiferente. Después supe mejor, la contracción de las branquias, el tanteo de las finas patas en las piedras, la repentina natación (algunos de ellos nadan con la simple ondulación del cuerpo) me probó que eran capaces de evadirse de ese sopor mineral en que pasaban horas enteras. Sus ojos, sobre todo, me obsesionaban. Al lado de ellos, en los restantes acuarios, diversos peces me mostraban la simple estupidez de sus hermosos ojos semejantes a los nuestros. Los ojos de los axolotl me decían de la presencia de una vida diferente de otra manera de mirar. Pegando mi cara al vidrio (a veces el guardián tosía, inquieto) buscaba ver mejor los diminutos puntos áureos, esa entrada al mundo infinitamente lento y remoto de las criaturas rosadas. Era inútil golpear con el dedo en el cristal, delante de sus caras; jamás se advertía la menor reacción. Los ojos de oro seguían ardiendo con su dulce, terrible luz; seguían mirándome desde una profundidad insondable que me daba vértigo.

Y sin embargo estaban cerca. Lo supe antes de esto, antes de ser un axolotl. Lo supe el día en que me acerqué a ellos por primera vez. Los rasgos antropomórficos de un mono revelan, al revés de lo que cree la mayoría, la distancia que va de ellos a nosotros. La absoluta falta de semejanza de los axolotl con el ser humano me probó que mi reconocimiento era válido, que no me apoyaba en analogías fáciles. Sólo las manecitas... Pero una lagartija tiene también manos así, y en nada se nos parece. Yo creo que era la cabeza de los axolotl, esa forma triangular rosada con los ojillos de oro. Eso miraba y sabía. Eso reclamaba. No eran *animales*.

Parecía fácil, casi obvio, caer en la mitología. Empecé viendo en los axolotl una metamorfosis que no conseguía anular una misteriosa humanidad. Los imaginé conscientes, esclavos de su cuerpo, infinitamente condenados a un silencio abisal, a una reflexión desesperada. Su mirada ciega, el diminuto disco de oro inexpresivo y sin embargo terriblemente lúcido, me penetraba como un mensaje: «Sálvanos, sálvanos.» Me sorprendía musitando palabras de consuelo, transmitiendo pueriles esperanzas. Ellos seguían mirándome, inmóviles; de pronto las ramillas rosadas de las branquias se enderezaban. En ese instante yo sentía como un dolor sordo; tal vez me veían, captaban mi esfuerzo por penetrar en lo impenetrable de sus vidas. No eran seres humanos, pero en ningún animal había encontrado una relación tan profunda conmigo. Los axolotl eran como testigos de algo, y a veces como horribles jueces. Me sentía innoble frente a ellos; había una pureza tan espantosa en esos ojos transparentes. Eran larvas, pero larva quiere decir máscara y también fantasma. Detrás de esas caras aztecas, inexpresivas y sin embargo de una crueldad implacable, ¿qué imagen esperaba su hora?

Les temía. Creo que de no haber sentido la proximidad de otros visitantes y del guardián, no me hubiese atrevido a quedarme solo con ellos. «Usted se los come con los ojos», me decía riendo el guardián, que debía suponerme un poco desequilibrado. No se daba cuenta de que eran ellos los que me devoraban lentamente por los ojos, en un canibalismo de oro. Lejos del acuario no hacía más que pensar en ellos, era como si me influyeran a distancia. Llegué a ir todos los días, y de noche los imaginaba inmóviles en la oscuridad, adelantando lentamente una mano que de pronto encontraba la de otro. Acaso sus ojos veían en plena noche, y el día continuaba para ellos indefinidamente. Los ojos de los axolotl no tienen párpados.

Ahora sé que no hubo nada de extraño, que eso tenía que ocurrir. Cada mañana, al inclinarme sobre el acuario, el reconocimiento era mayor. Sufrían, cada fibra de mi cuerpo alcanzaba ese sufrimiento amordazado, esa tortura rígida en el fondo del agua. Espiaban algo, un remoto señorío aniquilado, un tiempo de libertad en que el mundo había sido de los axolotl. No era posible que una expresión tan terrible que alcanzaba a vencer la inexpresividad forzada de sus rostros de piedra, no portara un mensaje de dolor, la prueba de esa condena eterna, de ese infierno líquido que padecían. Inútilmente quería probarme que mi propia sensibilidad proyectaba en los axolotl una conciencia inexistente. Ellos y yo sabíamos. Por eso no hubo nada de extraño en lo que ocurrió. Mi cara estaba pegada al vidrio del acuario, mis ojos trataban una vez más de penetrar el misterio de esos ojos de oro sin iris y sin pupila. Veía de muy cerca la cara de un axolotl inmóvil junto al vidrio. Sin transición, sin sorpresa, vi mi cara contra el vidrio, en vez del axolotl vi mi cara contra el vidrio, la vi fuera del acuario, la vi del otro lado del vidrio. Entonces mi cara se apartó y yo comprendí.

Sólo una cosa era extraña: seguir pensando como antes, saber. Darme cuenta de eso fue en el primer momento como el horror del enterrado vivo que despierta a su destino. Afuera, mi cara volvía a acercarse al vidrio, veía mi boca de labios apretados por el esfuerzo de comprender a los axolotl. Yo era un axolotl y sabía ahora instantáneamente que ninguna comprensión era posible. Él estaba fuera del acuario, su pensamiento era un pensamiento fuera del acuario. Conociéndolo, siendo él mismo, yo era un axolotl y estaba en mi mundo. El horror venía —lo supe en el mismo momento— de creerme prisionero en un cuerpo de axolotl, transmigrado a él con mi pensamiento de hombre, enterrado vivo en un axolotl, condenado a moverme lúcidamente entre criaturas insensibles. Pero aquello cesó cuando una pata vino a rozarme la cara, cuando moviéndome apenas a un lado vi a un axolotl junto a mí, que me miraba, y supe que también él sabía, sin comunicación posible pero tan claramente.

O yo estaba también en él, o todos nosotros pensábamos como un hombre, incapaces de expresión, limitados al resplandor dorado de nuestros ojos que miraban la cara del hombre pegada al acuario.

Él volvió muchas veces, pero viene menos ahora. Pasa semanas sin asomarse. Ayer lo vi, me miró largo rato y se fue bruscamente. Me pareció que no se interesaba tanto por nosotros, que obedecía a una costumbre. Como lo único que hago es pensar, pude pensar mucho en él. Se me ocurre que al principio continuamos comunicados, que él se sentía más que nunca unido al misterio que lo obsesionaba. Pero los puentes están cortados entre él y yo, porque lo que era su obsesión es ahora un axolotl, ajeno a su vida de hombre. Creo que al principio yo era capaz de volver en cierto modo a él —ah, sólo en cierto modo— y mantener alerta su deseo de conocernos mejor. Ahora soy definitivamente un axolotl, y si pienso como un hombre es sólo porque todo axolotl piensa como un hombre dentro de su imagen de piedra rosa. Me parece que de todo esto alcancé a comunicarle algo en los primeros días, cuando yo era todavía él. Y en esta soledad final, a la que él ya no vuelve, me consuela pensar que acaso va a escribir sobre nosotros, creyendo imaginar un cuento va a escribir todo esto sobre los axolotl.

LA NOCHE BOCA ARRIBA

> Y salían en ciertas épocas a cazar
> enemigos; le llamaban la guerra flo-
> rida.

A mitad del largo zaguán del hotel pensó que debía ser tarde, y se apuró a salir a la calle y sacar la motocicleta del rincón donde el portero de al lado le permitía guardarla. En la joyería de la esquina vio que eran las nueve menos diez; llegaría con tiempo sobrado adonde iba. El sol se filtraba entre los altos edificios del centro, y él —porque para sí mismo, para ir pensando, no tenía nombre— montó en la máquina saboreando el paseo. La moto ronroneaba entre sus piernas, y un viento fresco le chicoteaba los pantalones.

Dejó pasar los ministerios (el rosa, el blanco) y la serie de comercios con brillantes vitrinas de la calle Central. Ahora entraba en la parte más agradable del trayecto, el verdadero paseo: una calle larga, bordeada de árboles, con poco tráfico y amplias villas que dejaban venir los jardines hasta las aceras, apenas demarcadas por setos bajos. Quizá algo distraído, pero corriendo sobre la derecha como correspondía, se dejó llevar por la tersura, por la leve crispación de ese día apenas empezado. Tal vez su involuntario relajamiento le impidió prevenir el accidente. Cuando vio que la mujer parada en la esquina se lanzaba a la calzada a pesar de las luces verdes, ya era tarde para las soluciones fáciles. Frenó con el pie y la mano, desviándose a la izquierda; oyó el grito de la mujer, y junto con el choque perdió la visión. Fue como dormirse de golpe.

Volvió bruscamente del desmayo. Cuatro o cinco hombres jóvenes lo estaban sacando de debajo de la moto. Sentía gusto a sal y sangre, le dolía una rodilla, y cuando lo alzaron gritó, porque no podía soportar la presión en el brazo derecho. Voces que no parecían pertenecer a las caras suspendidas sobre él, lo alentaban con bromas y seguridades. Su único alivio fue oír la confirmación de que había estado en su derecho al cruzar la esquina. Preguntó por la mujer, tratando de dominar la náusea que le ganaba la garganta. Mientras lo llevaban boca arriba hasta una farmacia próxima, supo que la causante del accidente no tenía más que rasguños en las piernas. «Usté la agarró apenas, pero el golpe le hizo saltar la máquina de costado...» Opiniones, recuerdos, despacio, éntrenlo de espaldas, así va bien, y alguien con guardapolvo dándole a beber un trago que lo alivió en la penumbra de una pequeña farmacia de barrio.

La ambulancia policial llegó a los cinco minutos, y lo subieron a una camilla blanda donde pudo tenderse a gusto. Con toda lucidez, pero sabiendo que estaba bajo los efectos de un shock terrible, dio sus señas al policía que lo acompañaba. El brazo casi no le dolía; de una cortadura en la ceja goteaba sangre por toda la cara. Una o dos veces se lamió los labios para beberla. Se sentía bien, era un accidente, mala suerte; unas semanas quieto y nada más. El vigilante le dijo que la motocicleta no parecía muy estropeada. «Natural», dijo él. «Como que me la ligué encima...» Los dos se rieron, y el vigilante le dio la mano al llegar al hospital y le deseó buena suerte. Ya la náusea volvía poco a poco; mientras lo llevaban en una camilla de ruedas hasta un pabellón del fondo, pasando bajo árboles llenos de pájaros, cerró los ojos y deseó estar dormido o cloroformado. Pero lo tuvieron largo rato en una pieza con olor a hospital, llenando una ficha, quitándole la ropa y vistiéndolo con una camisa grisácea y dura. Le movían cuidadosamente el brazo, sin que le doliera. Las enfermeras bromeaban todo el tiempo, y si no hubiera sido por las contracciones del estómago se habría sentido muy bien, casi contento.

Lo llevaron a la sala de radio, y veinte minutos después, con la placa todavía húmeda puesta sobre el pecho como una lápida negra, pasó a la sala de operaciones. Alguien de blanco, alto y delgado, se le acercó y se puso a mirar la radiografía. Manos de mujer le acomodaron la cabeza, sintió que lo pasaban de una camilla a otra. El hombre de blanco se le acercó otra vez, sonriendo, con algo que le brillaba en la mano derecha. Le palmeó la mejilla e hizo una seña a alguien parado atrás.

Como sueño era curioso porque estaba lleno de olores y él nunca soñaba olores. Primero un olor a pantano, ya que a la izquierda de la calzada empezaban las marismas, los tembladerales de donde no volvía nadie. Pero el olor cesó, y en cambio vino una fragancia compuesta y oscura como la noche en que se movía huyendo de los aztecas. Y todo era tan natural, tenía que huir de los aztecas que andaban a caza de hombre, y su única probabilidad era la de esconderse en lo más denso de la selva, cuidando de no apartarse de la estrecha calzada que sólo ellos, los motecas, conocían.

Lo que más lo torturaba era el olor, como si aun en la absoluta aceptación del sueño algo se rebelara contra eso que no era habitual, que hasta entonces no había participado del juego. «Huele a guerra», pensó, tocando instintivamente el puñal de piedra atravesado en su ceñidor de lana tejida. Un sonido inesperado lo hizo agacharse y quedar inmóvil, temblando. Tener miedo no era extraño, en sus sueños abundaba el miedo. Esperó, tapado por las ramas de un arbusto y la noche sin estrellas. Muy lejos probablemente del otro lado del gran lago, debían estar ardiendo fuegos de vivac; un resplandor rojizo teñía esa parte del cielo. El sonido no se repitió. Había sido como una rama quebrada. Tal vez un animal que escapaba como él del olor de la guerra. Se enderezó despacio, venteando. No se oía nada, pero el miedo seguía allí como el olor, ese incienso dulzón de la guerra florida. Había que seguir, llegar al corazón de la selva evitando las ciénagas. A tientas, agachándose a cada instante para tocar el suelo más duro de la calzada, dio algunos pasos. Hubiera querido echar a correr, pero los tembladerales palpitaban a su lado. En el sendero en tinieblas, buscó el rumbo. Entonces sintió una bocanada horrible del olor que más temía, y saltó desesperado hacia adelante.

—Se va a caer de la cama —dijo el enfermo de al lado—. No brinque tanto, amigazo.

Abrió los ojos y era de tarde, con el sol ya bajo en los ventanales de la larga sala. Mientras trataba de sonreír a su vecino, se despegó casi físicamente de la última visión de la pesadilla. El brazo, enyesado, colgaba de un aparato con pesas y poleas. Sintió sed, como si hubiera estado corriendo kilómetros, pero no querían darle mucha agua, apenas para mojarse los labios y hacer un buche. La fiebre lo iba ganando despacio y hubiera podido dormirse otra vez, pero saboreaba el placer de quedarse despierto, entornados los ojos, escuchando el diálogo de los otros enfermos, respondiendo de cuando en cuando a alguna pregunta. Vio llegar un carrito blanco que pusieron al lado de su cama, una enfermera rubia le frotó con alcohol la cara anterior del muslo y le clavó una gruesa aguja conectada con un tubo que subía hasta un frasco lleno de líquido opalino. Un médico joven vino con un aparato de metal y cuero que le ajustó al brazo sano para verificar alguna cosa. Caía la noche, y la fiebre lo iba arrastrando blandamente a un estado donde las cosas tenían un relieve como de gemelos de teatro, eran reales y dulces y a la vez ligeramente repugnantes; como estar viendo una película aburrida y pensar que sin embargo en la calle es peor; y quedarse.

Vino una taza de maravilloso caldo de oro oliendo a puerro, a apio, a perejil. Un trocito de pan, más precioso que todo un banquete, se fue desmigajando poco a poco. El brazo no le dolía nada y solamente en la ceja, donde lo habían suturado, chirriaba a veces una punzada caliente y rápida. Cuando los ventanales de enfrente viraron a manchas de un azul oscuro, pensó que no le iba a ser difícil dormirse. Un poco incómodo, de espaldas, pero a pasarse la lengua por los labios resecos y calientes sintió el sabor del caldo, y suspiró de felicidad, abandonándose

Primero fue una confusión, un atraer hacia sí todas las sensaciones por un instante embotadas o confundidas. Comprendía que estaba corriendo en plena oscuridad, aunque arriba el cielo cruzado de copas de árboles era menos negro que el resto. «La calzada», pensó. «Me salí de la calzada.» Sus pies se hundían en un colchón de hojas y barro, y ya no podía dar un paso sin que las ramas de los arbustos le azotaran el torso y las piernas. Jadeante, sabiéndose acorralado a pesar de la oscuridad y el silencio, se agachó para escuchar. Tal vez la calzada estaba cerca, con la primera luz del día iba a verla otra vez. Nada podía ayudarlo ahora a encontrarla. La mano que sin saberlo él aferraba el mango del puñal, subió como el escorpión de los pantanos hasta su cuello, donde colgaba el amuleto protector. Moviendo apenas los labios musitó la plegaria del maíz que trae las lunas felices, y la súplica a la Muy Alta, a la dispensadora de los bienes motecas. Pero sentía al mismo tiempo que los tobillos se le estaban hundiendo despacio en el barro, y la espera en la oscuridad del chaparral desconocido se le hacía insoportable. La guerra florida había empezado con la luna y llevaba ya tres días y tres noches. Si conseguía refugiarse en lo profundo de la selva, abandonando la calzada más allá de la región de las ciénagas, quizá los guerreros no le siguieran el rastro. Pensó en los muchos prisioneros que ya habrían hecho. Pero la cantidad no contaba, sino el tiempo sagrado. La caza continuaría hasta que los sacerdotes dieran la señal del regreso. Todo tenía su número y su fin, y él estaba dentro del tiempo sagrado, del otro lado de los cazadores.

Oyó los gritos y se enderezó de un salto, puñal en mano. Como si el cielo se incendiara en el horizonte, vio antorchas moviéndose entre las ramas, muy cerca. El olor de guerra era insoportable, y cuando el primer enemigo le saltó al cuello casi sintió placer en hundirle la hoja de piedra en pleno pecho. Ya lo rodeaban las luces, los gritos alegres. Alcanzó a cortar el aire una o dos veces, y entonces una soga lo atrapó desde atrás.

—Es la fiebre —dijo el de la cama de al lado—. A

mí me pasaba igual cuando me operé del duodeno. Tome
agua y va a ver que duerme bien.

Al lado de la noche de donde volvía, la penumbra
tibia de la sala le pareció deliciosa. Una lámpara violeta
velaba en lo alto de la pared del fondo como un ojo
protector. Se oía toser, respirar fuerte, a veces un diálogo
en voz baja. Todo era grato y seguro, sin ese acoso, sin...
Pero no quería seguir pensando en la pesadilla. Había
tantas cosas en qué entretenerse. Se puso a mirar el yeso
del brazo, las poleas que tan cómodamente se lo sostenían
en el aire. Le habían puesto una botella de agua mineral
en la mesa de noche. Bebió del gollete, golosamente.
Distinguía ahora las formas de la sala, las treinta camas,
los armarios con vitrinas. Ya no debía tener tanta fiebre,
sentía fresca la cara. La ceja le dolía apenas, como un
recuerdo. Se vio otra vez saliendo del hotel, sacando la
moto. ¿Quién hubiera pensado que la cosa iba a acabar
así? Trataba de fijar el momento del accidente, y le dio
rabia advertir que había ahí como un hueco, un vacío
que no alcanzaba a rellenar. Entre el choque y el momento
en que lo habían levantado del suelo, un desmayo o lo
que fuera no le dejaba ver nada. Y al mismo tiempo
tenía la sensación de que ese hueco, esa nada, había durado una eternidad. No, ni siquiera tiempo, más bien como
si en ese hueco él hubiera pasado a través de algo o recorrido distancias inmensas. El choque, el golpe brutal
contra el pavimento. De todas maneras al salir del pozo
negro había sentido casi un alivio mientras los hombres lo
alzaban del suelo. Con el dolor del brazo roto, la sangre de
la ceja partida, la contusión en la rodilla; con todo eso,
un alivio al volver al día y sentirse sostenido y auxiliado.
Y era raro. Le preguntaría alguna vez al médico de la
oficina. Ahora volvía a ganarlo el sueño, a tirarlo despacio
hacia abajo. La almohada era tan blanda, y en su garganta afiebrada la frescura del agua mineral. Quizá pudiera descansar de veras, sin las malditas pesadillas. La
luz violeta de la lámpara en lo alto se iba apagando poco
a poco.

Como dormía de espaldas, no lo sorprendió la posición
en que volvía a reconocerse, pero en cambio el olor a

humedad, a piedra rezumante de filtraciones, le cerró la garganta y lo obligó a comprender. Inútil abrir los ojos y mirar en todas direcciones; lo envolvía una oscuridad absoluta. Quiso enderezarse y sintió las sogas en las muñecas y los tobillos. Estaba estaqueado en el suelo, en un piso de lajas helado y húmedo. El frío le ganaba la espalda desnuda, las piernas. Con el mentón buscó torpemente el contacto con su amuleto, y supo que se lo habían arrancado. Ahora estaba perdido, ninguna plegaria podía salvarlo del final. Lejanamente, como filtrándose entre las piedras del calabozo, oyó los atabales de la fiesta. Lo habían traído al teocalli, estaba en las mazmorras del templo a la espera de su turno.

Oyó gritar, un grito ronco que rebotaba en las paredes. Otro grito, acabando en un quejido. Era él que gritaba en las tinieblas, gritaba porque estaba vivo, todo su cuerpo se defendía con el grito de lo que iba a venir, del final inevitable. Pensó en sus compañeros que llenarían otras mazmorras, y en los que ascendían ya los peldaños del sacrificio. Gritó de nuevo sofocadamente, casi no podía abrir la boca, tenía las mandíbulas agarrotadas y a la vez como si fueran de goma y se abrieran lentamente, con un esfuerzo interminable. El chirriar de los cerrojos lo sacudió como un látigo. Convulso, retorciéndose, luchó por zafarse de las cuerdas que se le hundían en la carne. Su brazo derecho, el más fuerte, tiraba hasta que el dolor se hizo intolerable y tuvo que ceder. Vio abrirse la doble puerta, y el olor de las antorchas le llegó antes que la luz. Apenas ceñidos con el taparrabos de la ceremonia, los acólitos de los sacerdotes se le acercaron mirándolo con desprecio. Las luces se reflejaban en los torsos sudados, en el pelo negro lleno de plumas. Cedieron las sogas, y en su lugar lo aferraron manos calientes, duras como bronce; se sintió alzado, siempre boca arriba tironeado por los cuatro acólitos que lo llevaban por el pasadizo. Los portadores de antorchas iban adelante, alumbrado vagamente el corredor de paredes mojadas y techo tan bajo que los acólitos debían agachar la cabeza. Ahora lo llevaban, lo llevaban, era el final. Boca arriba, a un metro del techo de roca viva que por momentos se ilumi-

naba con un reflejo de antorcha. Cuando en vez del techo
nacieran las estrellas y se alzara frente a él la escalinata incendiada de gritos y danzas, sería el fin. El pasadizo
no acababa nunca, pero ya iba a acabar, de repente olería
el aire libre lleno de estrellas, pero todavía no, andaban
llevándolo sin fin en la penumbra roja, tironeándolo brutalmente, y él no quería, pero cómo impedirlo si le habían
arrancado el amuleto que era su verdadero corazón, el
centro de la vida.

Salió de un brinco a la noche del hospital, al alto
cielo raso dulce, a la sombra blanda que lo rodeaba. Pensó
que debía haber gritado, pero sus vecinos dormían callados. En la mesa de noche, la botella de agua tenía algo
de burbuja, de imagen traslúcida contra la sombra azu-
lada de los ventanales. Jadeó, buscando el alivio de los
pulmones, el olvido de esas imágenes que seguían pegadas
a sus párpados. Cada vez que cerraba los ojos las veía
formarse instantáneamente, y se enderezaba aterrado pero
gozando a la vez del saber que ahora estaba despierto,
que la vigilia lo protegía, que pronto iba a amanecer,
con el buen sueño profundo que se tiene a esa hora, sin
imágenes, sin nada... Le costaba mantener los ojos abiertos, la modorra era más fuerte que él. Hizo un último esfuerzo, con la mano sana esbozó un gesto hacia la botella
de agua; no llegó a tomarla, sus dedos se cerraron en un
vacío otra vez negro, y el pasadizo seguía interminable,
roca tras roca, con súbitas fulguraciones rojizas, y él
boca arriba gimió apagadamente porque el techo iba a
acabarse, subía, abriéndose como una boca de sombra,
y los acólitos se enderezaban y de la altura una luna men-
guante le cayó en la cara donde los ojos no querían verla, desesperadamente se cerraban y abrían buscando pasar
al otro lado, descubrir de nuevo el cielo raso protector de
la sala. Y cada vez que se abrían era la noche y la luna
mientras lo subían por la escalinata, ahora con la cabeza
colgando hacia abajo, y en lo alto estaban las hogueras,
las rojas columnas de humo perfumado, y de golpe vio
la piedra roja, brillante de sangre que chorreaba, y el
vaivén de los pies del sacrificado que arrastraban para
tirarlo rodando por las escalinatas del norte. Con una úl-

tima esperanza apretó los párpados, gimiendo por despertar. Durante un segundo creyó que lo lograría, porque otra vez estaba inmóvil en la cama, a salvo del balanceo cabeza abajo. Pero olía la muerte, y cuando abrió los ojos vio la figura ensangrentada del sacrificador que venía hacia él con el cuchillo de piedra en la mano. Alcanzó a cerrar otra vez los párpados, aunque ahora sabía que no iba a despertarse, que estaba despierto, que el sueño maravilloso había sido el otro, absurdo como todos los sueños; un sueño en el que había andado por extrañas avenidas de una ciudad asombrosa, con luces verdes y rojas que ardían sin llama ni humo, con un enorme insecto de metal que zumbaba bajo sus piernas. En la mentira infinita de ese sueño también lo habían alzado del suelo, también alguien se le había acercado con un cuchillo en la mano, a él tendido boca arriba, a él boca arriba con los ojos cerrados entre las hogueras.

FINAL DEL JUEGO

Con Leticia y Holanda íbamos a jugar a las vías del Central Argentino los días de calor, esperando que mamá y tía Ruth empezaran su siesta para escaparnos por la puerta blanca. Mamá y tía Ruth estaban siempre cansadas después de lavar la loza, sobre todo cuando Holanda y yo secábamos los platos porque entonces había discusiones, cucharitas por el suelo, frases que sólo nosotras entendíamos, y en general un ambiente en donde el olor a grasa, los maullidos de José y la oscuridad de la cocina acababan en una violentísima pelea y el consiguiente desparramo. Holanda se especializaba en armar esta clase de líos, por ejemplo dejando caer un vaso ya lavado en el tacho del agua sucia, o recordando como al pasar que en la casa de las de Loza había dos sirvientas para todo servicio. Yo usaba otros sistemas, prefería insinuarle a tía Ruth que se le iban a paspar las manos si seguía fregando cacerolas en vez de dedicarse a las copas o los platos, que era precisamente lo que le gustaba lavar a mamá, con lo cual las enfrentaba sordamente en una lucha de ventajeo por la cosa fácil. El recurso heroico, si los consejos y las largas recordaciones familiares empezaban a saturarnos, era volcar agua hirviendo en el lomo del gato. Es una gran mentira eso del gato escaldado, salvo que haya que tomar al pie de la letra la referencia al agua fría; porque de la caliente José no se alejaba nunca, y hasta parecía ofrecerse, pobre animalito, a que le volcáramos media taza de agua a cien grados o poco menos, bastante menos probablemente porque nunca se le caía el pelo. La

140

cosa es que ardía Troya, y en la confusión coronada por el espléndido si bemol de tía Ruth y la carrera de mamá en busca del bastón de los castigos, Holanda y yo nos perdíamos en la galería cubierta, hacia las piezas vacías del fondo donde Leticia nos esperaba leyendo a Ponson du Terrail, lectura inexplicable.

Por lo regular mamá nos perseguía un buen trecho, pero las ganas de rompernos la cabeza se le pasaban con gran rapidez y al final (habíamos trancado la puerta y le pedíamos perdón con emocionantes partes teatrales) se cansaba y se iba, repitiendo la misma frase:

—Acabarán en la calle, estas mal nacidas.

Donde acabábamos era en las vías del Central Argentino, cuando la casa quedaba en silencio y veíamos al gato tenderse bajo el limonero para hacer también él su siesta perfumada y zumbante de avispas. Abríamos despacio la puerta blanca, y al cerrarla otra vez era como un viento, una libertad que nos tomaba de las manos, de todo el cuerpo y nos lanzaba hacia adelante. Entonces corríamos buscando impulso para trepar de un envión al breve talud del ferrocarril, encaramadas sobre el mundo contemplábamos silenciosas nuestro reino.

Nuestro reino era así: una gran curva de las vías acababa su comba justo frente a los fondos de nuestra casa. No había más que el balasto, los durmientes y la doble vía; pasto ralo y estúpido entre los pedazos de adoquín donde la mica, el cuarzo y el feldespato —que son los componentes del granito— brillaban como diamantes legítimos contra el sol de las dos de la tarde. Cuando nos agachábamos a tocar las vías (sin perder tiempo porque hubiera sido peligroso quedarse mucho ahí, no tanto por los trenes como por los de casa si nos llegaban a ver) nos subía a la cara el fuego de las piedras, y al pararnos contra el viento del río era un calor mojado pegándose a las mejillas y las orejas. Nos gustaba flexionar las piernas y bajar, subir, bajar otra vez, entrando en una y otra zona de calor, estudiándonos las caras para apreciar la transpiración, con lo cual al rato éramos una sopa. Y siempre calladas, mirando al fondo de las vías, o el río al otro lado, el pedacito de río color café con leche.

Después de esta primera inspección del reino bajábamos el talud y nos metíamos en la mala sombra de los sauces pegados a la tapia de nuestra casa, donde se abría la puerta blanca. Ahí estaba la capital del reino, la ciudad silvestre y la central de nuestro juego. La primera en iniciar el juego era Leticia, la más feliz de las tres y la más privilegiada. Leticia no tenía que secar los platos ni hacer las camas, podía pasarse el día leyendo o pegando figuritas, y de noche la dejaban quedarse hasta más tarde si lo pedía, aparte de la pieza solamente para ella, el caldo de hueso y toda clase de ventajas. Poco a poco se había ido aprovechando de los privilegios, y desde el verano anterior dirigía el juego, yo creo que en realidad dirigía el reino; por lo menos se adelantaba a decir las cosas y Holanda y yo aceptábamos sin protestar, casi contentas. Es probable que las largas conferencias de mamá sobre cómo debíamos portarnos con Leticia hubieran hecho su efecto, o simplemente que la queríamos bastante y no nos molestaba que fuese la jefa. Lástima que no tenía aspecto para jefa, era la más baja de las tres, y tan flaca. Holanda era flaca, y yo nunca pesé más de cincuenta kilos, pero Leticia era la más flaca de las tres, y para peor una de esas flacuras que se ven de fuera, en el pescuezo y las orejas. Tal vez el endurecimiento de la espalda la hacía parecer más flaca, como casi no podía mover la cabeza a los lados daba la impresión de una tabla de planchar parada, de esas forradas de género blanco como había en casa de las de Loza. Una tabla de planchar con la parte más ancha para arriba, parada contra la pared. Y nos dirigía.

La satisfacción más profunda era imaginarme que mamá o tía Ruth se enteraran un día del juego. Si llegaban a enterarse del juego se iba a armar una meresunda increíble. El si bemol y los desmayos, las inmensas protestas de devoción y sacrificio malamente recompensados, el amontonamiento de invocaciones a los castigos más célebres, para rematar con el anuncio de nuestros destinos, que consistían en que las tres terminaríamos en la calle. Esto último siempre nos había dejado perplejas, porque terminar en la calle nos parecía bastante normal.

Primero Leticia nos sorteaba. Usábamos piedritas escondidas en la mano, contar hasta veintiuno, cualquier sistema. Si usábamos el de contar hasta veintiuno, imaginábamos dos o tres chicas más y las incluíamos en la cuenta para evitar trampas. Si una de ellas salía veintiuna, la sacábamos del grupo y sorteábamos de nuevo, hasta que nos tocaba a una de nosotras. Entonces Holanda y yo levantábamos la piedra y abríamos la caja de los ornamentos. Suponiendo que Holanda hubiese ganado, Leticia y yo escogíamos los ornamentos. El juego marcaba dos formas: estatuas y actitudes. Las actitudes no requerían ornamentos pero sí mucha expresividad, para la envidia mostrar los dientes, crispar las manos y arreglárselas de modo de tener un aire amarillo. Para la caridad el ideal era un rostro angélico, con los ojos vueltos al cielo, mientras las manos ofrecían algo —un trapo, una pelota, una rama de sauce— a un pobre huerfanito invisible. La vergüenza y el miedo eran fáciles de hacer; el rencor y los celos exigían estudios más detenidos. Los ornamentos se destinaban casi todos a las estatuas, donde reinaba una libertad absoluta. Para que una estatua resultara, había que pensar bien cada detalle de la indumentaria. El juego marcaba que la elegida no podía tomar parte en la selección; las dos restantes debatían el asunto y aplicaban luego los ornamentos. La elegida debía inventar su estatua aprovechando lo que le habían puesto, y el juego era así mucho más complicado y excitante porque a veces había alianzas contra, y la víctima se veía ataviada con ornamentos que no le iban para nada; de su viveza dependía entonces que inventara una buena estatua. Por lo general cuando el juego marcaba actitudes la elegida salía bien parada pero hubo veces en que las estatuas fueron fracasos horribles.

Lo que cuento empezó vaya a saber cuándo, pero las cosas cambiaron el día en que el primer papelito cayó del tren. Por supuesto que las actitudes y las estatuas no eran para nosotras mismas, porque nos hubiéramos cansado en seguida. El juego marcaba que la elegida debía colocarse al pie del talud, saliendo de la sombra de los sauces, y esperar el tren de las dos y ocho que venía del Tigre. A esa altura de Palermo los trenes pasan bastante rápido, y no nos daba vergüenza hacer la estatua o la actitud. Casi no veíamos a la gente de las ventanillas, pero con el tiempo llegamos a tener práctica y sabíamos que algunos pasajeros esperaban vernos. Un señor de pelo blanco y anteojos de carey sacaba la cabeza por la ventanilla y saludaba a la estatua o la actitud con el pañuelo. Los chicos que volvían del colegio sentados en los estribos gritaban cosas al pasar, pero algunos se quedaban serios mirándonos. En realidad la estatua o la actitud no veía nada, por el esfuerzo de mantenerse inmóvil, pero las otras dos bajo los sauces analizaban con gran detalle el buen éxito o la indiferencia producidos. Fue un martes cuando cayó el papelito, al pasar el segundo coche. Cayó muy cerca de Holanda, que ese día era la maledicencia, y rebotó hasta mí. Era un papelito muy doblado y sujeto a una tuerca. Con letra de varón y bastante mala, decía: «Muy lindas las estatuas. Viajo en la tercera ventanilla del segundo coche. Ariel B.» Nos pareció un poco seco, con todo ese trabajo de atarle la tuerca y tirarlo, pero nos encantó. Sorteamos para saber quién se lo quedaría, y me lo gané. Al otro día ninguna quería jugar para poder ver cómo era Ariel B., pero temimos que interpretara mal nuestra interrupción, de manera que sorteamos y ganó Leticia. Nos alegramos mucho con Holanda porque Leticia era muy buena como estatua, pobre criatura. La parálisis no se notaba estando quieta, y ella era capaz de gestos de una enorme nobleza. Como actitudes elegía siempre la generosidad, la piedad, el sacrificio y el renunciamiento. Como estatuas buscaba el estilo de la Venus de la sala que tía Ruth llamaba la Venus del Nilo. Por eso le elegimos ornamentos especiales para que Ariel se llevara una buena impresión. Le pusimos un pedazo de terciopelo verde a manera de túnica, y una corona de sauce en el pelo. Como andábamos de manga corta, el efecto griego era grande. Leticia se ensayó un rato a la sombra, y decidimos que nosotras nos asomaríamos también y saludaríamos a Ariel con discreción pero muy amables.

Leticia estuvo magnífica, no se le movía ni un dedo cuando llegó el tren. Como no podía girar la cabeza la echaba para atrás, juntando los brazos al cuerpo casi como si le faltaran; aparte el verde de la túnica, era como mirar la Venus del Nilo. En la tercera ventanilla vimos a un muchacho de rulos rubios y ojos claros que nos hizo una gran sonrisa al descubrir que Holanda y yo lo saludábamos. El tren se lo llevó en un segundo, pero eran las cuatro y media y todavía discutíamos si vestía de oscuro, si llevaba corbata roja y si era odioso o simpático. El jueves yo hice la actitud del desaliento, y recibimos otro papelito que decía: «Las tres me gustan mucho. Ariel.» Ahora él sacaba la cabeza y un brazo por la ventanilla y nos saludaba riendo. Le calculamos dieciocho años (seguras de que no tenía más de dieciséis) y convinimos en que volvía diariamente de algún colegio inglés. Lo más seguro de todo era el colegio inglés, no aceptábamos un incorporado cualquiera. Se vería que Ariel era muy bien.

Pasó que Holanda tuvo la suerte increíble de ganar tres días seguidos. Superándose, hizo las actitudes del desengaño y el latrocinio, y una estatua dificilísima de bailarina, sosteniéndose en un pie desde que el tren entró en la curva. Al otro día gané yo, y después de nuevo; cuando estaba haciendo la actitud del horror, recibí casi en la nariz un papelito de Ariel que al principio no entendimos: «La más linda es la más haragana.» Leticia fue la última en darse cuenta, la vimos que se ponía colorada y se iba a un lado, y Holanda y yo nos miramos con un poco de rabia. Lo primero que se nos ocurrió sentenciar fue que Ariel era un idiota, pero no podíamos decirle eso a Leticia, pobre ángel, con su sensibilidad y la cruz que llevaba encima. Ella no dijo nada, pero pareció entender que el papelito era suyo y se lo guardó. Ese día volvimos bastante calladas a casa, y por la noche no jugamos juntas. En la mesa Leticia estuvo muy alegre, le brillaban los ojos, y mamá miró una o dos veces a tía Ruth como poniéndola de testigo de su propia alegría. En aquellos días estaban ensayando un nuevo tratamiento fortificante para Leticia, y por lo visto era una maravilla lo bien que le sentaba.

Antes de dormirnos, Holanda y yo hablamos del asunto. No nos molestaba el papelito de Ariel, desde un tren andando las cosas se ven como se ven, pero nos parecía que Leticia se estaba aprovechando demasiado de su ventaja sobre nosotras. Sabía que no le íbamos a decir nada, y que en una casa donde hay alguien con algún defecto físico y mucho orgullo, todos juegan a ignorarlo empezando por el enfermo, o más bien se hacen los que no saben que el otro sabe. Pero tampoco había que exagerar y la forma en que Leticia se había portado en la mesa, o su manera de guardarse el papelito, era demasiado. Esa noche yo volví a soñar mis pesadillas con trenes, anduve de madrugada por enormes playas ferroviarias cubiertas de vías llenas de empalmes, viendo a distancia las luces rojas de locomotoras que venían, calculando con angustia si el tren pasaría a mi izquierda, y a la vez amenazada por la posible llegada de un rápido a mi espalda o —lo que era peor— que a último momento uno de los trenes tomara uno de los desvíos y se me viniera encima. Pero de mañana me olvidé porque Leticia amaneció muy dolorida y tuvimos que ayudarla a vestirse. Nos pareció que estaba un poco arrepentida de lo de ayer y fuimos muy buenas con ella, diciéndole que esto le pasaba por andar demasiado, y que tal vez lo mejor sería que se quedara leyendo en su cuarto. Ella no dijo nada pero vino a almorzar a la mesa, y a las preguntas de mamá contestó que ya estaba muy bien y que casi no le dolía la espalda. Se lo decía y nos miraba.

Esa tarde gané yo, pero en ese momento me vino un no sé qué y le dije a Leticia que le dejaba mi lugar, claro que sin darle a entender por qué. Ya que el otro la prefería, que la mirara hasta cansarse. Como el juego marcaba estatua, le elegimos cosas sencillas para no complicarle la vida, y ella inventó una especie de princesa china, con aire vergonzoso, mirando al suelo y juntando las manos como hacen las princesas chinas. Cuando pasó el tren, Holanda se puso de espaldas bajo los sauces pero yo miré y vi que Ariel no tenía ojos más que para Leticia. La siguió mirando hasta que el tren se perdió en la curva, y Leticia estaba inmóvil y no sabía que él acababa de mirarla así. Pero cuando vino a descansar bajo los sauces vimos que sí sabía, y que le hubiera gustado seguir con los ornamentos toda la tarde, toda la noche.

El miércoles sorteamos entre Holanda y yo porque Leticia nos dijo que era justo que ella se saliera. Ganó Holanda con su suerte maldita, pero la carta de Ariel cayó de mi lado. Cuando la levanté tuve el impulso de dársela a Leticia que no decía nada, pero pensé que tampoco era cosa de complacerle todos los gustos, y la abrí despacio. Ariel anunciaba que al otro día iba a bajarse en la estación vecina y que vendría por el terraplén para charlar un rato. Todo estaba terriblemente escrito, pero la frase final era hermosa: «Saludo a las tres estatuas muy atentamente.» La firma parecía un garabato aunque se notaba la personalidad.

Mientras le quitábamos los ornamentos a Holanda, Leticia me miró una o dos veces. Yo les había leído el mensaje y nadie hizo comentarios, lo que resultaba molesto porque al fin y al cabo Ariel iba a venir y había que pensar en esa novedad y decidir algo. Si en casa se enteraban, o por desgracia a alguna de las de Loza le daba por espiarnos, con lo envidiosas que eran esas enanas, seguro que se iba a armar la meresunda. Además que era muy raro quedarnos calladas con una cosa así, sin mirarnos casi mientras guardábamos los ornamentos y volvíamos por la puerta blanca.

Tía Ruth nos pidió a Holanda y a mí, que bañáramos a José, se llevó a Leticia para hacerle el tratamiento, y por fin pudimos desahogarnos tranquilas. Nos parecía maravilloso que viniera Ariel, nunca habíamos tenido un amigo así, a nuestro primo Tito no lo contábamos, un tilingo que juntaba figuritas y creía en la primera comunión. Estábamos nerviosísimas con la expectativa y José pagó el pato, pobre ángel. Holanda fue más valiente y sacó el tema de Leticia. Yo no sabía qué pensar, de un lado me parecía horrible que Ariel se enterara, pero también era justo que las cosas se aclararan porque nadie tiene por qué perjudicarse a causa de otro. Lo que yo hubiera querido es que Leticia no sufriera, bastante cruz tenía encima y ahora con el nuevo tratamiento y tantas cosas.

A la noche mamá se extrañó de vernos tan calladas y dijo qué milagro, si nos habían comido la lengua los ratones, después miró a tía Ruth y las dos pensaron seguro que habíamos hecho alguna gorda y que nos remordía la conciencia. Leticia comió muy poco y dijo que estaba dolorida, que la dejaran ir a su cuarto a leer Rocambole. Holanda le dio el brazo aunque ella no quería mucho, y yo me puse a tejer, que es una cosa que me viene cuando estoy nerviosa. Dos veces pensé ir al cuarto de Leticia, no me explicaba qué hacían esas dos ahí solas, pero Holanda volvió con aire de gran importancia y se quedó a mi lado sin hablar hasta que mamá y tía Ruth levantaron la mesa. «Ella no va a ir mañana. Escribió una carta y dijo que si él pregunta mucho, que se la demos.» Entornando el bolsillo de la blusa me hizo ver un sobre violeta. Después nos llamaron para secar los platos, y esa noche nos dormimos casi en seguida por todas las emociones y el cansancio de bañar a José.

Al otro día me tocó a mí salir de compras al mercado y en toda la mañana no vi a Leticia que seguía en su cuarto. Antes que llamaran a la mesa entré un momento y la encontré al lado de la ventana, con muchas almohadas y el tomo noveno de Rocambole. Se veía que estaba mal, pero se puso a reír y me contó de una abeja que no encontraba la salida y de un sueño cómico que había tenido. Yo le dije que era una lástima que no fuera a venir a los sauces, pero me parecía tan difícil decírselo bien. «Si querés podemos explicarle a Ariel que estabas descompuesta», le propuse, pero ella decía que no y se quedaba callada. Yo insistí un poco en que viniera, y al final me animé y le dije que no tuviese miedo, poniéndole como ejemplo que el verdadero cariño no conoce barreras y otras ideas preciosas que habíamos aprendido en *El Tesoro de la Juventud*, pero era cada vez más difícil decirle nada porque ella miraba la ventana y parecía como si fuera a ponerse a llorar. Al final me fui diciendo que mamá me precisaba. El almuerzo duró días, y Holanda se ganó un sopapo de tía Ruth por salpicar el mantel con tuco. Ni me acuerdo de cómo secamos los platos, de repente estábamos en los sauces y las dos nos abrazábamos llenas de felicidad y nada celosas una de otra. Holanda me explicó todo lo que teníamos que decir sobre nuestros estudios para que Ariel se llevara una buena impresión, porque los del secundario desprecian a las chicas que no han hecho más que la primaria y solamente estudian corte y repujado al aceite. Cuando pasó el tren de las dos y ocho Ariel sacó los brazos con entusiasmo, y con nuestros pañuelos estampados le hicimos señas de bienvenida. Unos veinte minutos después lo vimos llegar por el terraplén, y era más alto de lo que pensábamos y todo de gris.

Bien no me acuerdo de lo que hablamos al principio, él era bastante tímido a pesar de haber venido y los papelitos, y decía cosas muy pensadas. Casi en seguida nos elogió mucho las estatuas y las actitudes y preguntó cómo nos llamábamos y por qué faltaba la tercera. Holanda explicó que Leticia no había podido venir, y él dijo que era una lástima y que Leticia le parecía un nombre precioso. Después nos contó cosas del Industrial, que por desgracia no era un colegio inglés, y quiso saber si le mostraríamos los ornamentos. Holanda levantó la piedra y le hicimos ver las cosas. A él parecía interesarle mucho, y varias veces tomó alguno de los ornamentos y dijo: «Este lo llevaba Leticia un día», o: «Este fue para la estatua oriental», con lo que quería decir la princesa china. Nos sentamos a la sombra de un sauce y él estaba contento pero distraído, se veía que sólo se quedaba de bien educado. Holanda me miró dos o tres veces cuando la conversación decaía, y eso nos hizo mucho mal a las dos, nos dio deseos de irnos o que Ariel no hubiese venido nunca. Él preguntó otra vez si Leticia estaba enferma, y Holanda me miró y yo creí que iba a decirle, pero en cambio contestó que Leticia no había podido venir. Con una ramita Ariel dibujaba cuerpos geométricos en la tierra, y de cuando en cuando miraba la puerta blanca y nosotras sabíamos lo que estaba pensando, por eso Holanda hizo bien en sacar el sobre violeta y alcanzárselo, y él se quedó sorprendido con el sobre en la mano, después se puso muy colorado mientras le explicábamos que eso se lo mandaba Leticia, y se guardó la carta en el bolsillo de adentro del saco sin querer leerla delante de nosotras. Casi en seguida dijo que había tenido un gran placer y que estaba encantado de haber venido, pero su mano era

149

blanda y antipática de modo que fue mejor que la visita se acabara, aunque más tarde no hicimos más que pensar en sus ojos grises y en esa manera triste que tenía de sonreír. También nos acordamos de cómo se había despedido diciendo: «Hasta siempre», una forma que nunca habíamos oído en casa y que nos pareció tan divina y poética. Todo se lo contamos a Leticia que nos estaba esperando debajo del limonero del patio, y yo hubiese querido preguntarle qué decía su carta pero me dio no sé qué porque ella había cerrado el sobre antes de confiárselo a Holanda, así que no le dije nada y solamente le contamos cómo era Ariel y cuantas veces había preguntado por ella. Esto no era nada fácil de decírselo porque era una cosa linda y mala a la vez, nos dábamos cuenta que Leticia se sentía muy feliz y al mismo tiempo estaba casi llorando, hasta que nos fuimos diciendo que tía Ruth nos precisaba y la dejamos mirando las avispas del limonero.

Cuando íbamos a dormirnos esa noche, Holanda me dijo: «Vas a ver que desde mañana se acaba el juego.» Pero se equivocaba aunque no por mucho, y al otro día Leticia nos hizo la seña convenida en el momento del postre. Nos fuimos a lavar la loza bastante asombradas y con un poco de rabia, porque eso era una desvergüenza de Leticia y no estaba bien. Ella nos esperaba en la puerta y casi nos morimos de miedo cuando al llegar a los sauces vimos que sacaba del bolsillo el collar de perlas de mamá y todos los anillos, hasta el grande con rubí de tía Ruth. Si las de Loza espiaban y nos veían con las alhajas, seguro que mamá iba a saberlo en seguida y que nos mataría, enanas asquerosas. Pero Leticia no estaba asustada y dijo que si algo sucedía ella era la única responsable. «Quisiera que me dejaran hoy a mí», agregó sin mirarnos. Nosotras sacamos en seguida los ornamentos, de golpe queríamos ser tan buenas con Leticia, darle todos los gustos y eso que en el fondo nos quedaba un poco de encono. Como el juego marcaba estatua, le elegimos cosas preciosas que iban bien con las alhajas, muchas plumas de pavorreal para sujetar en el pelo, una piel que de lejos parecía un zorro plateado, y un velo rosa que ella se puso como un turbante. La vimos que pensaba, ensayando la estatua pero sin moverse, y cuando el tren apareció en la curva fue a ponerse al pie del talud con todas las alhajas que brillaban al sol. Levantó los brazos como si en vez de una estatua fuera a hacer una actitud, y con las manos señaló el cielo mientras echaba la cabeza hacia atrás (que era lo único que podía hacer, pobre) y doblaba el cuerpo hasta darnos miedo. Nos pareció maravillosa, la estatua más regia que había hecho nunca, y entonces vimos a Ariel que la miraba, salido de la ventanilla la miraba solamente a ella, girando la cabeza y mirándola sin vernos a nosotras hasta que el tren se lo llevó de golpe. No sé por qué las dos corrimos al mismo tiempo a sostener a Leticia que estaba con los ojos cerrados y grandes lagrimones por toda la cara. Nos rechazó sin enojo, pero la ayudamos a esconder las alhajas en el bolsillo, y se fue sola a casa mientras guardábamos por última vez los ornamentos en su caja. Casi sabíamos lo que iba a suceder, pero lo mismo al otro día fuimos las dos a los sauces, después que tía Ruth nos exigió silencio absoluto para no molestar a Leticia que estaba dolorida y quería dormir. Cuando llegó el tren vimos sin ninguna sorpresa la tercera ventanilla vacía, y mientras nos sonreíamos entre aliviadas y furiosas, imaginamos a Ariel viajando del otro lado del coche, quieto en su asiento, mirando hacia el río con sus ojos grises.

LAS ARMAS SECRETAS

CARTAS DE MAMÁ

Muy bien hubiera podido llamarse libertad condicional. Cada vez que la portera le entregaba un sobre, a Luis le bastaba reconocer la minúscula cara familiar de José de San Martín para comprender que otra vez más habría de franquear el puente. San Martín, Rivadavia, pero esos nombres eran también imágenes de calles y de cosas, Rivadavia al seis mil quinientos, el caserón de Flores, mamá, el café de San Martín y Corrientes donde lo esperaban a veces los amigos, donde el mazagrán tenía un leve gusto a aceite de ricino. Con el sobre en la mano, después del *Merci bien, madame Durand*, salir a la calle no era ya lo mismo que el día anterior, que todos los días anteriores. Cada carta de mamá (aun antes de esto que acababa de ocurrir, este absurdo error ridículo) cambiaba de golpe la vida de Luis, lo devolvía al pasado como un duro rebote de pelota. Aun antes de esto que acababa de leer —y que ahora releía en el autobús entre enfurecido y perplejo, sin acabar de convencerse—, las cartas de mamá eran siempre una alteración del tiempo, un pequeño escándalo inofensivo dentro del orden de cosas que Luis había querido y trazado y conseguido, calzándolo en su vida como había calzado a Laura en su vida y a París en su vida. Cada nueva carta insinuaba por un rato (porque después él las borraba en el acto mismo de contestarlas cariñosamente) que su libertad duramente conquistada, esa nueva vida recortada con feroces golpes de tijera en la madeja de lana que los demás habían llamado su vida, cesaba de justificarse, perdía pie, se borraba como el fondo de las calles mientras el autobús corría por la rue de Richelieu. No quedaba más que una parva libertad condicional, la irrisión de vivir a la manera de una palabra entre paréntesis, divorciada de la frase principal de la que sin embargo es casi siempre sostén y explicación. Y desazón, y una necesidad de contestar en seguida, como quien vuelve a cerrar una puerta.

Esa mañana había sido una de las tantas mañanas en que llegaba carta de mamá. Con Laura hablaban poco del pasado, casi nunca del caserón de Flores. No es que a Luis no le gustara acordarse de Buenos Aires. Más bien se trataba de evadir nombres (las personas, evadidas hacía ya tanto tiempo, pero los nombres, los verdaderos fantasmas que son los nombres, esa duración pertinaz). Un día se había animado a decirle a Laura: «Si se pudiera romper y tirar el pasado como el borrador de una carta o de un libro. Pero ahí queda siempre, manchando la copia en limpio, y yo creo que eso es el verdadero futuro.» En realidad, por qué no habían de hablar de Buenos Aires donde vivía la familia, donde los amigos de cuando en cuando adornaban una postal con frases cariñosas. Y el rotograbado de *La Nación* con los sonetos de tantas señoras entusiastas, esa sensación de ya leído, de para qué. Y de cuando en cuando alguna crisis de gabinete, algún coronel enojado, algún boxeador magnífico. ¿Por qué no habían de hablar de Buenos Aires con Laura? Pero tampoco ella volvía al tiempo de antes, sólo al azar de algún diálogo, y sobre todo cuando llegaban cartas de mamá, dejaba caer un nombre o una imagen como monedas fuera de circulación, objetos de un mundo caduco en la lejana orilla del río.

—*Eh oui, fait lourd* —dijo el obrero sentado frente a él.

«Si supiera lo que es el calor —pensó Luis—. Si pudiera andar una tarde de febrero por la Avenida de Mayo, por alguna callecita de Liniers.»

Sacó otra vez la carta del sobre, sin ilusiones: el párrafo estaba ahí, bien claro. Era perfectamente absurdo pero estaba ahí. Su primera reacción, después de la sorpresa, el golpe en plena nuca, era como siempre de defensa.

Laura no debía leer la carta de mamá. Por más ridículo que fuese el error, la confusión de nombres (mamá habría querido escribir «Víctor» y había puesto «Nico»), de todos modos Laura se afligiría, sería estúpido. De cuando en cuando se pierden cartas; ojalá ésta se hubiera ido al fondo del mar. Ahora tendría que tirarla al *water* de la oficina, y por supuesto unos días después Laura se extrañaría: «Qué raro, no ha llegado carta de tu madre.» Nunca decía *tu mamá*, tal vez porque había perdido a la suya siendo niña. Entonces él contestaría: «De veras, es raro. Le voy a mandar unas líneas hoy mismo», y las mandaría, asombrándose del silencio de mamá. La vida seguiría igual, la oficina, el cine por las noches, Laura siempre tranquila, bondadosa, atenta a sus deseos. Al bajar del autobús en la *rue* de Rennes se preguntó bruscamente (no era una pregunta, pero cómo decirlo de otro modo) por qué no quería mostrarle a Laura la carta de mamá. No por ella, por lo que ella pudiera sentir. No le importaba gran cosa lo que ella pudiera sentir, mientras lo disimulara. (¿No le importaba gran cosa lo que ella pudiera sentir, mientras lo disimulara?) No, no le importaba gran cosa. (¿No le importaba?) Pero la primera verdad, suponiendo que hubiera otra detrás, la verdad más inmediata por decirlo así, era que le importaba la cara que pondría Laura, la actitud de Laura. Y le importaba por él, naturalmente, por el efecto que le haría la forma en que a Laura iba a importarle la carta de mamá. Sus ojos caerían en un momento dado sobre el nombre de Nico, y él sabía que el mentón de Laura empezaría a temblar ligeramente, y después Laura diría: «Pero qué raro... ¿qué le habrá pasado a tu madre?» Y él habría sabido todo el tiempo que Laura se contenía para no gritar, para no esconder entre las manos un rostro desfigurado ya por el llanto, por el dibujo del nombre de Nico temblándole en la boca.

En la agencia de publicidad donde trabajaba como diseñador, releyó la carta, una de las tantas cartas de mamá, sin nada de extraordinario fuera del párrafo donde se había equivocado de nombre. Pensó si no podría borrar la palabra, reemplazar Nico por Víctor, sencillamente reemplazar el error por la verdad, y volver con la carta a casa para que Laura la leyera. Las cartas de mamá interesaban siempre a Laura, aunque de una manera indefinible no le estuvieran destinadas. Mamá le escribía a él; agregaba al final, a veces a mitad de la carta, saludos muy cariñosos para Laura. No importaba, las leía con el mismo interés, vacilando ante alguna palabra ya retorcida por el reuma y la miopía. «Tomo Saridón, y el doctor me ha dado un poco de salicilato...» Las cartas se posaban dos o tres días sobre la mesa de dibujo; Luis hubiera querido tirarlas apenas las contestaba, pero Laura las releía, a las mujeres les gusta releer las cartas, mirarlas de un lado y de otro, parecen extraer un segundo sentido cada vez que vuelven a sacarlas y a mirarlas. Las cartas de mamá eran breves, con noticias domésticas, una que otra referencia al orden nacional (pero esas cosas ya se sabían por los telegramas de *Le Monde*, llegaban siempre tarde por su mano). Hasta podía pensarse que las cartas eran siempre la misma, escueta y mediocre, sin nada interesante. Lo mejor de mamá era que nunca se había abandonado a la tristeza que debía causarle la ausencia de su hijo y de su nuera, ni siquiera al dolor —tan a gritos, tan a lágrimas al principio— por la muerte de Nico. Nunca, en los dos años que llevaban ya en París, mamá había mencionado a Nico en sus cartas. Era como Laura, que tampoco lo nombraba. Ninguna de las dos lo nombraba, y hacía más de dos años que Nico había muerto. La repentina mención de su nombre a mitad de la carta era casi un escándalo. Ya el solo hecho de que el nombre de Nico apareciera de golpe en una frase, con la *N* larga y temblorosa, la *o* con una torcida; pero era peor, porque el nombre se situaba en una frase incomprensible y absurda, en algo que no podía ser otra cosa que un anuncio de senilidad. De golpe mamá perdía la noción del tiempo, se imaginaba que... El párrafo venía después de un breve acuse de recibo de una carta de Laura. Un punto apenas marcado con la débil tinta azul comprada en el almacén del barrio, y a quemarropa: «Esta mañana Nico preguntó por ustedes.» El resto seguía como siempre: la salud, la prima Matilde se había caído y tenía una clavícula sacada, los perros estaban bien. Pero Nico había preguntado por ellos.

En realidad hubiera sido fácil cambiar Nico por Víctor, que era el que sin duda había preguntado por ellos. El primo Víctor, tan atento siempre. Víctor tenía dos letras más que Nico, pero con una goma y habilidad se podían cambiar los nombres. Esta mañana Víctor preguntó por ustedes. Tan natural que Víctor pasara a visitar a mamá y le preguntara por los ausentes.

Cuando volvió a almorzar, traía intacta la carta en el bolsillo. Seguía dispuesto a no decirle nada a Laura, que lo esperaba con su sonrisa amistosa, el rostro que parecía haberse desdibujado un poco desde los tiempos de Buenos Aires, como si el aire gris de París le quitara el color y el relieve. Llevaban más de dos años en París, habían salido de Buenos Aires apenas dos meses después de la muerte de Nico, pero en realidad Luis se había considerado como ausente desde el día mismo de su casamiento con Laura. Una tarde, después de hablar con Nico que estaba ya enfermo, se había jurado escapar de la Argentina, del caserón de Flores, de mamá y los perros y su hermano (que ya estaba enfermo). En aquellos meses todo había girado en torno a él como las figuras de una danza: Nico, Laura, mamá, los perros, el jardín. Su juramento había sido el gesto brutal del que hace trizas una botella en la pista, interrumpe el baile con un chicotear de vidrios rotos. Todo había sido brutal en esos días: su casamiento, la partida sin remilgos ni consideraciones para con mamá, el olvido de todos los deberes sociales, de los amigos entre sorprendidos y desencantados. No le había importado nada, ni siquiera el asomo de protesta de Laura. Mamá se quedaba sola en el caserón, con los perros y los frascos de remedios, con la ropa de Nico colgada todavía en un ropero. Que se quedara, que todos se fueran al demonio. Mamá había parecido comprender, ya no lloraba a Nico y andaba como antes por la casa, con la fría y resuelta recuperación de los viejos frente a la muerte. Pero Luis no quería acordarse de lo que había sido la tarde de la despedida, las valijas, el taxi en la puerta, la casa ahí con toda la infancia, el jardín donde Nico y él habían jugado a la guerra, los dos perros indiferentes y estúpidos. Ahora era casi capaz de olvidarse de todo eso. Iba a la agencia, dibujaba afiches, volvía a comer, bebía la taza de café que Laura le alcanzaba sonriendo. Iban mucho al cine, mucho a los bosques, conocían cada vez mejor París. Habían tenido suerte, la vida era sorprendentemente fácil, el trabajo pasable, el departamento bonito, las películas excelentes. Entonces llegaba carta de mamá.

No las detestaba; si le hubieran faltado habría sentido caer sobre él la libertad como un peso insoportable. Las cartas de mamá le traían un tácito perdón (pero de nada había que perdonarlo), tendían el puente por donde era posible seguir pasando. Cada una lo tranquilizaba o lo inquietaba sobre la salud de mamá, le recordaba la economía familiar, la permanencia de un orden. Y a la vez odiaba ese orden. Y a la vez odiaba ese orden y lo odiaba por Laura, porque Laura estaba en París pero cada carta de mamá la definía como ajena, como cómplice de ese orden que él había repudiado una noche en el jardín, después de oír una vez más la tos apagada, casi humilde de Nico.

No, no le mostraría la carta. Era innoble sustituir un nombre por otro, era intolerable que Laura leyera la frase de mamá. Su grotesco error, su tonta torpeza de un instante —la veía luchando con una pluma vieja, con el papel que se ladeaba, con su vista insuficiente—, crecería en Laura como una semilla fácil. Mejor tirar la carta (la tiró esa tarde misma) y por la noche ir al cine con Laura, olvidarse lo antes posible de que Víctor había preguntado por ellos. Aunque fuera Víctor, el primo tan bien educado, olvidarse de que Víctor había preguntado por ellos.

Diabólico, agazapado, relamiéndose, Tom esperaba que Jerry cayera en la trampa. Jerry no cayó, y llovieron sobre Tom catástrofes incontables. Después Luis compró helados, los comieron mientras miraban distraídamente los anuncios en colores. Cuando empezó la película, Laura se

hundió un poco más en su butaca y retiró la mano del brazo de Luis. Él la sentía otra vez lejos, quién sabe si lo que
miraban juntos era ya la misma cosa para los dos, aunque
más tarde comentaran la película en la calle o en la cama.
Se preguntó (no era una pregunta, pero cómo decirlo de
otro modo) si Nico y Laura habían estado así de distantes
en los cines, cuando Nico la festejaba y salían juntos. Probablemente habían conocido todos los cines de Flores, toda la rambla estúpida de la calle Lavalle, el león, el atleta
que golpea el gongo, los subtítulos en castellano por Car-
men de Pinillos, los personajes de esta película son ficti-
cios, y toda relación... Entonces, cuando Jerry había escapado de Tom y empezaba la hora de Bárbara Stanwyck o
de Tyrone Power, la mano de Nico se acostaría despacio
sobre el muslo de Laura (el pobre Nico, tan tímido, tan
novio), y los dos se sentirían culpables de quién sabe qué.
Bien le constaba a Luis que no habían sido culpables de
nada definitivo; aunque no hubiera tenido la más deliciosa
de las pruebas, el veloz desapego de Laura por Nico hubiera bastado para ver en ese noviazgo un mero simulacro
urdido por el barrio, la vecindad, los círculos culturales y
recreativos que son la sal de Flores. Había bastado el capricho de ir una noche a la misma sala de baile que fre-
cuentaba Nico, el azar de una presentación fraternal. Tal
vez por eso, por la facilidad del comienzo, todo el resto había sido inesperadamente duro y amargo. Pero no
quería acordarse ahora, la comedia había terminado con
la blanda derrota de Nico, su melancólico refugio en una
muerte de tísico. Lo raro era que Laura no lo nombrara
nunca, y que por eso tampoco él lo nombrara, que Nico
no fuera ni siquiera el difunto, ni siquiera el cuñado muerto, el hijo de mamá. Al principio le había traído un alivio
después del turbio intercambio de reproches, del llanto
y los gritos de mamá, de la estúpida intervención del tío
Emilio y del primo Víctor (Víctor preguntó esta mañana
por ustedes), el casamiento apresurado y sin más ceremonia que un taxi llamado por teléfono y tres minutos delante de un funcionario con caspa en las solapas. Refugiados
en un hotel de Adrogué, lejos de mamá y de toda la pa-
rentela desencadenada, Luis había agradecido a Laura que

jamás hiciera referencia al pobre fantoche que tan vagamente había pasado de novio a cuñado. Pero ahora, con un mar de por medio, con la muerte y dos años de por medio, Laura seguía sin nombrarlo, y él se plegaba a su silencio por cobardía, sabiendo que en el fondo ese silencio lo agraviaba por lo que tenía de reproche, de arrepentimiento, de algo que empezaba a parecerse a la traición. Más de una vez había mencionado expresamente a Nico, pero comprendía que eso no contaba, que la respuesta de Laura tendía solamente a desviar la conversación. Un lento territorio prohibido se había ido formando poco a poco en su lenguaje, aislándolos de Nico, envolviendo su nombre y su recuerdo en un algodón manchado y pegajoso. Y del otro lado mamá hacía lo mismo, confabulada inexplicablemente en el silencio. Cada carta hablaba de los perros, de Matilde, de Víctor, del salicilato, del pago de la pensión. Luis había esperado que alguna vez mamá aludiera a su hijo para aliarse con ella frente a Laura, obligar cariñosamente a Laura a que aceptara la existencia póstuma de Nico. No porque fuera necesario, a quién le importaba nada de Nico vivo o muerto, pero la tolerancia de su recuerdo en el panteón del pasado hubiera sido la oscura, irrefutable prueba de que Laura lo había olvidado verdaderamente y para siempre. Llamado a la plena luz de su nombre el íncubo se hubiera desvanecido, tan débil e inane como cuando pisaba la tierra. Pero Laura seguía callando el nombre de Nico, y cada vez que lo callaba, en el momento preciso en que hubiera sido natural que lo dijera y exactamente lo callaba, Luis sentía otra vez la presencia de Nico en el jardín de Flores, escuchaba su tos discreta preparando el más perfecto regalo de bodas imaginable, su muerte en plena luna de miel de la que había sido su novia, del que había sido su hermano.

Una semana más tarde Laura se sorprendió de que no hubiera llegado carta de mamá. Barajaron las hipótesis usuales, y Luis escribió esa misma tarde. La respuesta no lo inquietaba demasiado, pero hubiera querido (lo sentía al bajar la escalera por las mañanas) que la portera le diese a él la carta en vez de subirla al tercer piso. Una quincena más tarde reconoció el sobre familiar, el rostro del almirante Brown y una vista de las cataratas del Iguazú. Guardó el sobre antes de salir a la calle y contestar al saludo de Laura asomada a la ventana. Le pareció ridículo tener que doblar la esquina antes de abrir la carta. El Boby se había escapado a la calle y unos días después había empezado a rascarse, contagio de algún perro sarnoso. Mamá iba a consultar a un veterinario amigo del tío Emilio, porque no era cosa de que el Boby le pegara la peste al Negro. El tío Emilio era de parecer que los bañara con acaroína, pero ella ya no estaba para esos trotes y sería mejor que el veterinario recetara algún polvo insecticida o algo para mezclar con la comida. La señora de al lado tenía un gato sarnoso, vaya a saber si los gatos no eran capaces de contagiar a los perros, aunque fuera a través del alambrado. Pero qué les iba a interesar a ellos esas charlas de vieja, aunque Luis siempre había sido muy cariñoso con los perros y de chico hasta dormía con uno a los pies de la cama, al revés de Nico que no le gustaban mucho. La señora de al lado aconsejaba espolvorearlos con dedeté por si no era sarna, los perros pescan toda clase de pestes cuando andan por la calle; en la esquina de Bacacay paraba un circo con animales raros, a lo mejor había microbios en el aire, esas cosas. Mamá no ganaba para sustos, entre el chico de la modista que se había quemado el brazo con leche hirviendo y el Boby sarnoso.

Después había como una estrellita azul (la pluma cucharita que se enganchaba en el papel, la exclamación de fastidio de mamá) y entonces unas reflexiones melancólicas sobre lo sola que se quedaría si también Nico se iba a Europa como parecía, pero ese era el destino de los viejos, los hijos son golondrinas que se van un día, hay que tener resignación mientras el cuerpo vaya tirando. La señora de al lado...

Alguien empujó a Luis, le soltó una rápida declaración de derechos y obligaciones con acento marsellés. Vagamente comprendió que estaba estorbando el paso de la gente que entraba por el angosto corredor del *métro*. El resto del día fue igualmente vago, telefoneó a Laura para decirle que no iría a almorzar, pasó dos horas en un banco de plaza releyendo la carta de mamá, preguntándose qué debería hacer frente a la insania. Hablar con Laura, antes de nada. Por qué (no era una pregunta, pero cómo decirlo de otro modo) seguir ocultándole a Laura lo que pasaba. Ya no podía fingir que esta carta se había perdido como la otra, ya no podía creer a medias que mamá se había equivocado y escrito Nico por Víctor, y que era tan penoso que se estuviera poniendo chocha. Resueltamente esas cartas eran Laura, eran lo que iba a ocurrir con Laura. Ni siquiera eso: lo que ya había ocurrido desde el día de su casamiento, la luna de miel en Adrogué, las noches en que se habían querido desesperadamente en el barco que los traía a Francia. Todo era Laura, todo iba a ser Laura ahora que Nico quería venir a Europa en el delirio de mamá. Cómplices como nunca, mamá le estaba hablando a Laura de Nico, le estaba anunciando que Nico iba a venir a Europa, y lo decía así, Europa a secas, sabiendo tan bien que Laura comprendería que Nico iba a desembarcar en Francia, en París, en una casa donde se fingía exquisitamente haberlo olvidado, pobrecito.

Hizo dos cosas: escribió al tío Emilio señalándole los síntomas que lo inquietaban y pidiéndole que visitara inmediatamente a mamá para cerciorarse y tomar las medidas del caso. Bebió un coñac tras otro y anduvo a pie hacia su casa para pensar en el camino lo que debía decirle a Laura, porque al fin y al cabo tenía que hablar con Laura y ponerla al corriente. De calle en calle fue sintiendo cómo le costaba situarse en el presente, en lo que tendría que suceder media hora más tarde. La carta de mamá lo metía, lo ahogaba en la realidad de esos dos años de vida en París, la mentira de una paz traficada, de una felicidad de puertas para afuera, sostenida por diversiones y espectáculos, de un pacto involuntario de silencio en que los dos se desunían poco a poco como en todos los pactos negativos. Sí, mamá, sí, pobre Boby sarnoso, mamá. Pobre Boby, pobre Luis, cuánta sarna, mamá. Un baile del club de Flores, mamá, fui porque él insistía, me imagino que quería darse corte con su conquista. Pobre Nico, mamá, con esa tos seca en que nadie creía todavía con ese traje cruzado a rayas, esa peinada a la brillantina, esas corbatas de rayón tan cajetillas. Uno charla un rato, simpatiza, cómo no va a bailar esa pieza con la novia del hermano, oh, novia es mucho decir, Luis, supongo que puedo llamarlo Luis, verdad. Pero sí, me extraña que Nico no la haya llevado a casa todavía, usted le va a caer tan bien a mamá. Este Nico es más torpe, a que ni siquiera habló con su papá. Tímido, sí, siempre fue igual. Como yo. ¿De qué se ríe, no me cree? Pero si yo no soy lo que parezco... ¿Verdad que hace calor? De veras, usted tiene que venir a casa, mamá va a estar encantada. Vivimos los tres solos, con los perros. Che Nico, pero es una vergüenza, te tenías esto escondido, malandra. Entre nosotros somos así, Laura, nos decimos cada cosa. Con tu permiso, yo bailaría este tango con la señorita.

Tan poca cosa, tan fácil, tan verdaderamente brillantina y corbata rayón. Ella había roto con Nico por error, por ceguera, porque el hermano rana había sido capaz de ganar de arrebato y darle vuelta la cabeza. Nico no juega al tenis, qué va a jugar, usted no lo saca del ajedrez y la filatelia, hágame el favor. Callado, tan poca cosa el pobrecito, Nico se había ido quedando atrás, perdido en un rincón del patio, consolándose con el jarabe pectoral y el mate amargo. Cuando cayó en cama y le ordenaron reposo coincidió justamente con un baile en Gimnasia y Esgrima de Villa del Parque. Uno no se va a perder esas cosas, máxime cuando va a tocar Edgardo Donato y la cosa promete. A mamá le parecía tan bien que él sacara a pasear a Laura, le había caído como una hija apenas la llevaron una tarde a la casa. Vos fijáte, mamá, el pibe está débil y capaz que le hace impresión si uno le cuenta. Los enfermos como él se imaginan cada cosa, de fija que va a creer que estoy afilando con Laura. Mejor que no sepa que vamos a Gimnasia. Pero yo no le dije eso a mamá, nadie de casa se enteró nunca que andábamos juntos. Hasta que se mejorara el enfermito, claro. Y así el tiempo, los bailes, dos o tres bailes, las radiografías de Nico, después el auto del petiso Ramos, la noche de la farra en casa de la Beba, las copas, el paseo en auto hasta el puente del arroyo, una luna, esa luna como una ventana de hotel allá arriba, y Laura en el auto negándose, un poco bebida, las manos hábiles, los besos, los gritos ahogados, la manta de vicuña, la vuelta en silencio, la sonrisa de perdón.

La sonrisa era casi la misma cuando Laura le abrió la puerta. Había carne al horno, ensalada, un flan. A las diez vinieron unos vecinos que eran sus compañeros de canasta. Muy tarde, mientras se preparaban para acostarse, Luis sacó la carta y la puso sobre la mesa de luz.

—No te hablé antes porque no quería afligirte. Me parece que mamá...

Acostado, dándole la espalda, esperó. Laura guardó la carta en el sobre, apagó el velador. La sintió contra él, no exactamente contra pero la oía respirar cerca de su oreja.

—¿Vos te das cuenta? —dijo Luis, cuidando su voz.

—Sí. ¿No creés que se habrá equivocado de nombre?

Tenía que ser. Peón cuatro rey, peón cuatro rey. Perfecto.

—A lo mejor quiso poner Víctor —dijo, clavándose lentamente las uñas en la palma de la mano.

—Ah, claro. Podría ser —dijo Laura. Caballo rey tres alfil.

Empezaron a fingir que dormían.

A Laura le había parecido bien que el tío Emilio fuera el único en enterarse, y los días pasaron sin que volvieran a hablar de eso. Cada vez que volvía a casa, Luis esperaba una frase o un gesto insólitos en Laura, un claro en esa guardia perfecta de calma y de silencio. Iban al cine como siempre, hacían el amor como siempre. Para Luis ya no había en Laura otro misterio que el de su resignada adhesión a esa vida en la que nada había llegado a ser lo que pudieron esperar dos años atrás. Ahora la conocía bien, a la hora de las confrontaciones definitivas tenía que admitir que Laura era como había sido Nico, de las que se quedan atrás y sólo obran por inercia, aunque empleara a veces una voluntad casi terrible en no hacer nada, en no vivir de veras para nada. Se hubiera entendido mucho mejor con Nico que con él, y los dos lo venían sabiendo desde el día de su casamiento, desde las primeras tomas de posición que siguen a la blanda aquiescencia de la luna de miel y el deseo. Ahora Laura volvía a tener la pesadilla. Soñaba mucho, pero la pesadilla era distinta, Luis la reconocía entre muchos otros movimientos de su cuerpo, palabras confusas o breves gritos de animal que se ahoga. Había empezado a bordo, cuando todavía hablaban de Nico porque Nico acababa de morir y ellos se habían embarcado unas pocas semanas después. Una noche, después de acordarse de Nico y cuando ya se insinuaba el tácito silencio que se instalaría luego entre ellos, Laura lo despertaba con un gemido ronco, una sacudida convulsiva de las piernas, y de golpe un grito que era una negativa total, un rechazo con las dos manos y todo el cuerpo y toda la voz de algo horrible que le caía desde el sueño como un enorme pedazo de materia pegajosa. Él la sacudía, la calmaba, le traía agua que bebía sollozando, acosada aún a medias por el otro lado de su vida. Decía no recordar nada, era algo horrible pero no se podía explicar, y acababa por dormirse llevándose su secreto, porque Luis sabía que ella sabía, que acababa de enfrentarse con aquel que entraba en su sueño, vaya a saber bajo qué horrenda máscara, y cuyas rodillas abrazaría Laura en un vértigo de espanto, quizá de amor inútil. Era siempre lo mismo, le alcanzaba un vaso de agua, esperando en silencio a que ella volviera a apoyar la cabeza en la almohada. Quizá un día el espanto fuera más fuerte que el orgullo, si eso era orgullo. Quizá entonces él podría luchar desde su lado. Quizá no todo estaba perdido, quizá la nueva vida llegara a ser realmente otra cosa que ese simulacro de sonrisas y de cine francés.

Frente a la mesa de dibujo, rodeado de gentes ajenas, Luis recobraba el sentido de la simetría y el método que le gustaba aplicar a la vida. Puesto que Laura no tocaba el tema, esperando con aparente indiferencia la contestación del tío Emilio, a él le correspondía entenderse con mamá. Contestó su carta limitándose a las menudas noticias de las últimas semanas, y dejó para la postdata una frase rectificatoria: «De modo que Víctor habla de venir a Europa. A todo el mundo le da por viajar, debe ser la propaganda de las agencias de turismo. Decíle que escriba, le podemos mandar todos los datos que necesite. Decíle también que desde ahora cuenta con nuestra casa.»

El tío Emilio contestó casi a vuelta de correo, secamente como correspondía a un pariente tan cercano y tan resentido por lo que en el velorio de Nico había calificado de incalificable. Sin haberse disgustado de frente con Luis, había demostrado sus sentimientos con la sutileza habitual en casos parecidos, absteniéndose de ir a despedirlo al barco, olvidando dos años seguidos la fecha de su cumpleaños. Ahora se limitaba a cumplir con su deber de hermano político de mamá, y enviaba escuetamente los resultados. Mamá estaba muy bien pero casi no hablaba, cosa comprensible teniendo en cuenta los muchos disgustos de los últimos tiempos. Se notaba que estaba muy sola en la casa de Flores, lo cual era lógico puesto que ninguna madre que ha vivido toda la vida con sus dos hijos puede sentirse a gusto en una enorme casa llena de recuerdos. En cuanto a las frases en cuestión, el tío Emilio había procedido con el tacto que se requería en vista de lo delicado del asunto, pero lamentaba decirles que no había sacado gran cosa en limpio, porque mamá no estaba en vena de conversación y hasta lo había recibido en la sala, cosa que nunca hacía con su hermano político. A una insinuación de orden terapéutico, había contestado que aparte del reumatismo se sentía perfectamente bien, aunque en esos días la fatigaba tener que planchar tantas camisas. El tío Emilio se había interesado por saber de qué camisas se trataba, pero ella se había limitado a una inclinación de cabeza y un ofrecimiento de jerez y galletitas Bagley.

Mamá no les dio demasiado tiempo para discutir la carta del tío Emilio y su ineficacia manifiesta. Cuatro días después llegó un sobre certificado, aunque mamá sabía de sobra que no hay necesidad de certificar las cartas aéreas a París. Laura telefoneó a Luis y le pidió que volviera lo antes posible. Media hora más tarde la encontró respirando pesadamente, perdida en la contemplación de unas flores amarillas sobre la mesa. La carta estaba en la repisa de la chimenea, y Luis volvió a dejarla ahí después de la lectura. Fue a sentarse junto a Laura, esperó. Ella se encogió de hombros.

—Se ha vuelto loca —dijo.

Luis encendió un cigarrillo. El humo le hizo llorar los ojos. Comprendió que la partida continuaba, que a él le tocaba mover. Pero esa partida la estaban jugando tres jugadores, quizá cuatro. Ahora tenía la seguridad de que también mamá estaba al borde del tablero. Poco a poco resbaló en el sillón, y dejó que su cara se pusiera la inútil máscara de las manos juntas. Oía llorar a Laura, abajo corrían a gritos los chicos de la portera.

La noche trae consejo, etcétera. Les trajo un sueño pesado y sordo, después que los cuerpos se encontraron en una monótona batalla que en el fondo no habían deseado. Una vez más se cerraba el tácito acuerdo: por la mañana hablarían del tiempo, del crimen de Saint-Cloud, de James Dean. La carta seguía sobre la repisa y mientras bebían té no pudieron dejar de verla, pero Luis sabía que al volver del trabajo ya no la encontraría. Laura borraba las huellas con su fría, eficaz diligencia. Un día, otro día, otro día más. Una noche se rieron mucho con los cuentos de los vecinos, con una audición de Fernandel. Se habló de ir a ver una pieza de teatro, de pasar un fin de semana en Fontainebleau.

Sobre la mesa de dibujo se acumulaban los datos innecesarios, todo coincidía con la carta de mamá. El barco llegaba efectivamente al Havre el viernes 17 por la mañana, y el tren especial entraba en Saint-Lazare a las 11.45. El jueves vieron la pieza de teatro y se divirtieron mucho. Dos noches antes Laura había tenido otra pesadilla, pero él no se molestó en traerle agua y la dejó que se tranquilizara sola, dándole la espalda. Después Laura durmió en paz, de día andaba ocupada cortando y cosiendo un vestido de verano. Hablaron de comprar una máquina de coser eléctrica cuando terminaran de pagar la heladera. Luis encontró la carta de mamá en el cajón de la mesa de luz y la llevó a la oficina. Telefoneó a la compañía naviera, aunque estaba seguro de que mamá daba las fechas exactas. Era su única seguridad, porque todo el resto no se podía siquiera pensar. Y ese imbécil del tío Emilio. Lo mejor sería escribir a Matilde, por más que estuviesen distanciados Matilde comprendería la urgencia de intervenir, de proteger a mamá. ¿Pero realmente (no era una pregunta, pero cómo decirlo de otro modo) había que proteger a mamá, precisamente a mamá? Por un momento pensó en pedir larga distancia y hablar con ella. Se acordó del jerez y las galletitas Bagley, se encogió de hombros. Tampoco había tiempo de escribir a Matilde, aunque en realidad había tiempo pero quizá fuese preferible esperar al viernes diecisiete antes de... El coñac ya no lo ayudaba ni siquiera a no pensar, o por lo menos a pensar sin tener miedo. Cada vez recordaba con más claridad la cara de mamá en las últimas semanas de Buenos Aires, después del entierro de Nico. Lo que él había entendido como dolor, se le mostraba ahora como otra cosa, algo en donde había una rencorosa desconfianza, una expresión de animal que siente que van a abandonarlo en un terreno baldío lejos de la casa, para deshacerse de él. Ahora empezaba a ver de veras la cara de mamá. Recién ahora la veía de veras en aquellos días en que toda la familia se había turnado para visitarla, darle el pésame por Nico, acompañarla de tarde, y también Laura y él venían de Adrogué para acompañarla, para estar con mamá. Se quedaban apenas un rato porque después aparecía el tío Emilio, o Víctor, o Matilde, y todos eran una misma fría repulsa, la familia indignada por lo sucedido, por Adrogué, porque eran felices mientras Nico, pobrecito, mientras Nico. Jamás sospecharían hasta qué punto habían colaborado para embarcarlos en el primer buque a mano; como si se hubieran asociado para pagarles los pasajes, llevarlos cariñosamente a bordo con regalos y pañuelos.

Claro que su deber de hijo lo obligaba a escribir en seguida a Matilde. Todavía era capaz de pensar cosas así antes del cuarto coñac. Al quinto las pensaba de nuevo y se reía (cruzaba París a pie para estar más solo y despejarse la cabeza), se reía de su deber de hijo, como si los hijos tuvieran deberes, como si los deberes fueran los de cuarto grado, los sagrados deberes para la sagrada señorita del inmundo cuarto grado. Porque su deber de hijo no era escribir a Matilde. ¿Para qué fingir (no era una pregunta, pero cómo decirlo de otro modo) que mamá estaba loca? Lo único que se podía hacer era no hacer nada, dejar que pasaran los días, salvo el viernes. Cuando se despidió como siempre de Laura diciéndole que no vendría a almorzar porque tenía que ocuparse de unos afiches urgentes, estaba tan seguro del resto que hubiera podido agregar: «Si querés vamos juntos.» Se refugió en el café de la estación, menos por disimulo que para tener la pobre ventaja de ver sin ser visto. A las once y treinta y cinco descubrió a Laura por su falda azul, la siguió a distancia, la vio mirar el tablero, consultar a un empleado, comprar un boleto de plataforma, entrar en el andén donde ya se juntaba la gente con el aire de los que esperan. Detrás de una zorra cargada de cajones de fruta miraba a Laura que parecía dudar entre quedarse cerca de la salida del andén o internarse por él. La miraba sin sorpresa, como a un insecto cuyo comportamiento podía ser interesante. El tren llegó casi en seguida y Laura se mezcló con la gente que se acercaba a las ventanillas de los coches buscando cada uno lo suyo, entre gritos y manos que sobresalían como si dentro del tren se estuvieran ahogando. Bordeó la zorra y entró al andén entre más cajones de fruta y manchas de grasa. Desde donde estaba vería salir a los pasajeros, vería pasar otra vez a Laura, su rostro lleno de alivio porque el rostro de Laura, ¿no estaría lleno de alivio? (No era una pregunta, pero cómo decirlo de otro modo.) Y después, dándose el lujo de ser el último una vez que pasaran los últimos viajeros y los últimos changadores, entonces saldría a su vez, bajaría a la plaza llena de sol para ir a beber coñac al café de la esquina. Y esa misma tarde escribiría a mamá sin la menor referencia al ridículo episodio (pero no era ridículo) y después tendría valor y hablaría con Laura (pero no tendría valor y no hablaría con Laura). De todas maneras coñac, eso sin la menor duda, y que todo se fuera al demonio. Verlos pasar así en racimos, abrazándose con gritos y lágrimas, las parentelas desatadas, un erotismo barato como un carroussel de feria barriendo el andén, entre valijas y paquetes y por fin, por fin, cuánto tiempo sin vernos, qué quemada estás, Ivette, pero sí, hubo un sol estupendo, hija. Puesto a buscar semejanzas, por gusto de aliarse a la imbecilidad, dos de los hombres que pasaban cerca debían ser argentinos por el corte de pelo, los sacos, el aire de suficiencia disimulando el azoramiento de entrar en París. Uno sobre todo se parecía a Nico, puesto a buscar semejanzas. El otro no, y en realidad éste tampoco apenas se le miraba el cuello mucho más grueso y la cintura más ancha. Pero puesto a buscar semejanzas por puro gusto, ese otro que ya había pasado y avanzaba hacia el portillo de salida, con una sola valija en la mano izquierda, Nico era zurdo como él, tenía esa espalda un poco cargada, ese corte de hombros. Y Laura debía haber pensado lo mismo porque venía detrás mirándolo, y en la cara una expresión que él conocía bien, la cara de Laura cuando despertaba de la pesadilla y se incorporaba en la cama mirando fijamente el aire, mirando, ahora lo sabía, a aquél que se alejaba dándole la espalda, consumada la innominable venganza que la hacía gritar y debatirse en sueños.

Puestos a buscar semejanzas, naturalmente el hombre era un desconocido, lo vieron de frente cuando puso la valija en el suelo para buscar el billete y entregarlo al del portillo. Laura salió la primera de là estación, la dejó que tomara distancia y se perdiera en la plataforma del autobús. Entró en el café de la esquina y se tiró en una banqueta. Más tarde no se acordó si había pedido algo de beber, si eso que le quemaba la boca era el regusto del coñac barato. Trabajó toda la tarde en los afiches, sin tomarse descanso. A ratos pensaba que tendría que escribirle a mamá, pero lo fue dejando pasar hasta la hora de salida. Cruzó París a pie, al llegar a casa encontró a la portera en el zaguán y charló un rato con ella. Hubiera querido quedarse hablando con la portera o los vecinos, pero todos iban entrando en los departamentos y se acercaba la hora de cenar. Subió despacio (en realidad siempre subía despacio para no fatigarse los pulmones y no toser) y al llegar al tercero se apoyó en la puerta antes de tocar el timbre, para descansar un momento en la actitud del que escucha lo que pasa en el interior de una casa. Después llamó con los dos toques cortos de siempre.

—Ah, sos vos —dijo Laura, ofreciéndole una mejilla fría—. Ya empezaba a preguntarme si habrías tenido que quedarte más tarde. La carne debe estar recocida.

No estaba recocida, pero en cambio no tenía gusto a nada. Si en ese momento hubiera sido capaz de preguntarle a Laura por qué había ido a la estación, tal vez el café hubiese recobrado el sabor, o el cigarrillo. Pero Laura no se había movido de casa en todo el día, lo dijo como si necesitara mentir o esperara que él hiciera un comentario burlón sobre la fecha, las manías lamentables de mamá. Revolviendo el café, de codos sobre el mantel, dejó pasar una vez más el momento. La mentira de Laura ya no importaba, una más entre tantos besos ajenos, tantos silencios donde todo era Nico, donde no había nada en ella o en él que no fuera Nico. ¿Por qué (no era una pregunta, pero cómo decirlo de otro modo) no poner un tercer cubierto en la mesa? ¿Por qué no irse, por qué no cerrar el puño y estrellarlo en esa cara triste y sufrida que el humo del cigarrillo deformaba, hacía ir y venir como entre dos aguas, parecía llenar poco a poco de odio como si fuera la cara misma de mamá? Quizá estaba en la otra habitación, o quizá esperaba apoyado en la puerta como había esperado él, o se había instalado ya donde siempre había sido el amo, en el territorio blanco y tibio de las sábanas al que tantas veces había acudido en los sueños de Laura. Allí esperaría, tendido de espaldas, fumando también él su cigarrillo, tosiendo un poco, riéndose con una cara de payaso como la cara de los últimos días, cuando no le quedaba ni una gota de sangre sana en las venas.

Pasó al otro cuarto, fue a la mesa de trabajo, encendió la lámpara. No necesitaba releer la carta de mamá para contestarla como debía. Empezó a escribir, querida mamá. Escribió: querida mamá. Tiró el papel, escribió: mamá. Sentía la casa como un puño que se fuera apretando. Todo era más estrecho, más sofocante. El departamento había sido suficiente para dos, estaba pensando exactamente para dos. Cuando levantó los ojos (acababa de escribir: mamá), Laura estaba en la puerta, mirándolo. Luis dejó la pluma.

—¿A vos no te parece que está mucho más flaco? —dijo.

Laura hizo un gesto. Un brillo paralelo le bajaba por las mejillas.

—Un poco —dijo—. Uno va cambiando...

LOS BUENOS SERVICIOS

A Marta Mosquera, que me habló
en París de madame Francinet.

Desde hace un tiempo me cuesta encender el fuego.
Los fósforos no son como los de antes, ahora hay que
ponerlos cabeza abajo y esperar a que la llama tome fuerza; la leña viene húmeda, y por más que le recomiendo a
Frédéric que me traiga troncos secos, siempre huelen a
mojado y prenden mal. Desde que me empezaron a temblar las manos todo me cuesta mucho más. Antes yo tendía una cama en dos segundos, y las sábanas quedaban
como recién planchadas. Ahora tengo que dar vueltas y
más vueltas alrededor de la cama, y madame Beauchamp
se enoja y dice que si me paga por hora es para que no
pierda tiempo alisando un pliegue aquí y otro allá. Todo
porque me tiemblan las manos, y porque las sábanas de
ahora no son como las de antes, tan firmes y gruesas. El
doctor Lebrun ha dicho que no tengo nada, solamente hay
que cuidarse mucho, no tomar frío y acostarse temprano.
«¿Y ese vaso de vino cada tanto, eh, madame Francinet?
Sería mejor que lo suprimiéramos, y también el pernod
a mediodía.» El doctor Lebrun es un médico joven, con
ideas muy buenas para los jóvenes. En mi tiempo nadie
hubiera creído que el vino era malo. Y después que yo
nunca bebo lo que se llama beber, como la Germaine, la
del tercero, o ese bruto de Félix, el carpintero. No sé por
qué ahora me acuerdo del pobre monsieur Bébé, la noche
en que me hizo beber una copa de whisky. ¡Monsieur Bébé! ¡Monsieur Bébé! En la cocina del departamento de

madame Rosay, la noche de la fiesta. Yo salía mucho, entonces, todavía andaba de casa en casa, trabajando por horas. En lo de monsieur Renfeld, en lo de las hermanas que enseñaban piano y violín, en tantas casas, todas muy bien. Ahora apenas puedo ir tres veces por semana a lo de madame Beauchamp, y me parece que no durará mucho. Me tiemblan tanto las manos, y madame Beauchamp se enoja conmigo. Ahora ya no me recomendaría a madame Rosay, y madame Rosay no vendría a buscarme, ahora monsieur Bébé no se encontraría conmigo en la cocina. No, sobre todo monsieur Bébé.

Cuando madame Rosay vino a casa ya era tarde, y no se quedó más que un momento. En realidad mi casa es una sola pieza, pero como dentro tengo la cocina y lo que sobró de los muebles cuando murió Georges y hubo que vender todo, me parece que tengo derecho a llamarla mi casa. De todos modos hay tres sillas, y madame Rosay se quitó los guantes, se sentó y dijo que la pieza era pequeña pero simpática. Yo no me sentía impresionada por madame Rosay, aunque me hubiera gustado estar mejor vestida. Me tomó de sorpresa, y tenía puesta la falda verde que me habían regalado en lo de las hermanas. Madame Rosay no miraba nada, quiero decir que miraba y desviaba la vista en seguida, como para despegarse de lo que había mirado. Tenía la nariz un poco fruncida; a lo mejor le molestaba el olor a cebollas (me gustan mucho las cebollas) o el pis del pobre Minouche. Pero yo estaba contenta de que madame Rosay hubiera venido, y se lo dije.

—Ah, sí, madame Francinet. También yo me alegro de haberla encontrado, porque estoy tan ocupada... —Fruncía la nariz como si las ocupaciones olieran mal—. Quiero pedirle que... Es decir, madame Beauchamp pensó que quizá usted dispondría de la noche del domingo.

—Pues naturalmente —dije yo—. ¿Qué puedo hacer el domingo, después de ir a misa? Entro un rato en lo de Gustave, y...

—Sí, claro —dijo madame Rosay—. Si usted está libre

el domingo, quisiera que me ayudara en casa. Daremos una fiesta.

—¿Una fiesta? Mis felicitaciones, madame Rosay.

Pero a madame Rosay no pareció gustarle esto, y se levantó de golpe.

—Usted ayudaría en la cocina, habrá tanto que hacer. Si puede ir a las siete, mi mayordomo le explicará lo necesario.

—Naturalmente, madame Rosay.

—Esta es mi dirección —dijo madame Rosay, y me dio una tarjeta color crema—. ¿Estará bien con quinientos francos?

—Quinientos francos.

—Digamos seiscientos. A medianoche quedará libre, y tendrá tiempo de alcanzar el último *métro*. Madame Beauchamp me ha dicho que usted es de confianza.

—¡Oh, madame Rosay!

Cuando se fue estuve por reírme al pensar que casi le había ofrecido una taza de té (hubiera tenido que buscar alguna que no estuviera desportillada). A veces no me doy cuenta con quién estoy hablando. Sólo cuando voy a casa de una señora me contengo y hablo como una criada. Debe ser porque en mi casa no soy criada de nadie, o porque me parece que todavía vivo en nuestro pabelloncito de tres piezas, cuando Georges y yo trabajábamos en la fábrica y no pasábamos necesidad. A lo mejor es porque a fuerza de retar al pobre Minouche, que hace pis debajo de la cocina, me parece que yo también soy una señora como madame Rosay.

Cuando iba a entrar en la casa, por poco se me sale el tacón de un zapato. Dije en seguida: «Buena suerte quiero verte y quererte, diablo aléjate.» Y toqué el timbre.

Salió un señor de patillas grises como en el teatro, y me dijo que pasara. Era un departamento grandísimo que olía a cera de pisos. El señor de patillas era el mayordomo y olía a benjuí.

—En fin —dijo, y se apuró a hacerme seguir por un

corredor que llevaba a las habitaciones de servicio—. Para otra vez llamará a la puerta de la izquierda.

—Madame Rosay no me había dicho nada.

—La señora no está para pensar en esas cosas. Alice, ésta es madame Francinet. Le dará usted uno de sus delantales.

Alice me llevó a su cuarto, más allá de la cocina (y qué cocina) y me dio un delantal demasiado grande. Parece que madame Rosay le había encargado que me explicara todo, pero al principio lo de los perros me pareció un error y me quedé mirando a Alice, la verruga que tenía Alice debajo de la nariz. Al pasar por la cocina todo lo que había podido ver era tan lujoso y reluciente que la sola idea de estar ahí esa noche, limpiando cosas de cristal y preparando las bandejas con las golosinas que se comen en esas casas, me pareció mejor que ir a cualquier teatro o al campo. A lo mejor fue por eso que al principio no entendí bien lo de los perros, y me quedé mirando a Alice.

—Eh, sí —dijo Alice, que era bretona y bien que se le notaba—. La señora ha dicho.

—¿Pero cómo? Y ese señor de las patillas, ¿no se puede ocupar él de los perros?

—El señor Rodolos es el mayordomo —dijo Alice, con santo respeto.

—Bueno, si no es él, cualquiera. No entiendo por qué yo.

Alice se puso insolente de golpe.

—¿Y por qué no, madame...?

—Francinet, para servirla.

—...¿madame Francinet? No es un trabajo difícil. Fido es el peor, la señorita Lucienne lo ha malcriado mucho...

Me explicaba, de nuevo amable como una gelatina.

—Azúcar a cada momento, y tenerlo en la falda. Monsieur Bébé también lo echa a perder en cuanto viene, lo mima tanto, sabe usted... Pero Médor es muy bueno, y Fifine no se moverá de un rincón.

—Entonces —dije yo, que no volvía de mi asombro—, hay muchísimos perros.

—Eh, sí, muchísimos.

178

—¡En un departamento! —dije, indignada y sin poder disimular—. No sé lo que pensará usted, señora...

—Señorita.

—Perdone usted. Pero en mis tiempos, señorita, los perros vivían en las perreras, y bien puedo decirlo pues mi difunto esposo y yo teníamos una casa al lado de la villa de monsieur... —Pero Alice no me dejó explicarle. No es que dijera nada, pero se veía que estaba impaciente y eso yo lo noto en seguida en la gente. Me callé, y empezó a decirme que madame Rosay adoraba a los perros, y que el señor respetaba todos sus gustos. Y también estaba su hija, que había heredado el mismo gusto.

—La señorita anda loca con Fido, y seguramente comprará una perra de la misma raza, para que tengan cachorros. No hay nada más que seis: Médor, Fifine, Fido, la Petite, Chow y Hannibal. El peor es Fido, la señorita Lucienne lo ha malcriado mucho. ¿No lo oye? Seguramente está ladrando en el recibimiento.

—¿Y dónde tendré que quedarme a cuidarlos? —pregunté con aire despreocupado, no fuera que Alice creyera que me sentía ofendida.

—Monsieur Rodolos la llevará al cuarto de los perros.

—¿Así que tienen un cuarto, los perros? —dije, siempre con mucha naturalidad. Alice no tenía la culpa, en el fondo, pero debo decir la verdad y es que le hubiera dado de bofetadas ahí mismo.

—Claro que tienen su cuarto —dijo Alice—. La señora quiere que los perros duerman cada uno en su colchón, y les ha hecho arreglar un cuarto para ellos solos. Ya llevaremos una silla para que usted pueda sentarse y vigilarlos.

Me ajusté lo mejor posible el delantal y volvimos a la cocina. Justamente en ese momento se abrió otra puerta y entró madame Rosay. Tenía una *robe de chambre* azul, con pieles blancas, y la cara llena de crema. Parecía un pastel, con perdón sea dicho. Pero estuvo muy amable y se veía que mi llegada le quitaba un peso de encima.

—Ah, madame Francinet. Ya Alice le habrá explicado de qué se trata. Quizá más tarde pueda ayudar en alguna otra cosa liviana, secar copas o algo así, pero lo principal es tener quietos a mis tesoros. Son deliciosos, pero no saben estar juntos, y sobre todo solos; en seguida se pelean, y no puedo *tolerar* la idea de que Fido muerda a Chow, pobrecito, o que Médor... —bajó la voz y se acercó un poco—. Además, tendrá que vigilar mucho a la Petite, es una pomerania de ojos preciosos. Me parece que... el momento se acerca... y no quisiera que Médor, o que Fido... ¿comprende usted? Mañana la haré llevar a nuestra finca, pero hasta entonces quiero que esté vigilada. Y no sabría dónde tenerla si no es con los otros en su cuarto. ¡Pobre tesoro, tan mimosa! No podría quitármela de al lado en toda la noche. Ya verá usted que no le darán trabajo. Al contrario, se va a divertir viendo lo inteligentes que son. Yo iré una que otra vez a ver cómo anda todo.

Me di cuenta de que no era una frase amable sino una advertencia, pero madame Rosay seguía sonriendo debajo de la crema que olía a flores.

—Lucienne, mi hija, irá también, naturalmente. No puede estar sin su Fido. Hasta duerme con él, figúrese usted...
—Pero esto último lo estaba diciendo a alguien que le pasaba por la cabeza, porque al mismo tiempo se volvió para salir y no la vi más. Alice, apoyada en la mesa, me miraba con aire idiota. No es que yo desprecie a la gente, pero me miraba con aire idiota.

—¿A qué hora es la fiesta? —dije yo, dándome cuenta de que sin querer seguía hablando con el tono de madame Rosay, esa manera de hacer las preguntas un poco al costado de la persona, como preguntándole a un perchero o a una puerta.

—Ya va a empezar —dijo Alice, y monsieur Rodolos que entraba en ese momento quitándose una mota de polvo de su traje negro, asintió con aire importante.

—Sí, no tardarán —dijo, haciendo una seña a Alice para que se ocupara de unas preciosas bandejas de plata—. Ya están ahí monsieur Fréjus y monsieur Bébé, y quieren cocktails.

—Esos vienen siempre temprano —dijo Alice—. Así beben, también... Ya le he explicado todo a madame Francinet, y madame Rosay le habló de lo que tiene que hacer.

—Ah, perfectamente. Entonces lo mejor será que la

lleve a la habitación donde tendrá que quedarse. Yo iré luego a traer a los perros; el señor y monsieur Bébé están jugando con ellos en la sala.

—La señorita Lucienne tenía a Fido en su dormitorio —dijo Alice.

—Sí, ella misma se lo traerá a madame Francinet. Por ahora, si quiere usted venir conmigo...

Así fue como me vi sentada en una vieja silla de viena, exactamente en el medio de un grandísimo cuarto lleno de colchones por el suelo, y donde había una casilla con techo de paja, igual a las chozas de los negros, que según me explicó el señor Rodolos era un capricho de la señorita Lucienne para su Fido. Los seis colchones estaban tirados por todas partes, y había escudillas con agua y comida. La única lámpara eléctrica colgaba justamente encima de mi cabeza, y daba una luz muy pobre. Se lo dije al señor Rodolos, y que tenía miedo de quedarme dormida cuando no estuvieran más que los perros.

—Oh, no se quedará dormida, madame Francinet —me contestó—. Los perros son muy cariñosos pero están malcriados, y habrá que ocuparse de ellos todo el tiempo. Espere aquí un momento.

Cuando cerró la puerta y me dejó sola, sentada en medio de ese cuarto tan raro, con el olor a perro (un olor limpio, eso sí) y todos los colchones por el suelo, me sentí un poco rara porque era casi como estar soñando, sobre todo con esa luz amarilla encima de la cabeza, y el silencio. Claro que el tiempo pasaría pronto y no sería tan desagradable, pero a cada momento sentía como si algo no estuviera bien. No precisamente que me hubieran llamado para eso sin prevenirme, pero tal vez lo raro de tener que hacer ese trabajo, o a lo mejor yo realmente pensaba que eso no estaba bien. El suelo brillaba de bien lustrado, y los perros se veía que hacían sus necesidades en otra parte porque no había nada de olor, salvo el de ellos mismos, que no es tan feo cuando pasa un rato. Pero lo peor era estar sola y esperando, y casi me alegré cuando la señorita Lucienne entró trayendo en brazos a Fido, un pekinés horrible (no puedo aguantar a los pekineses), y el señor Rodolos vino gritando y llamando a los otros cinco perros hasta que estuvieron todos en la pieza. La señorita Lucienne estaba preciosa, toda de blanco, y tenía un pelo platinado que le llegaba a los hombros. Besó y acarició mucho rato a Fido, sin ocuparse de los otros que bebían y jugaban, y después me lo trajo y me miró por primera vez.

—¿Usted es la que los va a cuidar? —dijo. Tenía una voz un poco chillona, pero no se puede negar que era muy hermosa.

—Soy madame Francinet, para servirla —dije, saludando.

—Fido es muy delicado. Tómelo. Sí, en los brazos. No la va a ensuciar, lo baño yo misma todas las mañanas. Como le digo, es muy delicado. No le permita que se mezcle con *ésos*. Cada tanto ofrézcale agua.

El perro se quedó quieto en mi falda, pero lo mismo me daba un poco de asco. Un danés grandísimo lleno de manchas negras se acercó y se puso a olerlo, como hacen los perros, y la señorita Lucienne soltó un chillido y le dio de puntapiés. El señor Rodolos no se movía de la puerta, y se veía que estaba acostumbrado.

—Ya ve, ya ve —gritaba la señorita Lucienne—. Es lo que no quiero que suceda, y usted no debe permitirlo. Ya le explicó mamá, ¿verdad? No se moverá de aquí hasta que termine el *party*. Y si Fido se siente mal y se pone a llorar, golpee la puerta para que *ése* me avise.

Se fue sin mirarme, después de tomar otra vez en brazos al pekinés y besarlo hasta que el perro lloriqueó. Monsieur Rodolos se quedó todavía un momento.

—Los perros no son malos, madame Francinet —me dijo—. De todos modos, si tiene algún inconveniente, golpee a la puerta y vendré. Tómelo con calma —agregó como si se le hubiera ocurrido a último momento, y se fue cerrando con todo cuidado la puerta. Me pregunto si no le puso el cerrojo por fuera, pero resistí a la tentación de ir a ver, porque creo que me hubiera sentido mucho peor.

En realidad cuidar a los perros no fue difícil. No se peleaban, y lo que madame Rosay había dicho de la Petite no era cierto, por lo menos no había empezado todavía. Naturalmente apenas la puerta estuvo cerrada yo solté al asqueroso pekinés y lo dejé que se revolcara tranquilamente con los otros. Era el peor, les buscaba camorra todo el tiempo, pero ellos no le hacían nada y hasta se veía que lo invitaban a jugar. De cuando en cuando bebían, o comían la rica carne de las escudillas. Con perdón sea dicho, casi me daba hambre ver esa carne tan rica en las escudillas.

A veces, desde muy lejos, se oía reír a alguien y no sé si era porque estaba enterada de que iban a hacer música (Alice lo había dicho en la cocina), pero me pareció oír un piano, aunque a lo mejor era en otro departamento. El tiempo se hacía muy largo, sobre todo por culpa de la única luz que colgaba del techo, tan amarilla. Cuatro de los perros se durmieron pronto, y Fido y Fifine (no sé si era Fifine, pero me pareció que debía ser ella) jugaron un rato a mordisquearse las orejas, y terminaron bebiendo mucha agua y acostándose uno contra otro en un colchón. A veces me parecía oír pasos afuera, y corría a tomar en brazos a Fido, no fuera que entrara la señorita Lucienne. Pero no vino nadie y pasó mucho tiempo, hasta que empecé a dormitar en la silla, y casi hubiera querido apagar la luz y dormirme de veras en uno de los colchones vacíos.

No diré que no estuve contenta cuando Alice vino a buscarme. Alice tenía la cara muy colorada, y se veía que aún le duraba la excitación de la fiesta y todo lo que habrían comentado en la cocina con las otras mucamas y monsieur Rodolos.

—Madame Francinet, usted es una maravilla —dijo—. Seguramente la señora va a estar encantada y la llamará cada vez que haya una fiesta. La última que vino no consiguió que se quedaran tranquilos, y hasta la señorita Lucienne tuvo que dejar de bailar y venir a atenderlos. ¡Vea cómo duermen!

—¿Ya se fueron los invitados? —pregunté, un poco avergonzada de sus elogios.

—Los invitados sí, pero hay otros que son como de la casa y siempre se quedan un rato. Todos han bebido mucho, puedo asegurárselo. Hasta el señor, que en casa nunca bebe, vino muy contento a la cocina y nos hizo bromas a la Ginette y a mí sobre lo bien que había estado servida la cena, y nos regaló cien francos a cada una. Me pa-

rece que también a usted le darán alguna propina. Todavía
están bailando la señorita Lucienne con su novio, y monsieur Bébé y sus amigos juegan a disfrazarse.

—¿Entonces tendré que quedarme?

—No, la señora ha dicho que cuando se fueran el dipu-
tado y los otros, había que soltar a los perros. Les encanta
jugar con ellos en el salón. Yo voy a llevar a Fido, y usted
no tiene más que venir conmigo a la cocina.

La seguí, cansadísima y muerta de sueño, pero llena de
curiosidad por ver algo de la fiesta, aunque fuera las copas
y los platos en la cocina. Y los vi, porque había montones
apilados en todas partes, y botellas de champaña y de
whisky, algunas todavía con un fondo de bebida. En la cocina usaban tubos de luz azul, y me quedé deslumbrada al
ver tantos armarios blancos, tantos estantes donde brillaban los cubiertos y las cacerolas. La Ginette era una pelirroja pequeñita, que también estaba muy excitada y recibió a Alice con risitas y gestos. Parecía bastante desver-
gonzada, como tantas en estos tiempos.

—¿Siguen igual? —preguntó Alice, mirando hacia la
puerta.

—Sí —dijo la Ginette, retorciéndose—. ¿La señora es
la que estuvo cuidando a los perros?

Yo tenía sed y sueño, pero no me ofrecían nada, ni
siquiera donde sentarme. Estaban demasiado entusiasma-
das por la fiesta, por todo lo que habían visto mientras ser-
vían la mesa o recibían los abrigos a la entrada. Sonó un
timbre y Alice, que seguía con el pekinés en brazos, salió
corriendo. Vino monsieur Rodolos y pasó sin mirarme,
volviendo en seguida con los cinco perros que saltaban y le
hacían fiestas. Vi que tenía la mano llena de terrones de
azúcar, y que los iba repartiendo para que los perros lo
siguieran al salón. Yo me apoyé en la gran mesa del centro,
tratando de no mirar mucho a la Ginette, que apenas volvió Alice siguió charlando de monsieur Bébé y los disfra-
ces, de monsieur Fréjus, de la pianista que parecía tuber-
culosa, y de cómo la señorita Lucienne había tenido un
altercado con su padre. Alice tomó una de las botellas a
medio vaciar, y se la llevó a la boca con una grosería que
me dejó tan desconcertada que no sabía adónde mirar;

pero lo peor fue que luego se la pasó a la pelirroja, que terminó de vaciarla. Las dos se reían como si también hubieran bebido mucho durante la fiesta. Tal vez por eso no pensaban que yo tenía hambre, y sobre todo sed. Con seguridad si hubieran estado en sus cabales se hubieran dado cuenta. La gente no es mala, y muchas desatenciones se cometen porque no se está en lo que se hace; igual ocurre en el autobús, en los almacenes y en las oficinas.

El timbre sonó otra vez, y·las dos muchachas salieron corriendo. Se oían grandes carcajadas, y de cuando en cuando el piano. Yo no comprendía por qué me hacían esperar; no tenían más que pagarme y dejar que me fuera. Me senté en una silla y puse los codos sobre la mesa. Se me caían los ojos de sueño, y por eso no me di cuenta de que alguien acababa de entrar en la cocina. Primero oí un ruido de vasos que chocaban, y un silbido muy suave. Pensé que era la Ginette y me volví para preguntarle qué iban a hacer conmigo.

—Oh, perdón, señor —dije, levantándome—. No sabía que usted estaba aquí.

—No estoy, no estoy —dijo el señor, que era muy joven—. ¡Loulou, ven a ver!

Se tambaleaba un poco, apoyándose en uno de los estantes. Había llenado un vaso con una bebida blanca, y lo miraba al trasluz como si desconfiara. La llamada Loulou no aparecía, de modo que el joven señor se me acercó y me dijo que me sentara. Era rubio, muy pálido, y estaba vestido de blanco. Cuando me di cuenta de que estaba vestido de blanco en pleno invierno me pregunté si soñaba. Esto no es un modo de decir, cuando veo algo raro siempre me pregunto con todas las letras si estoy soñando. Podría ser, porque a veces sueño cosas raras. Pero el señor estaba ahí, sonriendo con un aire de fatiga y casi de aburrimiento. Me daba lástima ver lo pálido que era.

—Usted debe ser la que cuida los perros —dijo, y se puso a beber.

—Soy madame Francinet, para servirlo —dije. Era tan simpático, y no me producía ningún temor. Más bien el deseo de serle útil, de tener alguna atención con él. Ahora estaba mirando otra vez la puerta entornada.

—¡Loulou! ¿Vas a venir? Aquí hay vodka. ¿Por qué ha estado llorando, madame Francinet?

—Oh, no, señor. Debo haber bostezado, un momento antes de que usted entrara. Estoy un poco cansada, y la luz en el cuarto de... en el otro cuarto, no era muy buena. Cuando una bosteza...

—...le lloran los ojos —dijo él. Tenía unos dientes perfectos, y las manos más blancas que he visto en un hombre. Enderezándose de golpe, fue al encuentro de un joven que entraba tambaleándose.

—Esta señora —le explicó— es la que nos ha librado de esas bestias asquerosas. Loulou, di buenas noches.

Me levanté otra vez e hice un saludo. Pero el señor llamado Loulou ni siquiera me miraba. Había encontrado una botella de champaña en la heladera, y trataba de hacer saltar el corcho. El joven de blanco se acercó a ayudarlo, y los dos se pusieron a reír y a forcejear con la botella. Cuando uno se ríe pierde la fuerza, y ninguno de los dos podía descorchar la botella. Entonces quisieron hacerlo juntos, y tiraban de cada lado, hasta que terminaron apoyándose uno en el otro, cada vez más contentos pero sin poder abrir la botella. Monsieur Loulou decía: «Bébé, Bébé, por favor, vámonos ahora...», y monsieur Bébé se reía cada vez más y lo rechazaba jugando, hasta que al final descorchó la botella y dejó que un gran chorro de espuma cayera por la cara de monsieur Loulou, que soltó una palabrota y se frotó los ojos, yendo de un lado para otro.

—Pobre querido, está demasiado borracho —decía monsieur Bébé, poniéndole las manos en la espalda y empujándolo para que saliera—. Vaya a hacerle compañía a la pobre Nina que está muy triste... —Y se reía, pero ya sin ganas.

Después volvió, y lo encontré más simpático que nunca. Tenía un tic nervioso que le hacía levantar una ceja. Lo repitió dos o tres veces, mirándome.

—Pobre madame Francinet —dijo, tocándome la cabeza muy suavemente—. La han dejado sola, y seguramente no le han dado nada de beber.

—Ya vendrán a decirme que puedo volver a casa, señor

—contesté. No me molestaba que se hubiera tomado la libertad de tocarme la cabeza.

—Que puede volver, que puede volver... ¿Qué necesidad tiene nadie de que le den permiso para hacer algo? —dijo monsieur Bébé, sentándose frente a mí. Había levantado otra vez su vaso, pero lo dejó en la mesa, fue a buscar uno limpio y lo llenó de una bebida color té.

—Madame Francinet, vamos a beber juntos —dijo, alcanzándome el vaso—. A usted le gusta el whisky, claro.

—Dios mío, señor —dije, asustada—. Fuera del vino, y los sábados un pequeño pernod en lo de Gustave, no sé lo que es beber.

—¿No ha tomado nunca whisky, de verdad? —dijo monsieur Bébé, maravillado—. Un trago, nada más. Verá qué bueno es. Vamos, madame Francinet, anímese. El primer trago es el que cuesta... —Y se puso a declamar una poesía que no recuerdo, donde hablaba de unos navegantes de algún sitio raro. Yo tomé un trago de whisky y lo encontré tan perfumado que tomé otro, y después otro más. Monsieur Bébé saboreaba su vodka, y me miraba encantado.

—Con usted es un placer, madame Francinet —decía—. Por suerte no es joven, con usted se puede ser amigo... No hay más que mirarla para ver que es buena, como una tía de provincia, alguien que uno puede mimar, y que lo puede mimar a uno, pero sin peligro, sin peligro... Vea, por ejemplo Nina tiene una tía en el Poitou que le manda pollos, canastas de legumbres y hasta miel... ¿No es admirable?

—Claro que sí, señor —dije, dejando que me sirviera otro poco, ya que le daba tanto placer—. Siempre es agradable tener a alguien que vele por uno, sobre todo cuando se es tan joven. En la vejez no queda más remedio que pensar en uno mismo, porque los demás... Aquí me tiene a mí, por ejemplo. Cuando murió mi Georges...

—Beba otro poco, madame Francinet. La tía de Nina vive lejos, y no hace más que mandar pollos... No hay peligro de historias de familia...

Yo estaba tan mareada que ni siquiera tenía miedo de lo que iba a ocurrir si entraba monsieur Rodolos y me sorprendía sentada en la cocina, hablando con uno de los invitados. Me encantaba mirar a monsieur Bébé, oír su risa tan aguda, probablemente por efecto de la bebida. Y a él le gustaba que yo lo mirara, aunque primero me pareció un poco desconfiado pero después no hacía más que sonreír y beber, mirándome todo el tiempo. Yo sé que estaba terriblemente borracho porque Alice me había dicho todo lo que habían bebido y además por la forma en que le brillaban los ojos a monsieur Bébé. Si no hubiera estado borracho, ¿qué tenía que hacer en la cocina con una vieja como yo? Pero los otros también estaban borrachos, y sin embargo monsieur Bébé era el único que me estaba acompañando, el único que me había dado una bebida y me había acariciado la cabeza, aunque no estaba bien que lo hubiera hecho. Por eso me sentía tan contenta con monsieur Bébé, y lo miraba más y más, y a él le gustaba que lo mirasen, porque una o dos veces se puso un poco de perfil, y tenía una nariz hermosísima, como una estatua. Todo él era como una estatua, sobre todo con su traje blanco. Hasta lo que bebía era blanco, y estaba tan pálido que me daba un poco de miedo por él. Se veía que se pasaba la vida encerrado, como tantos jóvenes de ahora. Me hubiera gustado decírselo, pero yo no era nadie para darle consejos a un señor como él, y además no me quedó tiempo porque se oyó un golpe en la puerta y monsieur Loulou entró arrastrando al danés, atado con una cortina que había retorcido para formar una especie de soga. Estaba mucho más bebido que monsieur Bébé, y casi se cae cuando el danés dio una vuelta y le enredó las piernas con la cortina. Se oían voces en el pasillo, y apareció un señor de cabellos grises, que debía ser monsieur Rosay, y en seguida madame Rosay muy roja y excitada, y un joven delgado y de pelo tan negro como no he visto nunca. Todos trataban de socorrer a monsieur Loulou, cada vez más enredado con el danés y la cortina, mientras se reían y bromeaban a gritos. Nadie se fijó en mí, hasta que madame Rosay me vio y se puso seria. No pude oír lo que le decía al señor de cabellos grises, que miró mi vaso (estaba vacío, pero con la botella al lado), y monsieur Rosay miró a monsieur Bébé y le hizo un gesto de indignación, mientras monsieur Bébé le guiñaba un ojo, y echándose atrás en su silla se reía a carcajadas. Yo estaba muy confundida, de modo que me pareció que lo mejor era levantarme y saludar a todos con una inclinación, y luego irme a un lado y esperar. Madame Rosay había salido de la cocina, y un instante después entraron Alice y monsieur Rodolos que se acercaron a mí y me indicaron que los acompañara. Saludé a todos los presentes con una inclinación, pero no creo que nadie me viera porque estaban calmando a monsieur Loulou que de pronto se había echado a llorar y decía cosas incomprensibles señalando a monsieur Bébé. Lo último que recuerdo fue la risa de monsieur Bébé, echado hacia atrás en su silla.

Alice esperó a que me quitara el delantal, y monsieur Rodolos me entregó seiscientos francos. En la calle estaba nevando, y el último *métro* había pasado hacía rato. Tuve que caminar más de una hora hasta llegar a mi casa, pero el calor del whisky me protegía, y el recuerdo de tantas cosas, y lo mucho que me había divertido en la cocina al final de la fiesta.

El tiempo vuela, como dice Gustave. Uno cree que es lunes y ya estamos a jueves. El otoño se termina, y de golpe es pleno verano. Cada vez que Robert aparece para preguntarme si no hay que limpiar la chimenea (es muy bueno, Robert, y me cobra la mitad que a los otros inquilinos), me doy cuenta de que el invierno está como quien dice en la puerta. Por eso no me acuerdo bien de cuánto tiempo había pasado hasta que vi otra vez a monsieur Rosay. Vino al caer la noche, casi a la misma hora que madame Rosay la primera vez. También él empezó diciendo que venía porque madame Beauchamp me había recomendado, y se sentó en la silla con aire confuso. Nadie se siente cómodo en mi casa, ni siquiera yo cuando hay visitas que no son de confianza. Empiezo a frotarme las manos como si las tuviera sucias, y después pienso que los otros van a creer que las tengo realmente sucias, y ya no sé dónde meterme. Menos mal que monsieur Rosay estaba tan confundido como yo, aunque lo disimulaba más. Con el bastón golpeaba despacio el piso, asustando muchísimo a Minouche, y miraba para todos lados con tal de no encontrarse con mis ojos. Yo no sabía a qué santo encomendarme, porque era la primera vez que un señor se turbaba tanto delante de mí, y no sabía qué hay que hacer en esos casos salvo ofrecerle una taza de té.

—No, no, gracias —dijo él, impaciente—. Vine a pedido de mi esposa... Usted me recuerda, ciertamente.

—Vaya, monsieur Rosay. Aquella fiesta en su casa, tan concurrida...

—Sí. Aquella fiesta. Justamente... Quiero decir, esto no tiene nada que ver con la fiesta, pero aquella vez usted nos fue muy útil, madame...

—Francinet, para servirlo.

—Madame Francinet, es cierto. Mi mujer ha pensado... Verá usted, es algo delicado. Pero ante todo deseo tranquilizarla. Lo que voy a proponerle no es... cómo decir... ilegal.

—¿Ilegal, monsieur Rosay?

—Oh, usted sabe, en estos tiempos... Pero le repito: se trata de algo muy delicado, pero perfectamente correcto en el fondo. Mi esposa está enterada de todo, y ha dado su consentimiento. Esto se lo digo para tranquilizarla.

—Si madame Rosay está de acuerdo, para mí es como pan bendito —dije yo para que se sintiera cómodo, aunque no sabía gran cosa de madame Rosay y más bien me caía antipática.

—En fin, la situación es ésta, madame... Francinet, eso es, madame Francinet. Uno de nuestros amigos... quizá sería mejor decir uno de nuestros conocidos, acaba de fallecer en circunstancias muy especiales.

—¡Oh, monsieur Rosay! Mi más sentido pésame.

—Gracias —dijo monsieur Rosay, e hizo una mueca muy rara, casi como si fuera a gritar de rabia o a ponerse a llorar. Una mueca de verdadero loco, que me dio miedo. Por suerte la puerta estaba entornada, y el taller de Fresnay queda al lado.

—Este señor... se trata de un modisto muy conocido... vivía solo, es decir alejado de su familia, ¿comprende usted? No tenía a nadie, fuera de sus amigos, pues los clientes, usted sabe, eso no cuenta en estos casos. Ahora bien, por una serie de razones que sería largo explicarle, sus amigos hemos pensado que a los efectos del sepelio...

¡Qué bien hablaba! Elegía cada palabra, golpeando despacio el suelo con el bastón, y sin mirarme. Era como oír los comentarios por la radio, sólo que monsieur Rosay hablaba más lentamente, aparte de que se veía muy bien que no estaba leyendo. El mérito era entonces mucho mayor. Me sentí tan admirada que perdí la desconfianza, y acerqué un poco más mi silla. Sentía como un calor en el estómago, pensando que un señor tan importante venía a pedirme un servicio, cualquiera que fuese. Y estaba muerta de miedo, y me frotaba las manos sin saber qué hacer.

—Nos ha parecido —decía monsieur Rosay— que una ceremonia a la que sólo concurrieran sus amigos, unos pocos... en fin, no tendría ni la importancia necesaria en el caso de este señor... ni traduciría la consternación (así dijo) que ha producido su pérdida... ¿Comprende usted? Nos ha parecido que si usted hiciera acto de presencia en el velatorio, y naturalmente en el entierro... pongamos en calidad de parienta cercana del muerto... ¿ve lo que quiero decirle? Una parienta muy cercana... digamos una tía... y hasta me atrevería a sugerir...

—¿Sí, monsieur Rosay? —dije yo, en el colmo de la maravilla.

—Bueno, todo depende de usted, claro está... Pero si recibiera una recompensa adecuada... pues no se trata, naturalmente, de que se moleste para nada... En ese caso, ¿no es verdad, madame Francinet?... Si la retribución le conviniera, como veremos ahora mismo... hemos creído que usted podría estar presente como si fuera... usted me comprende... digamos la madre del difunto... Déjeme explicarle bien... La madre que acaba de llegar de Normandía, enterada del fallecimiento, y que acompañará a su hijo hasta la tumba... No, no, antes de decir nada... Mi esposa ha pensado que quizá usted aceptaría ayudarnos por amistad... y por mi parte mis amigos y yo hemos convenido ofrecerle diez mil... ¿estaría bien así, madame Francinet?, diez mil francos por su ayuda... Tres mil en este mismo momento, y el resto cuando salgamos del cementerio, una vez que...

Yo abrí la boca, solamente porque se me había abierto sola, pero monsieur Rosay no me dejó decir nada. Estaba muy rojo y hablaba rápidamente, como si quisiera terminar lo antes posible.

—Si usted acepta, madame Francinet... como todo nos hace esperar, dado que confiamos en su ayuda y no le pedimos nada... irregular, por decirlo así... en ese caso dentro de media hora estarán aquí mi esposa y su mucama, con las ropas adecuadas... y el auto, claro está, para llevarla a la casa... Por supuesto, será necesario que usted... ¿cómo decirlo?, que usted se haga a la idea de que es... la madre del difunto... Mi esposa le dará los informes necesarios y usted, naturalmente, deberá dar la impresión, una vez en la casa... Usted comprende... El dolor, la desesperación... Se trata sobre todo de los clientes —agregó—. Delante de nosotros, bastará con que guarde silencio.

No sé cómo le había aparecido en la mano un fajo de billetes muy nuevos, y que me caiga muerta ahora mismo si sé cómo de repente los sentí dentro de mi mano, y monsieur Rosay se levantaba y se iba murmurando y olvidándose de cerrar la puerta como todos los que salen de mi casa.

Dios me perdonará esto y tantas otras cosas, lo sé. No estaba bien, pero monsieur Rosay me había asegurado que no era ilegal, y que en esa forma prestaría una ayuda muy valiosa (creo que habían sido sus mismas palabras). No estaba bien que me hiciera pasar por la madre del señor que había muerto, y que era modisto, porque no son cosas que deben hacerse, ni engañar a nadie. Pero había que pensar en los clientes, y si en el entierro faltaba la madre, o por lo menos una tía o hermana, la ceremonia no tendría la importancia necesaria ni daría la sensación de dolor producida por la pérdida. Con esas mismas palabras acababa de decirlo monsieur Rosay, y él sabía más que yo. No estaba bien que yo hiciera eso, pero Dios sabe que apenas gano tres mil francos por mes, deslomándome en casa de madame Beauchamp y en otras partes, y ahora iba a tener diez mil nada más que por llorar un poco, por lamentar la muerte de ese señor que iba a ser mi hijo hasta que lo enterraran.

La casa quedaba cerca de Saint-Cloud, y me llevaron en un auto como nunca había visto salvo por fuera. Madame Rosay y la mucama me habían vestido, y yo sabía que el difunto se llamaba monsieur Linard, de nombre Octave, y que era único hijo de su anciana madre que vivía en Normandía y acababa de llegar en el tren de las cinco. La anciana madre era yo, pero estaba tan excitada y confundida que oí muy poco de todo lo que me decía y recomendaba madame Rosay. Recuerdo que me rogó muchas veces en el auto (me rogaba, no me desdigo, había cambiado muchísimo desde la noche de la fiesta) que no exagerara en mi dolor, y que más bien diera la impresión de estar terriblemente fatigada y al borde de un ataque.

—Desgraciadamente no podré estar junto a usted —dijo cuando ya llegábamos—. Pero haga lo que le he indicado, y además mi esposo se ocupará de todo lo necesario. Por favor, *por favor*, madame Francinet, sobre todo cuando vea periodistas, y señoras... en especial los periodistas...

—¿No estará usted, madame Rosay? —pregunté asombradísima.

—No. Usted no puede comprender, sería algo de explicar. Estará mi esposo, que tiene intereses en el comercio de monsieur Linard... Naturalmente, estará ahí por decoro... una cuestión comercial y humana... Pero yo no entraré, no corresponde que yo... No se preocupe por eso.

En la puerta vi a monsieur Rosay y a varios otros señores. Se acercaron, y madame Rosay me hizo una última recomendación y se echó atrás en el asiento para que no la viera. Yo dejé que monsieur Rosay abriera la portezuela, y llorando a gritos bajé a la calle mientras monsieur Rosay me abrazaba y me llevaba adentro, seguido por algunos de los otros señores. No podía ver mucho de la casa, pues tenía una pañoleta que me tapaba casi los ojos, y además lloraba tanto que no alcanzaba a ver nada, pero por el olor se notaba el lujo, y también por las alfombras tan mullidas. Monsieur Rosay murmuraba frases de consuelo, y tenía una voz como si también él estuviera llorando. En un grandísimo salón con arañas de caireles, había algunos señores que me miraban con mucha compasión y simpatía, y estoy segura de que hubieran venido

193

a consolarme si monsieur Rosay no me hubiera hecho seguir adelante, sosteniéndome por los hombros. En un sofá alcancé a ver a un señor muy joven, que tenía los ojos cerrados y un vaso en la mano. Ni siquiera se movió al oírme entrar y eso que yo lloraba muy fuerte en ese momento. Abrieron una puerta, y dos señores salieron de adentro con el pañuelo en la mano. Monsieur Rosay me empujó un poco, y yo pasé a una habitación y tambaleándome me dejé llevar hasta donde estaba el muerto, y vi al muerto que era mi hijo, vi el perfil de monsieur Bébé más rubio y más pálido que nunca ahora que estaba muerto.

Me parece que me tomé del borde de la cama, porque monsieur Rosay se sobresaltó, y otros señores me rodearon y me sostuvieron, mientras yo miraba la cara tan hermosa de monsieur Bébé muerto, sus largas pestañas negras y su nariz como de cera, y no podía creer que fuera monsieur Linard, el señor que era modisto y acababa de morir, no podía convencerme de que ese muerto ahí delante fuera monsieur Bébé. Sin darme cuenta, lo juro, me había puesto a llorar de veras, tomada del borde de la cama de gran lujo y de roble macizo, acordándome de cómo monsieur Bébé me había acariciado la cabeza la noche de la fiesta, y me había llenado el vaso de whisky, hablando conmigo y ocupándose de mí mientras los otros se divertían. Cuando monsieur Rosay murmuró algo como: «Dígale hijo, hijo...», no me costó nada mentir, y creo que llorar por él me hacía tanto bien como si fuera una recompensa por todo el miedo que había tenido hasta ese momento. Nada me parecía extraño, y cuando levanté los ojos y a un lado de la cama vi a monsieur Loulou con los ojos enrojecidos y los labios que le temblaban, me puse a llorar a gritos mirándolos en la cara, y él lloraba también a pesar de su sorpresa, lloraba porque yo estaba llorando, y lleno de sorpresa al comprender que yo lloraba como él, de verdad, porque los dos queríamos a monsieur Bébé, y casi nos desafiábamos a cada lado de la cama, sin que monsieur Bébé pudiera reír y burlarse como cuando estaba vivo, sentado en la mesa de la cocina y riéndose de todos nosotros.

Me llevaron hasta un sofá del gran salón con arañas,

194

y una señora que había allí sacó del bolso un frasco con sales, y un mucamo puso a mi lado una mesita de ruedas con una bandeja donde había café hirviendo y un vaso de agua. Monsieur Rosay estaba mucho más tranquilo ahora que se daba cuenta de que yo era capaz de hacer lo que me habían pedido. Lo vi cuando se alejaba para hablar con otros señores, y pasó un largo rato sin que nadie entrara o saliera de la sala. En el sofá de enfrente seguía sentado el joven que había visto al entrar, y que lloraba con la cara entre las manos. Cada tanto sacaba el pañuelo y se sonaba. Monsieur Loulou apareció en la puerta y lo miró un momento, antes de venir a sentarse a su lado. Yo les tenía tanta lástima a los dos, se veía que habían sido muy amigos de monsieur Bébé, y eran tan jóvenes y sufrían tanto. Monsieur Rosay también los miraba desde un rincón de la sala, donde había estado hablando en voz baja con dos señoras que ya estaban por irse. Y así pasaban los minutos, hasta que monsieur Loulou soltó como un chillido y se apartó del otro joven que lo miraba furioso, y oí que monsieur Loulou decía algo como: «A ti nunca te importó nada, Nina», y yo me acordé de alguien que se llamaba Nina y que tenía una tía en el Poitou que le mandaba pollos y legumbres. Monsieur Loulou se encogió de hombros y volvió a decir que Nina era un mentiroso, y al final se levantó haciendo muecas y gestos de enojos. Entonces monsieur Nina se levantó también, y los dos fueron casi corriendo al cuarto donde estaba monsieur Bébé, y oí que discutían, pero en seguida entró monsieur Rosay a hacerlos callar y no se oyó nada más, hasta que monsieur Loulou vino a sentarse en el sofá, con un pañuelo mojado en la mano. Justamente detrás del sofá había una ventana que daba al patio interior. Creo que de todo lo que había en esa sala lo que mejor recuerdo es la ventana (y también las arañas, tan lujosas) porque al final de la noche la vi cambiar poco a poco de color y ponerse cada vez más gris y por fin rosa, antes de que saliera el sol. Y todo ese tiempo yo estuve pensando en monsieur Bébé, y de pronto no podía contenerme y lloraba aunque solamente estaban ahí monsieur Rosay y monsieur Loulou, porque monsieur Nina se había ido o estaba en otra parte de la casa. Y así pasó la noche, y a ratos no podía contenerme al pensar en monsieur Bébé tan joven, y me ponía a llorar, aunque también era un poco por la fatiga; entonces monsieur Rosay venía a sentarse a mi lado, con una cara muy rara, y me decía que no era necesario que siguiera fingiendo, y que me preparara para cuando fuese la hora del entierro y llegaran la gente y los periodistas. Pero a veces es difícil saber cuándo se llora o no de veras, y le pedí a monsieur Rosay que me dejara quedarme velando a monsieur Bébé. Parecía muy extrañado de que no quisiera ir a dormir un rato, y me ofreció varias veces llevarme a un dormitorio, pero al final se convenció y me dejó tranquila. Aproveché un rato en que él había salido, probablemente para ir al excusado, y entré otra vez en el cuarto donde estaba monsieur Bébé.

Había pensado encontrarlo solo, pero monsieur Nina estaba ahí, mirándolo, parado a los pies de la cama. Como no nos conocíamos (quiero decir que él sabía que yo era la señora que pasaba por madre de monsieur Bébé, pero no nos habíamos visto antes) los dos nos miramos con desconfianza, aunque él no dijo nada cuando me acerqué y me puse al lado de monsieur Bébé. Estuvimos así un rato, y yo veía que le corrían las lágrimas por las mejillas, y que le habían hecho como un surco cerca de la nariz.

—Usted también estaba la noche de la fiesta —le dije, queriendo distraerlo—. Monsieur Bébé... monsieur Linard dijo que usted estaba muy triste, y le pidió a monsieur Loulou que fuera a acompañarlo.

Monsieur Nina me miró sin comprender. Movía la cabeza, y yo le sonreí para distraerlo.

—La noche de la fiesta en casa de monsieur Rosay —dije—. Monsieur Linard vino a la cocina y me ofreció whisky.

—¿Whisky?

—Sí. Fue el único que me ofreció de beber esa noche... Y monsieur Loulou abrió una botella de champaña, y entonces monsieur Linard le echó un chorro de espuma en la cara, y...

—Oh, cállese, cállese —murmuró monsieur Nina—. No nombre a ése... Bébé estaba loco, realmente loco...

—¿Y era por eso que usted estaba triste? —le pregun-

196

té, por decir algo, pero ya no me oía, miraba a monsieur Bébé como preguntándole alguna cosa, y movía la boca repitiendo siempre lo mismo, hasta que no pude seguir mirándolo. Monsieur Nina no era tan buen mozo como monsieur Bébé o monsieur Loulou, y me pareció muy pequeño, aunque la gente de negro siempre parece más pequeña, como dice Gustave. Yo hubiera querido consolar a monsieur Nina, tan afligido, pero monsieur Rosay entró en ese momento y me hizo señas de que volviera a la sala.

—Ya está amaneciendo, madame Francinet —me dijo. Tenía la cara color verde, el pobre—. Usted debería descansar un rato. No va a poder resistir la fatiga, y pronto empezará a llegar la gente. El entierro es a las nueve y media.

Realmente yo me caía de cansancio, y era mejor que durmiera una hora. Es increíble cómo una hora de sueño me quita la fatiga. Por eso dejé que monsieur Rosay me llevara del brazo, y cuando atravesamos la sala con las arañas la ventana ya estaba de color rosa vivo, y sentí frío a pesar de la chimenea encendida. En ese momento monsieur Rosay me soltó de golpe, y se quedó mirando la puerta que daba a la salida de la casa. Había entrado un hombre con una bufanda anudada al cuello, y me asusté por un momento pensando que a lo mejor nos habían descubierto (aunque no era nada ilegal) y que el hombre de la bufanda era un hermano o algo así de monsieur Bébé. Pero no podía ser, con ese aire tan rústico que tenía, como si Pierre o Gustave hubieran podido ser hermanos de alguien tan refinado como monsieur Bébé. Detrás del hombre de la bufanda vi de repente a monsieur Loulou con un aire como si tuviera miedo, pero me pareció que a la vez estaba como contento por algo que iba a suceder. Entonces monsieur Rosay me hizo seña de que me quedara donde estaba, y dio dos o tres pasos hacia el hombre de la bufanda, me parece que sin muchas ganas.

—¿Usted viene?... —empezó a decir, con la misma voz que usaba para hablar conmigo, y que no era nada amable en el fondo.

—¿Dónde está Bébé? —preguntó el hombre, con una voz como de haber estado bebiendo o gritando. Monsieur

197

Rosay hizo un gesto vago, queriendo negarle la entrada, pero el hombre se adelantó y lo apartó a un lado con sólo mirarlo. Yo estaba muy extrañada de una actitud tan grosera en un momento tan triste, pero monsieur Loulou, que se había quedado en la puerta (yo creo que era él quien había dejado entrar a ese hombre) se puso a reír a carcajadas, y entonces monsieur Rosay se le acercó y le dio de bofetones como a un chico, realmente como a un chico. No oí bien lo que se decían, pero monsieur Loulou parecía contento a pesar de los bofetones, y decía algo así como: «Ahora verá... ahora verá esa puta...», aunque esté mal que repita sus palabras, y las dijo varias veces hasta que de golpe se echó a llorar y se tapó la cara, mientras monsieur Rosay lo empujaba y lo tironeaba hasta el sofá donde se quedó gritando y llorando, y todos se habían olvidado de mí como pasa siempre.

Monsieur Rosay parecía muy nervioso y no se decidía a entrar en el cuarto mortuorio, pero al cabo de un momento se oyó la voz de monsieur Nina que protestaba por alguna cosa, y monsieur Rosay se decidió y corrió a la puerta justamente cuando monsieur Nina salía protestando, y yo hubiera jurado que el hombre de la bufanda le había dado de empellones para echarlo. Monsieur Rosay retrocedió, mirando a monsieur Nina, y los dos se pusieron a hablar en voz muy baja pero que lo mismo resultaba chillona, y monsieur Nina lloraba de despecho y hacía gestos, tanto que me daba mucha lástima. Al final se calmó un poco y monsieur Rosay lo llevó hasta el sofá donde estaba monsieur Loulou, que se reía de nuevo (era así, tan pronto reían como lloraban), pero monsieur Nina hizo una mueca de desprecio y fue a sentarse en otro sofá cerca de la chimenea. Yo me quedé en un rincón de la sala, esperando que llegaran las señoras y los periodistas como me había mandado madame Rosay, y al final el sol dio en los vidrios de la ventana y un mucamo de librea hizo entrar a dos señores muy elegantes y a una señora, que miró primero a monsieur Nina pensando tal vez que era de la familia, y después me miró a mí, y yo tenía la cara tapada con las manos pero la veía muy bien por entre los dedos. Los señores, y otros que entraron luego, pasaban a ver a monsieur Bébé y luego se reunían en la sala, y algunos venían hasta donde yo estaba, acompañados por monsieur Rosay, y me daban el pésame y me estrechaban la mano con mucho sentimiento. Las señoras también eran muy amables, sobre todo una de ellas, muy joven y hermosa, que se sentó un momento a mi lado y dijo que monsieur Linard había sido un gran artista y que su muerte era una desgracia irreparable. Yo decía a todo que sí, y lloraba de veras aunque estuviera fingiendo todo el tiempo, pero me emocionaba pensar en monsieur Bébé ahí dentro, tan hermoso y tan bueno, y en lo gran artista que había sido. La señora joven me acarició varias veces las manos y me dijo que nadie olvidaría nunca a monsieur Linard, y que ella estaba segura de que monsieur Rosay continuaría con la casa de modas tal como lo había querido siempre monsieur Linard, para que no se perdiera su estilo, y muchas otras cosas que ya no recuerdo pero siempre llenas de elogios para monsieur Bébé. Y entonces monsieur Rosay vino a buscarme, y después de mirar a los que me rodeaban para que comprendieran lo que iba a suceder, me dijo en voz baja que era hora de despedirme de mi hijo, porque pronto iban a cerrar el cajón. Yo sentí un miedo horrible, pensando que en ese momento tendría que hacer la escena más difícil, pero él me sostuvo y me ayudó a incorporarme, y entramos en el cuarto donde solamente estaba el hombre de la bufanda a los pies de la cama, mirando a monsieur Bébé, y monsieur Rosay le hizo una seña suplicante como para que comprendiera que debía dejarme a solas con mi hijo, pero el hombre le contestó con una mueca y se encogió de hombros y no se movió. Monsieur Rosay no sabía qué hacer, y volvió a mirar al hombre como implorándole que saliera, porque otros señores que debían ser los periodistas acababan de entrar detrás de nosotros, y realmente el hombre desentonaba allí con esa bufanda y esa manera de mirar a monsieur Rosay como si estuviera por insultarlo. Yo no pude esperar más, tenía miedo de todos, estaba segura de que iba a pasar algo terrible, y aunque monsieur Rosay no se ocupaba de mí y seguía haciendo señas para convencer al hombre de que se fuera, me acerqué a monsieur Bébé y me puse a llorar a gritos, y entonces monsieur Rosay me sujetó porque realmente yo hubiera querido besar en la frente a monsieur Bébé, que seguía siendo el más bueno de todos conmigo, pero él no me dejaba y me pedía que me calmara, y por fin me obligó a volver a la sala, consolándome mientras me apretaba el brazo hasta hacerme daño, pero esto último nadie podía sentirlo más que yo y no me importaba. Cuando estuve en el sofá, y el mucamo trajo agua y dos señoras me echaron aire con el pañuelo, hubo gran movimiento en la otra habitación, y nuevas personas entraron y se acercaron a mí hasta que ya no pude ver mucho de lo que ocurría. Entre los que acababan de llegar estaba el señor cura, y me alegré tanto de que hubiera venido a acompañar a monsieur Bébé. Pronto sería hora de salir para el cementerio, y estaba bien que el señor cura viniera con nosotros, con la madre y los amigos de monsieur Bébé. Seguramente ellos también estarían contentos de que viniera, sobre todo monsieur Rosay que estaba tan afligido por culpa del hombre de la bufanda, y que se preocupaba de que todo fuese correcto como debe ser, para que la gente supiera lo bien que había estado el entierro y lo mucho que todos querían a monsieur Bébé.

LAS BABAS DEL DIABLO

Nunca se sabrá cómo hay que contar esto, si en primera persona o en segunda, usando la tercera del plural o inventando continuamente formas que no servirán de nada. Si se pudiera decir: yo vieron subir la luna, o: nos me duele el fondo de los ojos, y sobre todo así: tú la mujer rubia eran las nubes que siguen corriendo delante de mis tus sus nuestros vuestros sus rostros. Qué diablos.

Puestos a contar, si se pudiera ir a beber un bock por ahí y que la máquina siguiera sola (porque escribo a máquina), sería la perfección. Y no es un modo de decir. La perfección, sí, porque aquí el agujero que hay que contar es también una máquina (de otra especie, una Cóntax 1.1.2) y a lo mejor puede ser que una máquina sepa más de otra máquina que yo, tú, ella —la mujer rubia— y las nubes. Pero de tonto sólo tengo la suerte, y sé que si me voy, esta Rémington se quedará petrificada sobre la mesa con ese aire de doblemente quietas que tienen las cosas movibles cuando no se mueven. Entonces tengo que escribir. Uno de todos nosotros tiene que escribir, si es que esto va a ser contado. Mejor que sea yo que estoy muerto, que estoy menos comprometido que el resto; yo que no veo más que las nubes y puedo pensar sin distraerme, escribir sin distraerme (ahí pasa otra, con un borde gris) y acordarme sin distraerme, yo que estoy muerto (y vivo, no se trata de engañar a nadie, ya se verá cuando llegue el momento, porque de alguna manera tengo que arrancar y he empezado por esta punta, la de atrás, la del comienzo, que al fin y al cabo es la mejor de las puntas cuando se quiere contar algo).

De repente me pregunto por qué tengo que contar esto, pero si uno empezara a preguntarse por qué hace todo lo que hace, si uno se preguntara solamente por qué acepta una invitación a cenar (ahora pasa una paloma, y me parece que un gorrión) o por qué cuando alguien nos ha contado un buen cuento, en seguida empieza como una cosquilla en el estómago y no se está tranquilo hasta entrar en la oficina de al lado y contar a su vez el cuento; recién entonces uno está bien, está contento y puede volverse a su trabajo. Que yo sepa nadie ha explicado esto, de manera que lo mejor es dejarse de pudores y contar, porque al fin y al cabo nadie se avergüenza de respirar o de ponerse los zapatos; son cosas que se hacen, y cuando pasa algo raro, cuando dentro del zapato encontramos una araña o al respirar se siente como un vidrio roto, entonces hay que contar lo que pasa, contarlo a los muchachos de la oficina o al médico. Ay, doctor, cada vez que respiro... Siempre contarlo, siempre quitarse esa cosquilla molesta del estómago.

Y ya que vamos a contarlo pongamos un poco de orden, bajemos por la escalera de esta casa hasta el domingo siete de noviembre, justo un mes atrás. Uno baja cinco pisos y ya está en el domingo, con un sol insospechado para noviembre en París, con muchísimas ganas de andar por ahí de ver cosas, de sacar fotos (porque éramos fotógrafos, soy fotógrafo). Ya sé que lo más difícil va a ser encontrar la manera de contarlo, y no tengo miedo de repetirme. Va a ser difícil porque nadie sabe bien quién es el que verdaderamente está contando, si soy yo o eso que ha ocurido o lo que estoy viendo (nubes, y a veces una paloma) o si sencillamente cuento una verdad que es solamente mi verdad, y entonces no es la verdad salvo para mi estómago para estas ganas de salir corriendo y acabar de alguna manera con esto, sea lo que fuere.

Vamos a contarlo despacio, ya se irá viendo qué ocurre a medida que lo escribo. Si me sustituyen, si ya no sé qué decir, si se acaban las nubes y empieza alguna otra cosa (porque no puede ser que esto sea estar viendo continuamente nubes que pasan, y a veces una paloma), si algo de todo eso... Y después del «si», ¿qué voy a poner cómo voy a clausurar correctamente la oración? Pero si empiezo a hacer preguntas no contaré nada; mejor contar, quizá contar sea como una respuesta, por lo menos para alguno que lo lea.

Roberto Michel, franco-chileno, traductor y fotógrafo aficionado a sus horas, salió del número 11 de la rue Monsieur-le-Prince el domingo siete de noviembre del año en curso (ahora pasan dos más pequeñas, con los bordes plateados). Llevaba tres semanas trabajando en la versión al francés del tratado sobre recusaciones y recursos de José Norberto Allende, profesor en la universidad de Santiago. Es raro que haya viento en París, y mucho menos un viento que en las esquinas se arremolinaba y subía castigando las viejas persianas de madera tras de las cuales sorprendidas señoras comentaban de diversas maneras la inestabilidad del tiempo en estos últimos años. Pero el sol estaba también ahí, cabalgando el viento y amigo de los gatos, por lo cual nada me impediría dar una vuelta por los muelles del Sena y sacar unas fotos de la Conserjería y la Sainte-Chapelle. Eran apenas las diez, y calculé que hacia las once tendría buena luz, la mejor posible en otoño; para perder tiempo derivé hasta la isla Saint-Louis y me puse a andar por el Quai d'Anjou, miré un rato el hotel de Lauzun, me recité unos fragmentos de Apollinaire que siempre me vienen a la cabeza cuando paso delante del hotel de Lauzun (y eso que debería acordarme de otro poeta, pero Michel es un porfiado), y cuando de golpe cesó el viento y el sol se puso por lo menos dos veces más grande (quiero decir más tibio pero en realidad es lo mismo), me senté en el parapeto y me sentí terriblemente feliz en la mañana del domingo.

Entre las muchas maneras de combatir la nada, una de las mejores es sacar fotografías, actividad que debería enseñarse tempranamente a los niños pues exige disciplina, educación estética, buen ojo y dedos seguros. No se trata de estar acechando la mentira como cualquier repórter, y atrapar la estúpida silueta del personajón que sale del número 10 de Downing Street, pero de todas maneras cuando se anda con la cámara hay como el deber de estar atento, de no perder ese brusco y delicioso rebote de un rayo de sol en una vieja piedra, o la carrera trenzas al aire de una chiquilla que vuelve con un pan o una botella de leche. Michel sabía que el fotógrafo opera siempre como una permutación de su manera personal de ver el mundo por otra que la cámara le impone insidiosa (ahora pasa una gran nube casi negra), pero no desconfiaba, sabedor de que le bastaba salir sin la Contax para recuperar el tono distraído, la visión sin encuadre, la luz sin diafragma ni 1/250. Ahora mismo (qué palabra, *ahora*, qué estúpida mentira) podía quedarme sentado en el pretil sobre el río, mirando pasar las pinazas negras y rojas, sin que se me ocurriera pensar fotográficamente las escenas, nada más que dejándome ir en el dejarse ir de las cosas, corriendo inmóvil con el tiempo. Y ya no soplaba viento.

Después seguí por el Quai de Bourbon hasta llegar a la punta de la isla, donde la íntima placita (íntima por pequeña y no por recatada, pues da todo el pecho al río y al cielo) me gusta y me regusta. No había más que una pareja y, claro, palomas; quizá alguna de las que ahora pasan por lo que estoy viendo. De un salto me instalé en el parapeto y me dejé envolver y atar por el sol, dándole la cara, las orejas, las dos manos (guardé los guantes en el bolsillo). No tenía ganas de sacar fotos, y encendí un cigarrillo por hacer algo; creo que en el momento en que acercaba el fósforo al tabaco vi por primera vez al muchachito.

Lo que había tomado por una pareja se parecía mucho más a un chico con su madre, aunque al mismo tiempo me daba cuenta de que no era un chico con su madre, de que era una pareja en el sentido que damos siempre a las parejas cuando las vemos apoyadas en los parapetos o abrazadas en los bancos de las plazas. Como no tenía nada que hacer me sobraba tiempo para preguntarme por qué el muchachito estaba tan nervioso, tan como un potrillo o una liebre, metiendo las manos en los bolsillos, sacando en seguida una y después la otra, pasándose los dedos por el pelo, cambiando de postura, y sobre todo por qué tenía miedo, pues eso se lo adivinaba en cada gesto, un miedo sofocado por la vergüenza, un impulso de echarse atrás que se advertía como si su cuerpo estuviera al borde de la huida, conteniéndose en un último y lastimoso decoro.

Tan claro era todo eso, ahí a cinco metros —y estábamos solos contra el parapeto, en la punta de la isla— que al principio el miedo del chico no me dejó ver bien a la mujer rubia. Ahora, pensándolo, la veo mucho mejor en ese primer momento en que le leí la cara (de golpe había girado como una veleta de cobre, y los ojos, los ojos estaban ahí), cuando comprendí vagamente lo que podía estar ocurriéndole al chico y me dije que valía la pena quedarse y mirar (el viento se llevaba las palabras, los apenas murmullos). Creo que sé mirar, si es que algo sé, y que todo mirar rezuma falsedad, porque es lo que nos arroja más afuera de nosotros mismos, sin la menor garantía, en tanto que oler, o (pero Michel se bifurca fácilmente, no hay que dejarlo que declame a gusto). De todas maneras, si de antemano se prevé la probable falsedad, mirar se vuelve posible; basta quizá elegir bien entre el mirar y lo mirado, desnudar a las cosas de tanta ropa ajena. Y, claro, todo esto es más bien difícil.

Del chico recuerdo la imagen antes que el verdadero cuerpo (esto se entenderá después), mientras que ahora estoy seguro que de la mujer recuerdo mucho mejor su cuerpo que su imagen. Era delgada y esbelta, dos palabras injustas para decir lo que era, y vestía un abrigo de piel casi negro, casi largo, casi hermoso. Todo el viento de esa mañana (ahora soplaba apenas, y no hacía frío) le había pasado por el pelo rubio que recortaba su cara blanca y sombría —dos palabras injustas— y dejaba al mundo de pie y horriblemente solo delante de sus ojos negros, sus ojos que caían sobre las cosas como dos águilas, dos saltos al vacío, dos ráfagas de fango verde. No describo nada, trato más bien de entender. Y he dicho dos ráfagas de fango verde.

Seamos justos, el chico estaba bastante bien vestido y llevaba unos guantes amarillos que yo hubiera jurado que eran de su hermano mayor, estudiante de derecho o ciencias sociales; era gracioso ver los dedos de los guantes saliendo del bolsillo de la chaqueta. Largo rato no le vi la cara, apenas un perfil nada tonto —pájaro azorado, ángel de Fra Filippo, arroz con leche— y una espalda de adolescente que quiere hacer judo y que se ha peleado un par de veces por una idea o una hermana. Al filo de los catorce, quizá de los quince, se lo adivinaba vestido y alimentado por sus padres pero sin un centavo en el bolsillo, teniendo que deliberar con los camaradas antes de decidirse por un café, un coñac, un atado de cigarrillos. Andaría por las calles pensando en las condiscípulas, en lo bueno que sería ir al cine y ver la última película, o comprar novelas o corbatas o botellas de licor con etiquetas verdes y blancas. En su casa (su casa sería respetable, sería almuerzo a las doce y paisajes románticos en las paredes, con un oscuro recibimiento y un paragüero de caoba al lado de la puerta) llovería despacio el tiempo de estudiar, de ser la esperanza de mamá, de parecerse a papá, de escribir a la tía de Avignon. Por eso tanta calle, todo el río para él (pero sin un centavo) y la ciudad misteriosa de los quince años, con sus signos en las puertas, sus gatos estremecedores, el cartucho de papas fritas a treinta francos, la revista pornográfica doblada en cuatro, la soledad como un vacío en los bolsillos, los encuentros felices, el fervor por tanta cosa incomprendida pero iluminada por un amor total, por la disponibilidad parecida al viento y a las calles.

Esta biografía era la del chico y la de cualquier chico, pero a éste lo veía ahora aislado, vuelto único por la presencia de la mujer rubia que seguía hablándole. (Me cansa insistir, pero acaban de pasar dos largas nubes desflecadas. Pienso que aquella mañana no miré ni una sola vez el cielo, porque tan pronto presentí lo que pasaba con el chico y la mujer no pude más que mirarlos y esperar, mirarlos y...) Resumiendo, el chico estaba inquieto y se podía adivinar sin mucho trabajo lo que acababa de ocurrir pocos minutos antes, a lo sumo media hora. El chico había llegado hasta la punta de la isla, vio a la mujer y la encontró admirable. La mujer esperaba eso porque estaba ahí para esperar eso, o quizá el chico llegó antes y ella lo vio desde un balcón o desde un auto, y salió a su encuentro, provocando el diálogo con cualquier cosa, segura desde el comienzo de que él iba a tenerle miedo y a querer escaparse, y que naturalmente se quedaría, engallado y hosco, fingiendo la veteranía y el placer de la aventura. El resto era fácil porque estaba ocurriendo a cinco metros de mí y cualquiera hubiese podido medir las etapas del juego, la esgrima irrisoria; su mayor encanto no era su presente sino la previsión del desenlace. El muchacho acabaría por pretextar una cita, una obligación cualquiera, y se alejaría tropezando y confundido, queriendo caminar con desenvoltura, desnudo bajo la mirada burlona que lo seguiría hasta el final. O bien se quedaría, fascinado o simplemente incapaz de tomar la iniciativa, y la mujer empezaría a acariciarle la cara, a despeinarlo, hablándole ya sin voz, y de pronto lo tomaría del brazo para llevárselo, a menos que él, con una desazón que quizá empezara a teñir el deseo, el riesgo de la aventura, se animase a pasarle el brazo por la cintura y a besarla. Todo esto podía ocurrir pero aún no ocurría, y perversamente Michel esperaba, sentado en el pretil, aprontando casi sin darse cuenta la cámara para sacar una foto pintoresca en un rincón de la isla con una pareja nada común hablando y mirándose.

Curioso que la escena (la nada, casi: dos que están ahí, desigualmente jóvenes) tuviera como un aura inquietante. Pensé que eso lo ponía yo, y que mi foto, si la sacaba, restituiría las cosas a su tonta verdad. Me hubiera gustado saber qué pensaba el hombre del sombrero gris sentado al volante del auto detenido en el muelle que lleva a la pasarela, y que leía el diario o dormía. Acababa de descubrirlo, porque la gente dentro de un auto detenido casi desaparece, se pierde en esa mísera jaula privada de la belleza que le dan el movimiento y el peligro. Y sin embargo el auto había estado ahí todo el tiempo, formando parte (o deformando esa parte) de la isla. Un auto: como decir un farol de alumbrado, un banco de plaza. Nunca el viento, la luz del sol, esas materias siempre nuevas para la piel y los ojos, y también el chico y la mujer, únicos, puestos ahí para alterar la isla, para mostrármela de otra manera. En fin, bien podía suceder que también el hombre del diario estuviera atento a lo que pasaba y sintiera como yo ese regusto maligno de toda expectativa. Ahora la mujer había girado suavemente hasta poner al muchachito entre ella y el parapeto, los veía casi de perfil y él era más alto, pero no mucho más alto, y sin embargo ella lo sobraba, parecía como cernida sobre él (su risa, de repente, un látigo de plumas), aplastándolo con sólo estar ahí, sonreír, pasear una mano por el aire. ¿Por qué esperar más? Con un diafragma dieciséis, con un encuadre donde no entrara el horrible auto negro, pero sí ese árbol, necesario para quebrar un espacio demasiado gris…

Levanté la cámara, fingí estudiar un enfoque que no los incluía, y me quedé al acecho, seguro de que atraparía por fin el gesto revelador, la expresión que todo lo resume, la vida que el movimiento acompasa pero que una imagen rígida destruye al seccionar el tiempo, si no elegimos la imperceptible fracción esencial. No tuve que esperar mucho. La mujer avanzaba en su tarea de maniatar suavemente al chico, de quitarle fibra a fibra sus últimos restos de libertad, en una lentísima tortura deliciosa. Imaginé los finales posibles (ahora asoma una pequeña nube espumosa, casi sola en el cielo), preví la llegada a la casa (un piso bajo probablemente, que ella saturaría de almohadones y de gatos) y sospeché el azoramiento del chico y su decisión desesperada de disimularlo y de dejarse llevar fingiendo que nada le era nuevo. Cerrando los ojos, si es que los cerré, puse en orden la escena, los besos burlones, la mujer rechazando con dulzura las manos que pretendían desnudarla como en las novelas, en una cama que tendría un edredón lila, y obligándolo en cambio a dejarse quitar la ropa, verdaderamente madre e hijo bajo una luz amarilla de opalinas, y todo acabaría como siempre, quizá, pero quizá todo fuera de otro modo, y la iniciación del adolescente no pasara, no la dejaran pasar, de un largo proemio donde las torpezas, las caricias exasperantes, la carrera de las manos se resolviera quién sabe en qué, en un placer por separado y solitario, en una petulante negativa mezclada con el arte de fatigar y desconcertar tanta inocencia lastimada. Podía ser así, podía muy bien ser así; aquella mujer no buscaba un amante en el chico, y a la vez se lo adueñaba para un fin imposible de entender si no lo imaginaba como un juego cruel, deseo de desear sin satisfacción, de excitarse para algún otro, alguien que de ninguna manera podía ser ese chico.

Michel es culpable de literatura, de fabricaciones irreales. Nada le gusta más que imaginar excepciones, individuos fuera de la especie, monstruos no siempre repugnantes. Pero esa mujer invitaba a la invención, dando quizá las claves suficientes para acertar con la verdad. Antes de que se fuera, y ahora que llenaría mi recuerdo durante muchos días, porque soy propenso a la rumia, decidí no perder un momento más. Metí todo en el visor (con el árbol, el pretil, el sol de las once) y tomé la foto. A tiempo para comprender que los dos se habían dado cuenta y que me estaban mirando, el chico sorprendido y como interrogante, pero ella irritada, resueltamente hostiles su cuerpo y su cara que se sabían robados, ignominiosamente presos en una pequeña imagen química.

Lo podría contar con mucho detalle pero no vale la pena. La mujer habló de que nadie tenía derecho a tomar una foto sin permiso, y exigió que le entregara el rollo de película. Todo esto con una voz seca y clara, de buen acento de París, que iba subiendo de color y de tono a cada frase. Por mi parte se me importaba muy poco darle o no el rollo de película, pero cualquiera que me conozca sabe que las cosas hay que pedírmelas por las buenas. El resultado es que me limité a formular la opinión de que la fotografía no sólo no está prohibida en los lugares públicos sino que cuenta con el más decidido favor oficial y privado. Y mientras se lo decía gozaba socarronamente de cómo el chico se replegaba, se iba quedando atrás —con sólo no moverse— y de golpe (parecía casi increíble) se volvía y echaba a correr, creyendo el pobre que caminaba y en realidad huyendo a la carrera, pasando al lado del auto, perdiéndose como un hilo de la Virgen en el aire de la mañana.

Pero los hilos de la Virgen se llaman también babas del diablo, y Michel tuvo que aguantar minuciosas imprecaciones, oírse llamar entrometido e imbécil, mientras se esmeraba deliberadamente en sonreír y declinar, con simples movimientos de cabeza, tanto envío barato. Cuando empezaba a cansarme, oí golpear la portezuela de un auto.

El hombre del sombrero gris estaba ahí, mirándonos. Sólo entonces comprendí que jugaba un papel en la comedia.

Empezó a caminar hacia nosotros, llevando en la mano el diario que había pretendido leer. De lo que mejor me acuerdo es de la mueca que le ladeaba la boca, le cubría la cara de arrugas, algo cambiaba de lugar y forma porque la boca le temblaba y la mueca iba de un lado a otro de los labios como una cosa independiente y viva, ajena a la voluntad. Pero todo el resto era fijo, payaso enharinado u hombre sin sangre, con la piel apagada y seca, los ojos metidos en lo hondo y los agujeros de la nariz negros y visibles, más negros que las cejas o el pelo o la corbata negra. Caminaba cautelosamente, como si el pavimento le lastimara los pies; le vi zapatos de charol, de suela tan delgada que debía acusar cada aspereza de la calle. No sé por qué me había bajado del pretil, no sé bien por qué decidí no darles la foto, negarme a esa exigencia en la que adivinaba miedo y cobardía. El payaso y la mujer se consultaban en silencio: hacíamos un perfecto triángulo insoportable, algo que tenía que romperse con un chasquido. Me les reí en la cara y eché a andar, supongo que un poco más despacio que el chico. A la altura de las primeras casas, del lado de la pasarela de hierro, me volví a mirarlos. No se movían, pero el hombre había dejado caer el diario; me pareció que la mujer, de espaldas al parapeto, paseaba las manos por la piedra, con el clásico y absurdo gesto del acosado que busca la salida.

Lo que sigue ocurrió aquí, casi ahora mismo, en una habitación de un quinto piso. Pasaron varios días antes de que Michel revelara las fotos del domingo; sus tomas de la Conserjería y de la Sainte-Chapelle eran lo que debían ser. Encontró dos o tres enfoques de prueba ya olvidados, una mala tentativa de atrapar un gato asombrosamente encaramado en el techo de un mingitorio callejero, y también la foto de la mujer rubia y el adolescente. El negativo era tan bueno que preparó una ampliación; la ampliación era tan buena que hizo otra mucho más grande, casi como un afiche. No se le ocurrió (ahora se lo pregunta y se lo pregunta) que sólo las fotos de la Conserjería merecían tanto trabajo. De toda la serie, la instantánea en la punta de la isla era la única que le interesaba; fijó la ampliación en una pared del cuarto, y el primer día estuvo un rato mirándola y acordándose, en esa operación comparativa y melancólica del recuerdo frente a la perdida realidad; recuerdo petrificado, como toda foto, donde nada faltaba, ni siquiera y sobre todo la nada, verdadera fijadora de la escena. Estaba la mujer, estaba el chico, rígido el árbol sobre sus cabezas, el cielo tan fijo como las piedras del parapeto, nubes y piedras confundidas en una sola materia inseparable (ahora pasa una con bordes afilados, corre como en una cabeza de tormenta). Los dos primeros días acepté lo que había hecho, desde la foto en sí hasta la ampliación en la pared, y no me pregunté siquiera por que interrumpía a cada rato la traducción del tratado de José Norberto Allende para reencontrar la cara de la mujer, las manchas oscuras en el pretil. La primera sorpresa fue estúpida; nunca se me había ocurrido pensar que cuando miramos una foto de frente, los ojos repiten exactamente la posición y la visión del objetivo; son esas cosas que se dan por sentadas y que a nadie se le ocurre considerar. Desde mi silla, con la máquina de escribir por delante, miraba la foto ahí a tres metros, y entonces se me ocurrió que me había instalado exactamente en el punto de mira del objetivo. Estaba muy bien así; sin duda era la manera más perfecta de apreciar una foto, aunque la visión en diagonal pudiera tener sus encantos y aun sus descubrimientos. Cada tantos minutos, por ejemplo cuando no encontraba la manera de decir en buen francés lo que José Norberto Allende decía en tan buen español, alzaba los ojos y miraba la foto; a veces me atraía la mujer, a veces el chico, a veces el pavimento donde una hoja seca se había situado admirablemente para valorizar un sector lateral. Entonces descansaba un rato de mi trabajo, y me incluía otra vez con gusto en aquella mañana que empapaba la foto, recordaba irónicamente la imagen colérica de la mujer reclamándome la fotografía, la fuga ridícula y patética del chico, la entrada en escena del hombre de la cara blanca. En el fondo estaba satisfecho de mí mismo;

mi partida no había sido demasiado brillante, pues si a los franceses les ha sido dado el don de la pronta respuesta, no veía bien por qué había optado por irme sin una acabada demostración de privilegios, prerrogativas y derechos ciudadanos. Lo importante, lo verdaderamente importante era haber ayudado al chico a escapar a tiempo (esto en caso de que mis teorías fueran exactas, lo que no estaba suficientemente probado, pero la fuga en sí parecía demostrarlo). De puro entrometido le había dado oportunidad de aprovechar al fin su miedo para algo útil; ahora estaría arrepentido, menoscabado, sintiéndose poco hombre. Mejor era eso que la compañía de una mujer capaz de mirar como lo miraban en la isla; Michel es puritano a ratos, cree que no se debe corromper por la fuerza. En el fondo, aquella foto había sido una buena acción.

No por buena acción la miraba entre párrafo y párrafo de mi trabajo. En ese momento no sabía por qué la miraba, por qué había fijado la ampliación en la pared; quizá ocurra así con todos los actos fatales, y sea esa la condición de su cumplimiento. Creo que el temblor casi furtivo de las hojas del árbol no me alarmó, que seguí una frase empezada y la terminé redonda. Las costumbres son como grandes herbarios, al fin y al cabo una ampliación de ochenta por sesenta se parece a una pantalla donde proyectan cine, donde en la punta de una isla una mujer habla con un chico y un árbol agita unas hojas secas sobre sus cabezas.

Pero las manos ya eran demasiado. Acababa de escribir: *Donc, la seconde clé réside dans la nature intrinsèque des difficultés que les sociétés* — y vi la mano de la mujer que empezaba a cerrarse despacio, dedo por dedo. De mí no quedó nada, una frase en francés que jamás habrá de terminarse, una máquina de escribir que cae al suelo, una silla que chirría y tiembla, una niebla. El chico había agachado la cabeza, como los boxeadores cuando no pueden más y esperan el golpe de desgracia; se había alzado el cuello del sobretodo, parecía más que nunca un prisionero, la perfecta víctima que ayuda a la catástrofe. Ahora la mujer le hablaba al oído, y la mano se abría otra vez para posarse en su mejilla, acariciarla y acariciarla, quemándodola sin prisa. El chico estaba menos azorado que receloso, una o dos veces atisbó por sobre el hombro de la mujer y ella seguía hablando, explicando algo que lo hacía mirar a cada momento hacia la zona donde Michel sabía muy bien que estaba el auto con el hombre del sombrero gris, cuidadosamente descartado en la fotografía pero reflejándose en los ojos del chico y (cómo dudarlo ahora) en las palabras de la mujer, en las manos de la mujer, en la presencia vicaria de la mujer. Cuando vi venir al hombre, detenerse cerca de ellos y mirarlos, las manos en los bolsillos y un aire entre hastiado y exigente, patrón que va a silbar a su perro después de los retozos en la plaza, comprendí, si eso era comprender, lo que tenía que pasar, lo que tenía que haber pasado, lo que hubiera tenido que pasar en ese momento, entre esa gente, ahí donde yo había llegado a trastrocar un orden, inocentemente inmiscuido en eso que no había pasado pero que ahora iba a pasar, ahora se iba a cumplir. Y lo que entonces había imaginado era mucho menos horrible que la realidad, esa mujer que no estaba ahí por ella misma, no acariciaba ni proponía ni alentaba para su placer, para llevarse al ángel despeinado y jugar con su terror y su gracia deseosa. El verdadero amo esperaba, sonriendo petulante, seguro ya de la obra; no era el primero que mandaba a una mujer a la vanguardia, a traerle los prisioneros maniatados con flores. El resto sería tan simple, el auto, una casa cualquiera, las bebidas, las láminas excitantes, las lágrimas demasiado tarde, el despertar en el infierno. Y yo no podía hacer nada, esta vez no podía hacer absolutamente nada. Mi fuerza había sido una fotografía, ésa, ahí, donde se vengaban de mí mostrándome sin disimulo lo que iba a suceder. La foto haba sido tomada, el tiempo había corrido; estábamos tan lejos unos de otros, la corrupción seguramente consumada, las lágrimas vertidas, y el resto conjetura y tristeza. De pronto el orden se invertía, ellos estaban vivos, moviéndose, decidían y eran decididos, iban a su futuro; y yo desde este lado, prisionero de otro tiempo, de una habitación en un quinto piso, de no saber quiénes eran esa mujer, y ese hombre y ese niño, de ser nada más que la lente de mi cámara, algo rígido, incapaz de intervención. Me tiraban a la cara la burla más horrible, la de decidir frente a mi impotencia, la de que el chico mirara otra vez al payaso enharinado y yo comprendiera que iba a aceptar, que la propuesta contenía dinero o engaño, y que no podía gritarle que huyera, o simplemente facilitarle otra vez el camino con una nueva foto, una pequeña y casi humilde intervención que desbaratara el andamiaje de baba y de perfume. Todo iba a resolverse allí mismo, en ese instante; había como un inmenso silencio que no tenía nada que ver con el silencio físico. Aquello se tendía, se armaba. Creo que grité, que grité terriblemente, y que en ese mismo segundo supe que empezaba a acercarse, diez centímetros, un paso, otro paso, el árbol giraba cadenciosamente sus ramas en primer plano, una mancha del pretil salía del cuadro, la cara de la mujer, vuelta hacia mí como sorprendida iba creciendo, y entonces giré un poco, quiero decir que la cámara giró un poco, y sin perder de vista a la mujer empezó a acercarse al hombre que me miraba con los agujeros negros que tenía en el sitio de los ojos, entre sorprendido y rabioso miraba queriendo clavarme en el aire, y en ese instante alcancé a ver como un gran pájaro fuera de foco que pasaba de un solo vuelo delante de la imagen, y me apoyé en la pared de mi cuarto y fui feliz porque el chico acababa de escaparse, lo veía corriendo, otra vez en foco, huyendo con todo el pelo al viento, aprendiendo por fin a volar sobre la isla, a llegar a la pasarela, a volverse a la ciudad. Por segunda vez se les iba, por segunda vez yo lo ayudaba a escaparse, lo devolvía a su paraíso precario. Jadeando me quedé frente a ellos; no había necesidad de avanzar más, el juego estaba jugado. De la mujer se veía apenas un hombro y algo de pelo, brutalmente cortado por el cuadro de la imagen; pero de frente estaba el hombre, entreabierta la boca donde veía temblar una lengua negra, y levantaba lentamente las manos, acercándolas al primer plano, un instante aún en perfecto foco, y después todo él un bulto que borraba la isla, el árbol, y yo cerré los ojos y no quise mirar más, y me tapé la cara y rompí a llorar como un idiota.

Ahora pasa una gran nube blanca, como todos estos días, todo este tiempo incontable. Lo que queda por decir es siempre una nube, dos nubes, o largas horas de cielo perfectamente limpio, rectángulo purísimo clavado con alfileres en la pared de mi cuarto. Fue lo que vi al abrir los ojos y secármelos con los dedos: el cielo limpio, y después una nube que entraba por la izquierda, paseaba lentamente su gracia y se perdía por la derecha. Y luego otra, y a veces en cambio todo se pone gris, todo es una enorme nube, y de pronto restallan las salpicaduras de la lluvia, largo rato se ve llover sobre la imagen, como un llanto al revés, y poco a poco el cuadro se aclara, quizá el sol, y otra vez entran las nubes, de a dos, de a tres. Y las palomas, a veces, y uno que otro gorrión.

EL PERSEGUIDOR

In memoriam Ch. P.

Sé fiel hasta la muerte

Apocalipsis, 2,10

O make me a mask

Dylan Thomas

Dédée me ha llamado por la tarde diciéndome que Johnny no estaba bien, y he ido en seguida al hotel. Desde hace unos días Johnny y Dédée viven en un hotel de la rue Lagrange, en una pieza del cuarto piso. Me ha bastado ver la puerta de la pieza para darme cuenta de que Johnny está en la peor de las miserias; la ventana da a un patio casi negro, y a la una de la tarde hay que tener la luz encendida si se quiere leer el diario o verse la cara. No hace frío, pero he encontrado a Johnny envuelto en una frazada, encajado en un roñoso sillón que larga por todos lados pedazos de estopa amarillenta. Dédée está envejecida, y el vestido rojo le queda muy mal; es un vestido para el trabajo, para las luces de la escena; en esa pieza del hotel se convierte en una especie de coágulo repugnante.

—El compañero Bruno es fiel como el mal aliento —ha dicho Johnny a manera de saludo, remontando las rodillas hasta apoyar en ellas el mentón. Dédée me ha alcanzado una silla y yo he sacado un paquete de Gauloises. Traía un frasco de ron en el bolsillo, pero no he querido mostrarlo hasta hacerme una idea de lo que pasa. Creo que lo más irritante era la lamparilla con su ojo arrancado colgando del hilo sucio de moscas. Después de mirarla

216

una o dos veces, y ponerme la mano como pantalla, le he preguntado a Dédée si no podíamos apagar la lamparilla y arreglarnos con la luz de la ventana. Johnny seguía mis palabras y mis gestos con una gran atención distraída, como un gato que mira fijo pero se ve que está por completo en otra cosa; que es otra cosa. Por fin Dédée se ha levantado y ha apagado la luz. En lo que quedaba, una mezcla de gris y negro, nos hemos reconocido mejor. Johnny ha sacado una de sus largas manos flacas de debajo de la frazada, y yo he sentido la fláccida tibieza de su piel. Entonces Dédée ha dicho que iba a preparar unos nescafés. Me ha alegrado saber que por lo menos tienen una lata de nescafé. Siempre que una persona tiene una lata de nescafé me doy cuenta de que no está en la última miseria; todavía puede resistir un poco.

—Hace rato que no nos veíamos —le he dicho a Johnny—. Un mes por lo menos.

—Tú no haces más que contar el tiempo —me ha contestado de mal humor—. El primero, el dos, el tres, el veintiuno. A todo le pones un número, tú. Y ésta es igual. ¿Sabes por qué está furiosa? Porque he perdido el saxo. Tiene razón, después de todo.

—¿Pero cómo has podido perderlo? —le he preguntado, sabiendo en el mismo momento que era justamente lo que no se le puede preguntar a Johnny.

—En el *métro* —ha dicho Johnny—. Para mayor seguridad lo había puesto debajo del asiento. Era magnífico viajar sabiendo que lo tenía debajo de las piernas, bien seguro.

—Se dio cuenta cuando estaba subiendo la escalera del hotel —ha dicho Dédée, con la voz un poco ronca—. Y yo tuve que salir como una loca a avisar a los del *métro*, a la policía.

Por el silencio siguiente me he dado cuenta de que ha sido tiempo perdido. Pero Johnny ha empezado a reírse como hace él, con una risa más atrás de los dientes y de los labios.

—Algún pobre infeliz estará tratando de sacarle algún sonido —ha dicho—. Era uno de los peores saxos que he tenido nunca; se veía que Doc Rodríguez había tocado en él, estaba completamente deformado por el lado del alma. Como aparato en sí no era malo, pero Rodríguez es capaz de echar a perder un Stradivarius con solamente afinarlo.

—¿Y no puedes conseguir otro?

—Es lo que estamos averiguando —ha dicho Dédée—. Parece que Rory Friend tiene uno. Lo malo es que el contrato de Johnny...

—El contrato —ha remedado Johnny—. Qué es eso del contrato. Hay que tocar y se acabó, y no tengo saxo ni dinero para comprar uno, y los muchachos están igual que yo.

Esto último no es cierto, y los tres lo sabemos. Nadie se atreve ya a prestarle un instrumento a Johnny, porque lo pierde o acaba con él en seguida. Ha perdido el saxo de Louis Rolling en Bordeaux, ha roto en tres pedazos, pisoteándolo y golpeándolo, el saxo que Dédée había comprado cuando lo contrataron para una gira por Inglaterra. Nadie sabe ya cuántos instrumentos lleva perdidos, empeñados o rotos. Y en todos ellos tocaba como yo creo que solamente un dios puede tocar un saxo alto, suponiendo que hayan renunciado a las liras y a las flautas.

—¿Cuándo empiezas, Johnny?

—No sé. Hoy, creo, ¿eh Dé?

—No, pasado mañana.

—Todo el mundo sabe las fechas menos yo —rezonga Johnny, tapándose hasta las orejas con la frazada—. Hubiera jurado que era esta noche, y que esta tarde había que ir a ensayar.

—Lo mismo da —ha dicho Dédée—. La cuestión es que no tienes saxo.

—¿Cómo lo mismo da? No es lo mismo. Pasado mañana es después de mañana, y mañana es mucho después de hoy. Y hoy mismo es bastante después de ahora, en que estamos charlando con el compañero Bruno y yo me sentiría mucho mejor si me pudiera olvidar del tiempo y beber alguna cosa caliente.

—Ya va a hervir el agua, espera un poco.

—No me refería al calor por ebullición —ha dicho Johnny. Entonces he sacado el frasco de ron y ha sido como si encendiéramos la luz, porque Johnny ha abierto

218

de par en par la boca, maravillado, y sus dientes se han puesto a brillar, y hasta Dédée ha tenido que sonreírse al verlo tan asombrado y contento. El ron con el nescafé no estaba mal del todo, y los tres nos hemos sentido mucho mejor después del segundo trago y de un cigarrillo. Ya para entonces he advertido que Johnny se retraía poco a poco y que seguía haciendo alusiones al tiempo, un tema que le preocupa desde que lo conozco. He visto pocos hombres tan preocupados por todo lo que se refiere al tiempo. Es una manía, la peor de sus manías, que son tantas. Pero él la despliega y la explica con una gracia que pocos pueden resistir. Me he acordado de un ensayo antes de una grabación, en Cincinnati, y esto era mucho antes de venir a París, en el cuarenta y nueve o el cincuenta. Johnny estaba en gran forma en esos días, y yo había ido al ensayo nada más que para escucharlo a él y también a Miles Davis. Todos tenían ganas de tocar, estaban contentos, andaban bien vestidos (de esto me acuerdo quizá por contraste, por lo mal vestido y lo sucio que anda ahora Johnny), tocaban con gusto, sin ninguna impaciencia, y el técnico de sonido hacía señales de contento detrás de su ventanilla, como un babuino satisfecho. Y justamente en ese momento, cuando Johnny estaba como perdido en su alegría, de golpe dejó de tocar y soltándole un puñetazo a no sé quien dijo: «Esto lo estoy tocando mañana», y los muchachos se quedaron cortados, apenas dos o tres siguieron unos compases, como un tren que tarda en frenar, y Johnny se golpeaba la frente y repetía: «Esto ya lo toqué mañana, es horrible, Miles, esto ya lo toqué mañana», y no lo podían hacer salir de eso, y a partir de entonces todo anduvo mal, Johnny tocaba sin ganas y deseando irse (a drogarse otra vez, dijo el técnico de sonido muerto de rabia), y cuando lo vi salir, tambaleándose y con la cara cenicienta, me pregunté si eso iba a durar todavía mucho tiempo.

—Creo que llamaré al doctor Bernard —ha dicho Dédée, mirando de reojo a Johnny, que bebe su ron a pequeños sorbos—. Tienes fiebre, y no comes nada.

—El doctor Bernard es un triste idiota —ha dicho Johnny, lamiendo su vaso—. Me va a dar aspirinas, y después dirá que le gusta muchísimo el jazz, por ejemplo Ray Noble. Te das una idea, Bruno. Si tuviera el saxo lo recibiría con una música que lo haría bajar de vuelta los cuatros pisos con el culo en cada escalón.

—De todos modos no te hará mal tomarte las aspirinas —he dicho, mirando de reojo a Dédée—. Si quieres yo telefonearé al salir, así Dédée no tiene que bajar. Oye, pero ese contrato... Si empiezas pasado mañana creo que se podrá hacer algo. También yo puedo tratar de sacarle un saxo a Rory Friend. Y en el peor de los casos... La cuestión es que vas a tener que andar con más cuidado, Johnny.

—Hoy no —ha dicho Johnny mirando el frasco de ron—. Mañana, cuando tenga el saxo. De manera que no hay por qué hablar de eso ahora. Bruno, cada vez me doy mejor cuenta de que el tiempo... Yo creo que la música ayuda siempre a comprender un poco este asunto. Bueno, no a comprender porque la verdad es que no comprendo nada. Lo único que hago es darme cuenta de que hay algo. Como esos sueños, no es cierto, en que empiezas a sospecharte que todo se va a echar a perder, y tienes un poco de miedo por adelantado; pero al mismo tiempo no estás nada seguro, y a lo mejor todo se da vuelta como un panqueque y de repente estás acostado con una chica preciosa y todo es divinamente perfecto.

Dédée está lavando las tazas y los vasos en un rincón del cuarto. Me he dado cuenta de que ni siquiera tienen agua corriente en la pieza; veo una palangana con flores rosadas y una jofaina que me hace pensar en un animal embalsamado. Y Johnny sigue hablando con la boca tapada a medias por la frazada, y también él parece un embalsamado con las rodillas contra el mentón y su cara negra y lisa que el ron y la fiebre empiezan a humedecer poco a poco.

—He leído algunas cosas sobre todo eso, Bruno. Es muy raro, y en realidad tan difícil... Yo creo que la música ayuda, sabes. No a entender, porque en realidad no entiendo nada. —Se golpea la cabeza con el puño cerrado. La cabeza le suena como un coco.

—No hay nada aquí dentro, Bruno, lo que se dice nada. Esto no piensa ni entiende nada. Nunca me ha hecho falta, para decirte la verdad. Yo empiezo a entender de los ojos para abajo, y cuanto más abajo mejor entiendo. Pero no es realmente entender, en eso estoy de acuerdo.

—Te va a subir la fiebre —ha rezongado Dédée desde el fondo de la pieza.

—Oh, cállate. Es verdad, Bruno. Nunca he pensado en nada, solamente de golpe me doy cuenta de lo que he pensado, pero eso no tiene gracia, ¿verdad? ¿Qué gracia va a tener darse cuenta de que uno ha pensado algo? Para el caso es lo mismo que si pensaras tú o cualquier otro. No soy yo, yo. Simplemente saco provecho de lo que pienso, pero siempre después, y eso es lo que no aguanto. Ah, es difícil, es tan difícil... ¿No ha quedado ni un trago?

Le he dado las últimas gotas de ron, justamente cuando Dédée volvía a encender la luz; ya casi no se veía en la pieza. Johnny está sudando, pero sigue envuelto en la frazada, y de cuando en cuando se estremece y hace crujir el sillón.

—Me di cuenta cuando era muy chico, casi en seguida de aprender a tocar el saxo. En mi casa había siempre un lío de todos los diablos, y no se hablaba más que de deudas, de hipotecas. ¿Tú sabes lo que es una hipoteca? Debe ser algo terrible, porque la vieja se tiraba de los pelos cada vez que el viejo hablaba de la hipoteca, y acababan a los golpes. Yo tenía trece años... pero ya has oído todo eso.

Vaya si lo he oído; vaya si he tratado de escribirlo bien y verídicamente en mi biografía de Johnny.

—Por eso en casa el tiempo no acababa nunca, sabes. De pelea en pelea, casi sin comer. Y para colmo la religión, ah, eso no te lo puedes imaginar. Cuando el maestro me consiguió un saxo que te hubieras muerto de risa si lo ves, entonces creo que me di cuenta en seguida. La música me sacaba del tiempo, aunque no es más que una manera de decirlo. Si quieres saber lo que realmente siento, yo creo que la música me metía en el tiempo. Pero entonces hay que creer que este tiempo no tiene nada que ver con... bueno, con nosotros, por decirlo así.

Como hace rato que conozco las alucinaciones de Johnny, de todos los que hacen su misma vida, lo escucho atentamente pero sin preocuparme demasiado por lo que dice. Me pregunto en cambio cómo habrá conseguido la droga en

París. Tendré que interrogar a Dédée, suprimir su posible complicidad. Johnny no va a poder resistir mucho más en ese estado. La droga y la miseria no saben andar juntas. Pienso en la música que se está perdiendo, en las docenas de grabaciones donde Johnny podría seguir dejando esa presencia, ese adelanto asombroso que tiene sobre cualquier otro músico. «Esto lo estoy tocando mañana» se me llena de pronto de un sentido clarísimo, porque Johnny siempre está tocando mañana y el resto viene a la zaga, en este hoy que él salta sin esfuerzo con las primeras notas de su música.

Soy un crítico de jazz lo bastante sensible como para comprender mis limitaciones, y me doy cuenta de que lo que estoy pensando está por debajo del plano donde el pobre Johnny trata de avanzar con su frases truncadas, sus suspiros, sus súbitas rabias y sus llantos. A él le importa un bledo que yo lo crea genial, y nunca se ha envanecido de que su música esté mucho más allá de la que tocan sus compañeros. Pienso melancólicamente que él está al principio de su saxo mientras yo vivo obligado a conformarme con el final. Él es la boca y yo la oreja, por no decir que él es la boca y yo... Todo crítico, ay, es el triste final de algo que empezó como sabor, como delicia de morder y mascar. Y la boca se mueve otra vez, golosamente la gran lengua de Johnny recoge un chorrito de saliva de los labios. Las manos hacen un dibujo en el aire.

—Bruno, si un día lo pudieras escribir... No por mí, entiendes, a mí qué me importa. Pero debe ser hermoso, yo siento que debe ser hermoso. Te estaba diciendo que cuando empecé a tocar de chico me di cuenta de que el tiempo cambiaba. Esto se lo conté una vez a Jim y me dijo que todo el mundo se siente lo mismo, y que cuando uno se abstrae... Dijo así, cuando uno se abstrae. Pero no, yo no me abstraigo cuando toco. Solamente que cambio de lugar. Es como en un ascensor, tú estás en el ascensor hablando con la gente, y no sientes nada raro, y entre tanto pasa el primer piso, el décimo, el veintiuno, y la ciudad se quedó ahí abajo, y tú estás terminando la frase que habías empezado al entrar, y entre las primeras palabras y las últimas hay cincuenta y dos pisos. Yo me di cuenta cuando empecé a tocar que entraba en un ascensor, pero era un ascensor de tiempo, si te lo puedo decir así. No creas que me olvidaba de la hipoteca o de la religión. Solamente que en esos momentos la hipoteca y la religión eran como el traje que uno no tiene puesto; yo sé que el traje está en el ropero, pero a mí no vas a decirme que en este momento ese traje existe. El traje existe cuando me lo pongo, y la hipoteca y la religión existían cuando terminaba de tocar y la vieja entraba con el pelo colgándole en mechones y se quejaba de que yo le rompía las orejas con esa-música-del-diablo.

Dédée ha traído otra taza de nescafé, pero Johnny mira tristemente su vaso vacío.

—Esto del tiempo es complicado, me agarra por todos lados. Me empiezo a dar cuenta poco a poco de que el tiempo no es como una bolsa que se rellena. Quiero decir que aunque cambie el relleno, en la bolsa no cabe más que una cantidad y se acabó. ¿Ves mi valija, Bruno? Caben dos trajes y dos pares de zapatos. Bueno, ahora imagínate que la vacías y después vas a poner de nuevo los dos trajes y los dos pares de zapatos, y entonces te das cuenta de que solamente caben un traje y un par de zapatos. Pero lo mejor no es eso. Lo mejor es cuando te das cuenta de que puedes meter una tienda entera en la valija, cientos y cientos de trajes, como yo meto la música en el tiempo cuando estoy tocando, a veces. La música y lo que pienso cuando viajo en el *métro*.

—Cuando viajas en el *métro*.

—Eh, sí, ahí está la cosa —ha dicho socarronamente Johnny—. El *métro* es un gran invento, Bruno. Viajando en el *métro* te das cuenta de todo lo que podría caber en la valija. A lo mejor no perdí el saxo en el *métro*, a lo mejor...

Se echa a reír, tose, y Dédée lo mira inquieta. Pero él hace gestos, se ríe y tose mezclando todo, sacudiéndose debajo de la frazada como un chimpancé. Le caen lágrimas y se las bebe, siempre riendo.

—Mejor es no confundir las cosas —dice después de un rato—. Lo perdí y se acabó. Pero el *métro* me ha servido para darme cuenta del truco de la valija. Mira, esto de las cosas elásticas es muy raro, yo lo siento en todas partes. Todo es elástico, chico. Las cosas que parecen duras tienen una elasticidad...

Piensa, concentrándose.

—...una elasticidad retardada —agrega sorprendentemente. Yo hago un gesto de admiración aprobatoria. Bravo, Johnny. El hombre que dice que no es capaz de pensar. Vaya con Johnny. Y ahora estoy realmente interesado por lo que va a decir, y él se da cuenta y me mira más socarronamente que nunca.

—¿Tú crees que podré conseguir otro saxo para tocar pasado mañana, Bruno?

—Sí, pero tendrás que tener cuidado.

—Claro, tendré que tener cuidado.

—Un contrato de un mes —explica la pobre Dédée—. Quince días en la *boîte* de Rémy, dos conciertos y los discos. Podríamos arreglarnos tan bien.

—Un contrato de un mes —remeda Johnny con grandes gestos—. La *boîte* de Rémy, dos conciertos y los discos. Be-bata-bop bop bop, chrrrr. Lo que tiene es sed, una sed, una sed. Y unas ganas de fumar, de fumar. Sobre todo unas ganas de fumar.

Le ofrezco un paquete de Gauloises, aunque sé muy bien que está pensando en la droga. Ya es de noche, en el pasillo empieza un ir y venir de gente, diálogos en árabe, una canción. Dédée se ha marchado, probablemente a comprar alguna cosa para la cena. Siento la mano de Johnny en la rodilla.

—Es una buena chica, sabes. Pero me tiene harto. Hace rato que no la quiero, que no puedo sufrirla. Todavía me excita, a ratos, sabe hacer el amor como... —junta los dedos a la italiana—. Pero tengo que librarme de ella, volver a Nueva York. Sobre todo tengo que volver a Nueva York, Bruno.

—¿Para qué? Allá te estaba yendo peor que aquí. No me refiero al trabajo sino a tu vida misma. Aquí me parece que tienes más amigos.

—Sí, estás tú y la marquesa, y los chicos del club... ¿Nunca hiciste el amor con la marquesa, Bruno?

—No.

—Bueno, es algo que... Pero yo te estaba hablando del *métro*, y no sé por qué cambiamos de tema. El *métro* es un gran invento, Bruno. Un día empecé a sentir algo en el *métro*, después me olvidé... Y entonces se repitió, dos o tres días después. Y al final me di cuenta. Es fácil de explicar, sabes, pero es fácil porque en realidad no es la verdadera explicación. La verdadera explicación sencillamente no se puede explicar. Tendrías que tomar el *métro* y esperar a que te ocurra, aunque me parece que eso solamente me ocurre a mí. Es un poco así, mira. ¿Pero de verdad nunca hiciste el amor con la marquesa? Le tienes que pedir que se suba al taburete dorado que tiene en el rincón del dormitorio, al lado de una lámpara muy bonita, y entonces... Bah, ya está ésta de vuelta.

Dédée entra con un bulto, y mira a Johnny.

—Tienes más fiebre. Ya telefoneé al doctor, va a venir a las diez. Dice que te quedes tranquilo.

—Bueno, de acuerdo, pero antes le voy a contar lo del *métro* a Bruno. El otro día me di bien cuenta de lo que pasaba. Me puse a pensar en mi vieja, después en Lan y los chicos, y claro, al momento me parecía que estaba caminando por mi barrio, y veía las caras de los muchachos, los de aquel tiempo. No era pensar, me parece que ya te he dicho muchas veces que yo no pienso nunca; estoy como parado en una esquina viendo pasar lo que pienso, pero no pienso lo que veo. ¿Te das cuenta? Jim dice que todos somos iguales, que en general (así dice) uno no piensa por su cuenta. Pongamos que sea así, la cuestión es que yo había tomado el *métro* en la estación Saint-Michel y en seguida me puse a pensar en Lan y los chicos, y a ver el barrio. Apenas me senté me puse a pensar en ellos. Pero al mismo tiempo me daba cuenta de que estaba en el *métro*, y vi que al cabo de un minuto más o menos llegábamos a Odéon, y que la gente entraba y salía. Entonces seguí pensando en Lan y vi a mi vieja cuando volvía de hacer las compras, y empecé a verlos a todos, a estar con ellos de una manera hermosísima, como hacía mucho que no sentía. Los recuerdos son siempre un asco, pero esta vez me gustaba pensar en los chicos y verlos. Si me pongo a contarte todo lo que vi no lo vas a creer porque tendría para rato. Y eso que ahorraría detalles. Por ejemplo, para decirte una sola cosa, veía a Lan con un vestido verde que se ponía cuando iba al Club 33 donde yo tocaba con Hamp. Veía el vestido con unas cintas, un moño, una especie de adorno al costado y un cuello... No al mismo tiempo, sino que en realidad me estaba paseando alrededor del vestido de Lan y lo miraba despacio. Y después miré la cara de Lan y la de los chicos, y después me acordé de Mike que vivía en la pieza de al lado, y cómo Mike me había contado la historia de unos caballos salvajes en Colorado, y él que trabajaba en un rancho y hablaba sacando pecho como los domadores de caballos...

—Johnny —ha dicho Dédée desde su rincón.

—Fíjate que solamente te cuento un pedacito de todo lo que estaba pensando y viendo. ¿Cuánto hará que te estoy contando este pedacito?

—No sé, pongamos unos dos minutos.

—Pongamos unos dos minutos —remeda Johnny—. Dos minutos y te he contado un pedacito nada más. Si te contara todo lo que les vi hacer a los chicos, y cómo Hamp tocaba *Save it, pretty mamma* y yo escuchaba cada nota, entiendes, cada nota, y Hamp no es de los que se cansan, y si te contara que también le oí a mi vieja una oración larguísima, donde hablaba de repollos, me parece, pedía perdón por mi viejo y por mí y decía algo de unos repollos... Bueno, si te contara en detalle todo eso, pasarían más de dos minutos, ¿eh, Bruno?

—Si realmente escuchaste y visto todo eso, pasaría un buen cuarto de hora —le he dicho, riéndome.

—Pasaría un buen cuarto de hora, eh, Bruno. Entonces me vas a decir cómo puede ser que de repente siento que el *métro* se para y yo me salgo de mi vieja y Lan y todo aquello, y veo que estamos en Saint Germain-des-Prés, que queda justo a un minuto y medio de Odéon.

Nunca me preocupo demasiado por las cosas que dice Johnny pero ahora, con su manera de mirarme, he sentido frío.

—Apenas un minuto y medio por tu tiempo, por el tiempo de ésa —ha dicho rencorosamente Johnny—. Y también por el del *métro* y el de mi reloj, malditos sean.

Entonces, ¿cómo puede ser que yo haya estado pensando un cuarto de hora, eh, Bruno? ¿Cómo se puede pensar un cuarto de hora en un minuto y medio? Te juro que ese día no había fumado ni un pedacito, ni una hojita —agrega como un chico que se excusa—. Y después me ha vuelto a suceder, ahora me empieza a suceder en todas partes. Pero —agrega astutamente— sólo en el *métro* me puedo dar cuenta porque viajar en el *métro* es como estar metido en un reloj. Las estaciones son los minutos, comprendes, es ese tiempo de ustedes, de ahora; pero yo sé que hay otro, y he estado pensando, pensando...

Se tapa la cara con las manos y tiembla. Yo quisiera haberme ido ya, y no sé cómo hacer para despedirme sin que Johnny se resienta, porque es terriblemente susceptible con sus amigos. Si sigue así le va a hacer mal, por lo menos con Dédée no va a hablar de esas cosas.

—Bruno, si yo pudiera solamente vivir como en esos momentos, o como cuando estoy tocando y también el tiempo cambia... Te das cuenta de lo que podría pasar en un minuto y medio... Entonces un hombre, no solamente yo sino ésa y tú y todos los muchachos, podrían vivir cientos de años, si encontráramos la manera podríamos vivir mil veces más de lo que estamos viviendo por culpa de los relojes, de esa manía de minutos y de pasado mañana...

Sonrío lo mejor que puedo, comprendiendo vagamente que tiene razón, pero que lo que él sospecha y lo que yo presiento de su sospecha se va a borrar como siempre apenas esté en la calle y me meta en mi vida de todos los días. En ese momento estoy seguro de que Johnny dice algo que no nace solamente de que está medio loco, de que la realidad se le escapa y le deja en cambio una especie de parodia que él convierte en una esperanza. Todo lo que Johnny me dice en momentos así (y hace más de cinco años que Johnny me dice y les dice a todos cosas parecidas) no se puede escuchar prometiéndose volver a pensarlo más tarde. Apenas se está en la calle, apenas es el recuerdo y no Johnny quien repite las palabras, todo se vuelve un fantaseo de la marihuana, un manotear monótono (porque hay otros que dicen cosas parecidas, a cada rato se sabe de testimonios parecidos) y después de la maravilla nace la irritación, y a mí por lo menos me pasa que siento como si Johnny me hubiera estado tomando el pelo. Pero esto ocurre siempre al otro día, no cuando Johnny me lo está diciendo, porque entonces siento que hay algo que quiere ceder en alguna parte, una luz que busca encenderse, o más bien como si fuera necesario quebrar alguna cosa, quebrarla de arriba abajo como un tronco metiéndole una cuña y martillando hasta el final. Y Johnny ya no tiene fuerzas para martillar nada, y yo ni siquiera sé qué martillo haría falta para meter una cuña que tampoco me imagino.

De manera que al final me he ido de la pieza, pero antes ha pasado una de esas cosas que tienen que pasar —ésa u otra parecida— y es que cuando me estaba despidiendo de Dédée y le daba la espalda a Johnny he sentido que algo ocurría, lo he visto en los ojos de Dédée y me he vuelto rápidamente (porque a lo mejor le tengo un poco de miedo a Johnny, a este ángel que es como mi hermano, a este hermano que es como mi ángel) y he visto a Johnny que se ha quitado de golpe la frazada con que estaba envuelto, y lo he visto sentado en el sillón completamente desnudo, con las piernas levantadas y las rodillas junto al mentón, temblando pero riéndose, desnudo de arriba a abajo en el sillón mugriento.

—Empieza a hacer calor —ha dicho Johnny—. Bruno, mira qué hermosa cicatriz tengo entre las costillas.

—Tápate —ha mandado Dédée, avergonzada y sin saber qué decir. Nos conocemos bastante y un hombre desnudo no es más que un hombre desnudo, pero de todos modos Dédée ha tenido vergüenza y yo no sabía cómo hacer para no dar la impresión de que lo que estaba haciendo Johnny me chocaba. Y él lo sabía y se ha reído con toda su bocaza, obscenamente manteniendo las piernas levantadas, el sexo colgándole al borde del sillón como un mono en el zoo, y la piel de los muslos con unas raras manchas que me han dado un asco infinito. Entonces Dédée ha agarrado la frazada y lo ha envuelto presurosa, mientras Johnny se reía y parecía muy feliz. Me he despedido vagamente, prometiendo volver al otro día, y Dédée me ha acompañado hasta el rellano, cerrando la puerta para que Johnny no oiga lo que va a decirme.

—Está así desde que volvimos de la gira por Bélgica. Había tocado tan bien en todas partes, y yo estaba tan contenta.

—Me pregunto de dónde habrá sacado la droga —he dicho, mirándola en los ojos.

—No sé. Ha estado bebiendo vino y coñac casi todo el tiempo. Pero también ha fumado, aunque menos que allá...

Allá es Baltimore y Nueva York, son los tres meses en el hospital psiquiátrico de Bellevue, y la larga temporada en Caramillo.

—¿Realmente Johnny tocó bien en Bélgica, Dédée?

—Sí, Bruno, me parece que mejor que nunca. La gente estaba enloquecida, y los muchachos de la orquesta me lo dijeron muchas veces. De repente pasaban cosas raras, como siempre con Johnny, pero por suerte nunca delante del público. Yo creí... pero ya ve, ahora es peor que nunca.

—¿Peor que en Nueva York? Usted no lo conoció en esos años.

Dédée no es tonta, pero a ninguna mujer le gusta que le hablen de su hombre cuando aún no estaba en su vida, aparte de que ahora tiene que aguantarlo y lo de antes no son más que palabras. No sé cómo decírselo, y ni siquiera le tengo plena confianza, pero al final me decido.

—Me imagino que se han quedado sin dinero.

—Tenemos ese contrato para empezar pasado mañana —ha dicho Dédée.

—¿Usted cree que va a poder grabar y presentarse en público?

—Oh, sí —ha dicho Dédée un poco sorprendida—. Johnny puede tocar mejor que nunca si el doctor Bernard le corta la gripe. La cuestión es el saxo.

—Me voy a ocupar de eso. Aquí tiene, Dédée. Solamente que... Lo mejor sería que Johnny no lo supiera.

—Bruno...

Con un gesto, y empezando a bajar la escalera, he detenido las palabras imaginables, la gratitud inútil de Dédée. Separado de ella por cuatro o cinco peldaños me ha sido más fácil decírselo.

—Por nada del mundo tiene que fumar antes del primer concierto. Déjelo beber un poco pero no le dé dinero para lo otro.

Dédée no ha contestado nada, aunque he visto cómo sus manos doblaban y doblaban los billetes, hasta hacerlos desaparecer. Por lo menos tengo la seguridad de que Dédée no fuma. Su única complicidad puede nacer del miedo o del amor. Si Johnny se pone de rodillas, como lo he visto en Chicago, y le suplica llorando... Pero es un riesgo como tantos otros con Johnny, y por el momento habrá dinero para comer y para remedios. En la calle me he subido el cuello de la gabardina porque empezaba a lloviznar, y he respirado hasta que me dolieron los pulmones; me ha parecido que París olía a limpio, a pan caliente. Sólo ahora me he dado cuenta de cómo olía la pieza de Johnny, el cuerpo de Johnny sudando bajo la frazada. He entrado en un café para beber un coñac y lavarme la boca, quizá también la memoria que insiste e insiste en las palabras de Johnny, sus cuentos, su manera de ver lo que yo no veo y en el fondo no quiero ver. Me he puesto a pensar en pasado mañana y era como una tranquilidad, como un puente bien tendido del mostrador hacia adelante.

Cuando no se está demasiado seguro de nada, lo mejor es crearse deberes a manera de flotadores. Dos o tres días después he pensado que tenía el deber de averiguar si la marquesa le está facilitando marihuana a Johnny Carter, y he ido al estudio de Montparnasse. La marquesa es verdaderamente una marquesa, tiene dinero a montones que le viene del marqués, aunque hace rato que se hayan divorciado a causa de la marihuana y otras razones parecidas. Su amistad con Johnny viene de Nueva York, probablemente del año en que Johnny se hizo famoso de la noche a la mañana simplemente porque alguien le dio la oportunidad de reunir a cuatro o cinco muchachos a quienes les gustaba su estilo, y Johnny pudo tocar a sus anchas por primera vez y los dejó a todos asombrados. Este no es el momento de hacer crítica de jazz, y los interesados pueden leer mi libro sobre Johnny y el nuevo estilo de la posguerra, pero bien puedo decir que el cuarenta y ocho —digamos hasta el cincuenta— fue como una explosión de la música, pero una explosión fría, silenciosa, una explosión en la que cada cosa quedó en su sitio y no hubo gritos ni escombros, pero la costra de la costumbre se rajó en millones de pedazos y hasta sus defensores (en las orquestas y en el público) hicieron una cuestión de amor propio de algo que ya no sentían como antes. Porque después del paso de Johnny por el saxo alto no se puede seguir oyendo a los músicos anteriores y creer que son el non plus ultra; hay que conformarse con aplicar esa especie de resignación disfrazada que se llama sentido histórico, y decir que cualquiera de esos músicos ha sido estupendo y lo sigue siendo en-su-momento. Johnny ha pasado por el jazz como una mano que da vuelta la hoja, y se acabó.

La marquesa, que tiene unas orejas de lebrel para todo lo que sea música, ha admirado siempre una enormidad a Johnny y a sus amigos del grupo. Me imagino que debió darles no pocos dólares en los días del Club 33, cuando la mayoría de los críticos protestaban por las grabaciones de Johnny y juzgaban su jazz con arreglo a criterios más que podridos. Probablemente también en esa época la marquesa empezó a acostarse de cuando en cuando con Johnny, y a fumar con él. Muchas veces los he visto juntos antes de las sesiones de grabación o en los entreactos de los conciertos, y Johnny parecía enormemente feliz al lado de la marquesa, aunque en alguna otra platea o en su casa estaban Lan y los chicos esperándolo. Pero Johnny no ha tenido jamás idea de lo que es esperar nada, y tampoco se imagina que alguien pueda estar esperándolo. Hasta su manera de plantar a Lan lo pinta de cuerpo entero. He visto la postal que le mandó desde Roma, después de cuatro meses de ausencia (se había trepado a un avión con otros dos músicos sin que Lan supiera nada). La postal representaba a Rómulo y Remo, que siempre le han hecho mucha gracia a Johnny (una de sus grabaciones se llama así) y decía: «Ando solo en una multitud de amores», que es un fragmento de un poema de Dylan

Thomas a quien Johnny lee todo el tiempo. Los agentes de Johnny en Estados Unidos se arreglaron para deducir una parte de sus regalías y entregarlas a Lan, que por su parte comprendió pronto que no había hecho tan mal negocio librándose de Johnny. Alguien me dijo que la marquesa dio también dinero a Lan, sin que Lan supiera de dónde procedía. No me extraña porque la marquesa es descabelladamente buena y entiende el mundo un poco como las tortillas que fabrica en su estudio cuando los amigos empiezan a llegar a montones, y que consiste en tener una especie de tortilla permanente a la cual echa diversas cosas y va sacando pedazos y ofreciéndolos cuando hace falta.

He encontrado a la marquesa con Marcel Gavoty y con Art Boucaya, y precisamente estaban hablando de las grabaciones que había hecho Johnny la tarde anterior. Me han caído encima como si vieran llegar a un arcángel, la marquesa me ha besuqueado hasta cansarse, y los muchachos me han palmeado como pueden hacerlo un contrabajista y un saxo barítono. He tenido que refugiarme detrás de un sillón, defendiéndome como podía, y todo porque se han enterado de que soy el proveedor del magnífico saxo con el cual Johnny acaba de grabar cuatro o cinco de sus mejores improvisaciones. La marquesa ha dicho en seguida que Johnny era una rata inmunda, y que como estaba peleado con ella (no ha dicho por qué) la rata inmunda sabía muy bien que sólo pidiéndole perdón en debida forma hubiera podido conseguir el cheque para ir a comprarse un saxo. Naturalmente Johnny no ha querido pedir perdón desde que ha vuelto a París —la pelea parece que ha sido en Londres, dos meses atrás— y en esa forma nadie podía saber que había perdido su condenado saxo en el *métro*, etcétera. Cuando la marquesa echa a hablar uno se pregunta si el estilo de Dizzy no se le ha pegado al idioma, pues es una serie interminable de variaciones en los registros más inesperados, hasta que al final la marquesa se da un gran golpe en los muslos, abre de par en par la boca y se pone a reír como si la estuvieran matando a cosquillas. Y entonces Art Boucaya ha aprovechado para darme detalles de la sesión de ayer, que me he perdido por culpa de mi mujer con neumonía.

—Tica puede dar fe —ha dicho Art mostrando a la marquesa que se retuerce de risa—. Bruno, no te puedes imaginar lo que fue eso hasta que oigas los discos. Si Dios estaba ayer en alguna parte puedes creerme que era en esa condenada sala de grabación, donde hacía un calor de mil demonios dicho sea de paso. ¿Te acuerdas de *Willow Tree*, Marcel?

—Si me acuerdo —ha dicho Marcel—. El estúpido pregunta si me acuerdo. Estoy tatuado de la cabeza a los pies con *Willow Tree*.

Tica nos ha traído *highballs* y nos hemos puesto cómodos para charlar. En realidad hemos hablado poco de la sesión de ayer, porque cualquier músico sabe que de esas cosas no se puede hablar, pero lo poco que han dicho me ha devuelto alguna esperanza y he pensado que tal vez mi saxo le traiga buena suerte a Johnny. De todas maneras no han faltado las anécdotas que enfriaran un poco esa esperanza, como por ejemplo que Johnny se ha sacado los zapatos entre grabación y grabación, y se ha paseado descalzo por el estudio. Pero en cambio se ha reconciliado con la marquesa y ha prometido venir al estudio a tomar una copa antes de su presentación de esta noche.

—¿Conoces a la muchacha que tiene ahora Johnny? —ha querido saber Tica. Le he hecho una descripción lo más sucinta posible, pero Marcel la ha completado a la francesa, con toda clase de matices y alusiones que han divertido muchísimo a la marquesa. No se ha hecho la menor referencia a la droga, aunque yo estoy tan aprensivo que me ha parecido olerla en el aire del estudio de Tica, aparte de que Tica se ríe de una manera que también noto a veces en Johnny y en Art, y que delata a los adictos. Me pregunto cómo se habrá procurado Johnny la marihuana si estaba peleado con la marquesa; mi confianza en Dédée se ha venido bruscamente al suelo, si es que en realidad le tenía confianza. En el fondo son todos iguales.

Envidio un poco esa igualdad que los acerca, que los vuelve cómplices con tanta facilidad; desde mi mundo puritano —no necesito confesarlo, cualquiera que me conozca sabe de mi horror al desorden moral— los veo como a ángeles enfermos, irritantes a fuerza de irresponsabilidad pero pagando los cuidados con cosas como los discos de Johnny, la generosidad de la marquesa. Y no digo todo, y quisiera forzarme a decirlo: los envidio, envidio a Johnny, a ese Johnny del otro lado, sin que nadie sepa qué es exactamente ese otro lado. Envidio todo menos su dolor, cosa que nadie dejará de comprender, pero aun en su dolor tiene que haber atisbos de algo que me es negado. Envidio a Johnny y al mismo tiempo me da rabia que se esté destruyendo por el mal empleo de sus dones, por la estúpida acumulación de insensatez que requiere su presión de vida. Pienso que si Johnny pudiera orientar esa vida, incluso sin sacrificarle nada, ni siquiera la droga, y si piloteara mejor ese avión que desde hace cinco años vuela a ciegas, quizá acabaría en lo peor, en la locura completa, en la muerte, pero no sin haber tocado a fondo lo que busca en sus tristes monólogos a posteriori, en sus recuentos de experiencias fascinantes pero que se quedan a mitad de camino. Y todo eso lo sostengo desde mi cobardía personal, y quizá en el fondo quisiera que Johnny acabara de una vez, como una estrella que se rompe en mil pedazos y deja idiotas a los astrónomos durante una semana, y después uno se va a dormir y mañana es otro día.

Parecería que Johnny ha tenido como una sospecha de todo lo que he estado pensando, porque me ha hecho un alegre saludo al entrar y ha venido casi en seguida a sentarse a mi lado, después de besar y hacer girar por el aire a la marquesa, y cambiar con ella y con Art un complicado ritual onomatopéyico que les ha producido una inmensa gracia a todos.

—Bruno —ha dicho Johnny, instalándose en el mejor sofá—, el cacharro es una maravilla y que digan éstos lo que le he sacado ayer del fondo. A Tica le caían unas lágrimas como bombillas eléctricas, y no creo que fuera porque le debe plata a la modista, ¿eh, Tica?

He querido saber algo más de la sesión, pero a Johnny le basta ese desborde de orgullo. Casi en seguida se ha puesto a hablar con Marcel del programa de esta noche y de lo bien que les caen a los dos los flamantes trajes grises con que van a presentarse en el teatro. Johnny está realmente muy bien y se ve que lleva días sin fumar demasiado; debe de tener exactamente la dosis que le hace falta para tocar con gusto. Y justamente cuando lo estoy pensando, Johnny me planta la mano en el hombro y se inclina para decirme:

—Dédée me ha contado que la otra tarde estuve muy mal contigo.

—Bah, ni te acuerdes.

—Pero si me acuerdo muy bien. Y si quieres mi opinión, en realidad estuve formidable. Deberías sentirte contento de que me haya portado así contigo; no lo hago con nadie, créeme. Es una muestra de cómo te aprecio. Tenemos que ir juntos a algún sitio para hablar de un montón de cosas. Aquí... —Saca el labio inferior, desdeñoso, y se ríe, se encoge de hombros, parece estar bailando en el sofá—. Viejo Bruno. Dice Dédée que me porté muy mal, de veras.

—Tenías gripe. ¿Estás mejor?

—No era gripe. Vino el médico, y en seguida empezó a decirme que el jazz le gusta enormemente, y que una noche tengo que ir a su casa para escuchar discos. Dédée me contó que le habías dado dinero.

—Para que salieran del paso hasta que cobres. ¿Qué tal lo de esta noche?

—Bueno, tengo ganas de tocar y tocaría ahora mismo si tuviera el saxo, pero Dédée se emperró en llevarlo ella misma al teatro. Es un saxo formidable, ayer me parecía que estaba haciendo el amor cuando lo tocaba. Vieras la cara de Tica cuando acabé. ¿Estabas celosa, Tica?

Y se han vuelto a reír a gritos, y Johnny ha considerado conveniente correr por el estudio dando grandes saltos de contento, y entre él y Art han bailado sin música, levantando y bajando las cejas para marcar el compás. Es imposible impacientarse con Johnny o con Art; sería como enojarse con el viento porque nos despeina. En voz baja, Tica, Marcel y yo hemos cambiado impresiones sobre la presentación de la noche. Marcel está seguro de que Johnny va a repetir su formidable éxito de 1951, cuando vino por primera vez a París. Después de lo de ayer está seguro de que todo va a salir bien. Quisiera sentirme tan tranquilo como él, pero de todas maneras no podré hacer más que sentarme en las primeras filas y escuchar el concierto. Por lo menos tengo la tranquilidad de que Johnny no está drogado como la noche de Baltimore. Cuando le he dicho esto a Tica, me ha apretado la mano como si estuviera por caer al agua. Art y Johnny se han ido hasta el piano, y Art le está mostrando un nuevo tema a Johnny que mueve la cabeza y canturrea. Los dos están elegantísimos con sus trajes grises, aunque a Johnny lo perjudica la grasa que ha juntado en estos tiempos.

Con Tica hemos hablado de la noche de Baltimore, cuando Johnny tuvo la primera gran crisis violenta. Mientras hablábamos he mirado a Tica en los ojos, porque quería estar seguro de que me comprende, y que no cederá esta vez. Si Johnny llega a beber demasiado coñac o a fumar una nada de droga, el concierto va a ser un fracaso y todo se vendrá al suelo. París no es un casino de provincia y todo el mundo tiene puestos los ojos en Johnny. Y mientras lo pienso no puedo impedirme un mal gusto en la boca, una cólera que no va contra Johnny ni contra las cosas que le ocurren; más bien contra mí y la gente que lo rodea, la marquesa y Marcel, por ejemplo. En el fondo somos una banda de egoístas, so pretexto de cuidar a Johnny lo que hacemos es salvar nuestra idea de él, prepararnos a los nuevos placeres que va a darnos Johnny, sacarle brillo a la estatua que hemos erigido entre todos y defenderla cueste lo que cueste. El fracaso de Johnny sería malo para mi libro (de un momento a otro saldrá la traducción al inglés y al italiano), y probablemente de cosas así está hecha una parte de mi cuidado por Johnny. Art y Marcel lo necesitan para ganarse el pan, y la marquesa, vaya a saber qué ve la marquesa en Johnny aparte de su talento. Todo esto no tiene nada que hacer con el otro Johnny, y de repente me he dado cuenta de que quizá Johnny quería decirme eso cuando se arrancó la frazada y se mostró desnudo como un gusano, Johnny sin saxo, Johnny sin dinero y sin ropa, Johnny obsesionado por algo que su pobre inteligencia no alcanza a entender pero que flota lentamente en su música, acaricia su piel, lo prepara quizá para un salto imprevisible que nosotros no comprenderemos nunca.

Y cuando se piensan cosas así acaba uno por sentir de

veras mal gusto en la boca, y toda la sinceridad del mundo no paga el momentáneo descubrimiento de que uno es una pobre porquería al lado de un tipo como Johnny Carter, que ahora ha venido a beberse su coñac al sofá y me mira con aire divertido. Ya es hora de que nos vayamos todos a la sala Pleyel. Que la música salve por lo menos el resto de la noche, y cumpla a fondo una de sus peores misiones, la de ponernos un buen biombo delante del espejo, borrarnos del mapa durante un par de horas.

Como es natural mañana escribiré para *Jazz Hot* una crónica del concierto de esta noche. Pero aquí, con esta taquigrafía garabateada sobre una rodilla en los intervalos, no siento el menor deseo de hablar como crítico, es decir de sancionar comparativamente. Sé muy bien que para mí Johnny ha dejado de ser un jazzman y que su genio musical es como una fachada, algo que todo el mundo puede llegar a comprender y a admirar pero que encubre otra cosa, y esa otra cosa es lo único que debería importarme, quizá porque es lo único que verdaderamente le importa a Johnny.

Es fácil decirlo, mientras soy todavía la música de Johnny. Cuando se enfría… ¿Por qué no podré hacer como él, por qué no podré tirarme de cabeza contra la pared? Antepongo minuciosamente las palabras a la realidad que pretenden describirme, me escudo en consideraciones y sospechas que no son más que una estúpida dialéctica. Me parece comprender por qué la plegaria reclama instintivamente el caer de rodillas. El cambio de posición es el símbolo de un cambio en la voz, en lo que la voz va a articular, en lo articulado mismo. Cuando llego al punto de atisbar ese cambio, las cosas que hasta un segundo antes me habían parecido arbitrarias se llenan de sentido profundo, se simplifican extraordinariamente y al mismo tiempo se ahondan. Ni Marcel ni Art se han dado cuenta ayer de que Johnny no estaba loco cuando se sacó los zapatos en la sala de grabación. Johnny necesitaba en ese instante tocar el suelo con su piel, atarse a la tierra de la que su música era una confirmación y no una fuga. Porque también siento esto en Johnny, y es que no huye de nada, no se droga para huir como la mayoría de los viciosos, no toca el saxo para agazaparse detrás de un foso de música, no se pasa semanas encerrado en las clínicas psiquiátricas para sentirse al abrigo de las presiones que es incapaz de soportar. Hasta su estilo, lo más auténtico en él, ese estilo que merece nombres absurdos sin necesitar de ninguno, prueba que el arte de Johnny no es una sustitución ni una completación. Johnny ha abandonado el lenguaje *hot* más o menos corriente hasta hace diez años, porque ese lenguaje violentamente erótico era demasiado pasivo para él. En su caso el deseo se antepone al placer y lo frustra, porque el deseo le exige avanzar, buscar, negando por adelantado los encuentros fáciles del jazz tradicional. Por eso, creo, a Johnny no le gustan gran cosa los *blues*, donde el masoquismo y las nostalgias... Pero de todo esto ya he hablado en mi libro, mostrando cómo la renuncia a la satisfacción inmediata indujo a Johnny a elaborar un lenguaje que él y otros músicos están llevando hoy a sus últimas posibilidades. Este jazz desecha todo erotismo fácil, todo wagnerianismo por decirlo así, para situarse en un plano aparentemente desasido donde la música queda en absoluta libertad, así como la pintura sustraída a lo representativo queda en libertad para no ser más que pintura. Pero entonces, dueño de una música que no facilita los orgasmos ni las nostalgias, de una música que me gustaría poder llamar metafísica, Johnny parece contar con ella para explorarse, para morder en la realidad que se le escapa todos los días. Veo ahí la alta paradoja de su estilo, su agresiva eficacia. Incapaz de satisfacerse, vale como un acicate continuo, una construcción infinita cuyo placer no está en el remate sino en la reiteración exploradora, en el empleo de facultades que dejan atrás lo prontamente humano sin perder humanidad. Y cuando Johnny se pierde como esta noche en la creación continua de su música, sé muy bien que no está escapando de nada. Ir a un encuentro no puede ser nunca escapar, aunque releguemos cada vez el lugar de la cita; y en cuanto a lo que pueda quedarse atrás, Johnny lo ignora o lo desprecia soberanamente. La marquesa, por ejemplo, cree que Johnny teme la miseria, sin darse cuenta de que lo único que Johnny puede temer es no encontrarse una chuleta al alcance del cuchillo cuando se le da la gana de comerla, o una cama cuando tiene sueño, o cien dólares en la cartera cuando le parece normal ser dueño de cien dólares. Johnny no se mueve en un mundo de abstracciones como nosotros; por eso su música, esa admirable música que he escuchado esta noche, no tiene nada de abstracta. Pero sólo él puede hacer el recuento de lo que ha cosechado mientras tocaba, y probablemente ya estará en otra cosa, perdiéndose en una nueva conjetura o en una nueva sospecha. Sus conquistas son como un sueño, las olvida al despertar cuando los aplausos lo traen de vuelta, a él que anda tan lejos viviendo su cuarto de hora de minuto y medio.

Sería como vivir sujeto a un pararrayos en plena tormenta y creer que no va a pasar nada. A los cuatro o cinco días me he encontrado con Art Boucaya en el *Dupont* del barrio latino, y le ha faltado tiempo para poner los ojos en blanco y anunciarme las malas noticias. En el primer momento he sentido una especie de satisfacción que no me queda más remedio que calificar de maligna, porque bien sabía yo que la calma no podía durar mucho; pero después he pensado en las consecuencias y mi cariño por Johnny se ha puesto a retorcerme el estómago; entonces me he bebido dos coñacs mientras Art me describía lo ocurrido. En resumen parece ser que esa tarde Delaunay había preparado una sesión de grabación para presentar un nuevo quinteto con Johnny a la cabeza, Art, Marcel Gavoty y dos chicos muy buenos de París en el piano y la batería. La cosa tenía que empezar a las tres de la tarde y contaban con todo el día y parte de la noche para entrar en calor y grabar unas cuantas cosas. Y qué pasa. Pasa que Johnny empieza por llegar a las cinco, cuando Delaunay estaba que hervía de impaciencia, y después de tirarse en una silla dice que no se siente bien y que ha venido solamente para no estropearles el día a los muchachos, pero que no tiene ninguna gana de tocar.

—Entre Marcel y yo tratamos de convencerlo de que

descansara un rato, pero no hacía más que hablar de no sé qué campos con urnas que había encontrado, y dale con las urnas durante media hora. Al final empezó a sacar montones de hojas que había juntado en algún parque y guardado en los bolsillos. Resultado, que el piso del estudio parecía el jardín botánico, los empleados andaban de un lado a otro con cara de perros, y a todo esto sin grabar nada; fíjate que el ingeniero llevaba tres horas fumando en su cabina, y eso en París ya es mucho para un ingeniero.

»Al final Marcel convenció a Johnny de que lo mejor era probar, se pusieron a tocar los dos y nosotros los seguíamos de a poco, más bien para sacarnos el cansancio de no hacer nada. Hacía rato que me daba cuenta de que Johnny tenía una especie de contracción en el brazo derecho, y cuando empezó a tocar te aseguro que era terrible de ver. La cara gris, sabes, y de cuando en cuando como un escalofrío; yo no veía el momento de que se fuera al suelo. Y en una de esas pega un grito, nos mira a todos uno a uno, muy despacio, y nos pregunta qué estamos esperando para empezar con *Amorous*. Ya sabes, ese tema de Alamo. Bueno, Delaunay le hace una seña al técnico, salimos todos lo mejor posible, y Johnny abre las piernas, se planta como en un bote que cabecea, y se larga a tocar de una manera que te juro no había oído jamás. Esto durante tres minutos, hasta que de golpe suelta un soplido capaz de arruinar la misma armonía celestial, y se va a un rincón dejándonos a todos en plena marcha, que acabáramos lo mejor que nos fuera posible.

»Pero ahora viene lo peor, y es que cuando acabamos, lo primero que dijo Johnny fue que todo había salido como el diablo, y que esa grabación no contaba para nada. Naturalmente, ni Delaunay ni nosotros le hicimos caso, porque a pesar de los defectos el solo de Johnny valía por mil de los que oyes todos los días. Una cosa distinta, que no te puedo explicar... Ya lo escucharás, te imaginas que ni Delaunay ni los técnicos piensan destruir la grabación. Pero Johnny insistía como un loco, amenazando romper los vidrios de la cabina si no le probaban que el disco había sido anulado. Por fin el ingeniero le mostró cualquier cosa y lo convenció, y entonces Johnny propuso que grabáramos *Streptomicyne*, que salió mucho mejor y a la vez mucho peor, quiero decirte que es un disco impecable y redondo, pero ya no tiene esa cosa increíble que Johnny había soplado en *Amorous*.»

Suspirando, Art ha terminado de beber su cerveza y me ha mirado lúgubremente. Le he preguntado qué ha hecho Johnny después de eso, y me ha dicho que después de hartarlos a todos con sus historias sobre las hojas y los campos llenos de urnas, se ha negado a seguir tocando y ha salido a tropezones del estudio. Marcel le ha quitado el saxo para evitar que vuelva a perderlo o pisotearlo, y entre él y uno de los chicos franceses lo han llevado al hotel.

¿Qué otra cosa puedo hacer sino ir en seguida a verlo? Pero de todos modos lo he dejado para mañana. Y a la mañana siguiente me he encontrado a Johnny en las noticias de policía del *Figaro*, porque durante la noche parece que Johnny ha incendiado la pieza del hotel y ha salido corriendo desnudo por los pasillos. Tanto él como Dédée han resultado ilesos, pero Johnny está en el hospital bajo vigilancia. Le he mostrado la noticia a mi mujer para alentarla en su convalecencia, y he ido en seguida al hospital donde mis credenciales de periodista no me han servido de nada. Lo más que he alcanzado a saber es que Johnny está delirando y que tiene adentro bastante marihuana como para enloquecer a diez personas. La pobre Dédée no ha sido capaz de resistir, de convencerlo de que siguiera sin fumar; todas las mujeres de Johnny acaban siendo sus cómplices, y estoy archiseguro de que la droga se la ha facilitado la marquesa.

En fin, la cuestión es que he ido inmediatamente a casa de Delaunay para pedirle que me haga escuchar *Amorous* lo antes posible. Vaya a saber si *Amorous* no resulta el testamento del pobre Johnny; y en ese caso, mi deber profesional...

Pero no, todavía no. A los cinco días me ha telefoneado Dédée diciéndome que Johnny está mucho mejor y que quiere verme. He preferido no hacerle reproches, primero porque supongo que voy a perder el tiempo, y segundo porque la voz de la pobre Dédée parece salir de una tetera rajada. He prometido ir en seguida, y le he dicho que tal vez cuando Johnny esté mejor se pueda organizar una gira por las ciudades del interior. He colgado el tubo cuando Dédée empezaba a llorar.

Johnny está sentado en la cama, en una sala donde hay otros dos enfermos que por suerte duermen. Antes de que pueda decirle nada me ha atrapado la cabeza con sus dos manazas, y me ha besado muchas veces en la frente y las mejillas. Está terriblemente demacrado, aunque me ha dicho que le dan mucho de comer y que tiene apetito. Por el momento lo que más le preocupa es saber si los muchachos hablan mal de él, si su crisis ha dañado a alguien, y cosas así. Es casi inútil que le responda, pues sabe muy bien que los conciertos han sido anulados y que eso perjudica a Art, a Marcel y al resto; pero me lo pregunta como si creyera que entre tanto ha ocurrido algo de bueno, algo que componga las cosas. Y al mismo tiempo no me engaña, porque en el fondo de todo eso está su soberana indiferencia; a Johnny se le importa un bledo que todo se haya ido al diablo, y lo conozco demasiado como para no darme cuenta.

—Qué quieres que te diga, Johnny. Las cosas podrían haber salido mejor, pero tú tienes el talento de echarlo todo a perder.

—Sí, no lo puedo negar —ha dicho cansadamente Johnny—. Y todo por culpa de las urnas.

Me he acordado de las palabras de Art, me he quedado mirándolo.

—Campos llenos de urnas, Bruno. Montones de urnas invisibles, enterradas en un campo inmenso. Yo andaba por ahí y de cuando en cuando tropezaba con algo. Tú dirás que lo he soñado, eh. Era así, fíjate: de cuando en cuando tropezaba con una urna, hasta darme cuenta de que todo el campo estaba lleno de urnas, que había miles y miles, y que dentro de cada urna estaban las cenizas de un muerto. Entonces me acuerdo que me agaché y me puse a cavar con las uñas hasta que una de las urnas quedó a la vista. Sí, me acuerdo. Me acuerdo que pensé: «Ésta va a estar vacía porque es la que me toca a mí.» Pero no, estaba llena de un polvo gris como sé muy bien que estaban las otras aunque no las había visto. Entonces... entonces fue cuando empezamos a grabar *Amorous*, me parece.

Discretamente he echado una ojeada al cuadro de temperatura. Bastante normal, quién lo diría. Un médico joven se ha asomado a la puerta, saludándome con una inclinación de cabeza, y ha hecho un gesto de aliento a Johnny, un gesto casi deportivo, muy de buen muchacho. Pero Johnny no le ha contestado, y cuando el médico se ha ido sin pasar de la puerta, he visto que Johnny tenía los puños cerrados.

—Eso es lo que no entenderán nunca —me ha dicho—. Son como un mono con un plumero, como las chicas del conservatorio de Kansas City que creían tocar Chopin, nada menos. Bruno, en Camarillo me habían puesto en una pieza con otros tres, y por la mañana entraba un interno lavadito y rosadito que daba gusto. Parecía hijo del Kleenex y del Tampax, créeme. Una especie de inmenso idiota que se me sentaba al lado y me daba ánimos, a mí que quería morirme, que ya no pensaba en Lan ni en nadie. Y lo peor era que el tipo se ofendía porque no le prestaba atención. Parecía esperar que me sentara en la cama, maravillado de su cara blanca y su pelo bien peinado y sus uñas cuidadas, y que me mejorara como esos que llegan a Lourdes y tiran la muleta y salen a los saltos...

»Bruno, ese tipo y todos los otros tipos de Camarillo estaban convencidos. ¿De qué, quieres saber? No sé, te juro, pero estaban convencidos. De lo que eran, supongo, de lo que valían, de su diploma. No, no es eso. Algunos eran modestos y no se creían infalibles. Pero hasta el más modesto se sentía seguro. Eso era lo que me crispaba, Bruno, *que se sintieran seguros*. Seguros de qué, díme un poco, cuando yo, un pobre diablo con más pestes que el demonio debajo de la piel, tenía bastante conciencia para sentir que todo era como una jalea, que todo temblaba alrededor, que no había más que fijarse un poco, sentirse un poco, callarse un poco, para descubrir los agujeros. En la puerta, en la cama: agujeros. En la mano, en el diario, en el tiempo, en el aire: todo lleno de agujeros, todo esponja, todo como un colador colándose a sí mismo... Pero ellos eran la ciencia americana, ¿comprendes, Bruno? El guardapolvo los protegía de los agujeros; no veían nada, aceptaban lo ya visto por otros, se imaginaban que estaban viendo. Y naturalmente no podían ver los agujeros, y estaban muy seguros de sí mismos, convencidísimos de sus recetas, sus jeringas, su maldito psicoanálisis, sus no fume y sus no beba... Ah, el día en que pude mandarme mudar, subirme al tren, mirar por la ventanilla cómo todo se iba para atrás, se hacía pedazos, no sé si has visto cómo el paisaje se va rompiendo cuando lo miras alejarse...

Fumamos Gauloises. A Johnny le han dado permiso para beber un poco de coñac y fumar ocho o diez cigarrillos. Pero se ve que es su cuerpo el que fuma, que él está en otra cosa casi como si se negara a salir del pozo. Me pregunto qué ha visto, qué ha sentido estos últimos días. No quiero excitarlo, pero si se pusiera a hablar por su cuenta... Fumamos, callados, y a veces Johnny estira el brazo y pasa los dedos por mi cara, como para identificarme. Después juega con su reloj pulsera, lo mira con cariño.

—Lo que pasa es que se creen sabios —dice de golpe—. Se creen sabios porque han juntado un montón de libros y se los han comido. Me da risa, porque en realidad son buenos muchachos y viven convencidos de que lo que estudian y lo que hacen son cosas muy difíciles y profundas. En el circo es igual, Bruno, y entre nosotros es igual. La gente se figura que algunas cosas son el colmo de la dificultad, y por eso aplauden a los trapecistas, o a mí. Yo no sé qué se imaginan, que uno se está haciendo pedazos para tocar bien, o que el trapecista se rompe los tendones cada vez que da un salto. En realidad las cosas verdaderamente difíciles son otras tan distintas, todo lo que la gente cree poder hacer a cada momento. Mirar, por ejemplo, o comprender a un perro o a un gato. Esas son las dificultades, las grandes dificultades. Anoche se me ocurrió mirarme en este espejito, y te aseguro que era tan terriblemente difícil que casi me tiro de la cama. Imagínate que te estás viendo a ti mismo; eso tan sólo basta para quedarse frío durante media hora. Realmente ese tipo no soy yo, en el primer momento he sentido claramente que no era yo. Lo agarré de sorpresa, de refilón, y supe que no era yo. Eso lo sentía, y cuando algo se siente... Pero es como en Palm Beach, sobre una ola te cae la segunda, y después otra... Apenas has sentido ya viene lo otro, vienen las palabras... No, no son las palabras, son lo que está en las palabras, esa especie de cola de pegar, esa baba. Y la baba viene y te tapa, y te convence de que el del espejo eres tú. Claro, pero cómo no darse cuenta. Pero si soy yo, con mi pelo, esta cicatriz. Y la gente no se da cuenta de que lo único que aceptan es la baba, y por eso les parece tan fácil mirarse al espejo. O cortar un pedazo de pan con un cuchillo. ¿Tú has cortado un pedazo de pan con un cuchillo?

—Me suele ocurrir —he dicho, divertido.

—Y te has quedado tan tranquilo. Yo no puedo, Bruno. Una noche tiré todo tan lejos que el cuchillo casi le saca un ojo al japonés de la mesa de al lado. Era en Los Ángeles, se armó un lío tan descomunal... Cuando les expliqué, me llevaron preso. Y eso que me parecía tan sencillo explicarles todo. Esa vez conocí al doctor Christie. Un tipo estupendo, y eso que yo a los médicos...

Ha pasado una mano por el aire, tocándolo por todos lados, dejándolo como marcado por su paso. Sonríe. Tengo la sensación de que está solo, completamente solo. Me siento como hueco a su lado. Si a Johnny se le ocurriera pasar su mano a través de mí me cortaría como manteca, como humo. A lo mejor es por eso que a veces me roza la cara con los dedos, cautelosamente.

—Tienes el pan ahí, sobre el mantel —dice Johnny mirando el aire—. Es una cosa sólida, no se puede negar, con un color bellísimo, un perfume. Algo que no soy yo, algo distinto, fuera de mí. Pero si lo toco, si estiro los dedos y lo agarro, entonces hay algo que cambia, ¿no te parece? El pan está fuera de mí, pero lo toco con los dedos, lo siento, siento que eso es el mundo, pero si yo puedo tocarlo y sentirlo, entonces no se puede decir realmente que sea otra cosa, o ¿tú crees que se puede decir?

—Querido, hace miles de años que un montón de barbudos se vienen rompiendo la cabeza para resolver el problema.

—En el pan es de día —murmura Johnny, tapándose la cara—. Y yo me atrevo a tocarlo, a cortarlo en dos, a metérmelo en la boca. No pasa nada, ya sé: eso es lo terrible. ¿Te das cuenta de que es terrible que no pase nada? Cortas el pan, le clavas el cuchillo, y todo sigue como antes. Yo no comprendo, Bruno.

Me ha empezado a inquietar la cara de Johnny, su excitación. Cada vez resulta más difícil hacerlo hablar de jazz, de sus recuerdos, de sus planes, traerlo a la realidad. (A la realidad; apenas lo escribo me da asco. Johnny tiene razón, la realidad no puede ser esto, no es posible que ser crítico de jazz sea la realidad, porque entonces hay alguien que nos está tomando el pelo. Pero al mismo tiempo a Johnny no se le puede seguir así la corriente porque vamos a acabar todos locos.)

Ahora se ha quedado dormido, o por lo menos ha cerrado los ojos y se hace el dormido. Otra vez me doy cuenta de lo difícil que resulta saber qué es lo que está haciendo, qué *es* Johnny. Si duerme, si se hace el dormido, si cree dormir. Uno está mucho más fuera de Johnny que de cualquier otro amigo. Nadie puede ser más vulgar, más común, más atado a las circunstancias de una pobre vida; accesible por todos lados, aparentemente. No es ninguna excepción, aparentemente. Cualquiera puede ser como Johnny, siempre que acepte ser un pobre diablo enfermo y vicioso y sin voluntad y lleno de poesía y de talento. Aparentemente. Yo que me he pasado la vida admirando a los genios, a los Picasso, a los Einstein, a toda la santa lista que cualquiera puede fabricar en un minuto (y Gandhi, y Chaplin, y Stravinsky), estoy dispuesto como cualquiera a admitir que esos fenómenos andan por las nubes, y que con ellos no hay que extrañarse de nada. Son diferentes, no hay vuelta que darle. En cambio la diferencia de Johnny es secreta, irritante por lo misteriosa, porque no tiene ninguna explicación. Johnny no es un genio, no ha descubierto nada, hace jazz como varios miles de negros y de blancos, y aunque lo hace mejor que todos ellos, hay que reconocer que eso depende un poco de los gustos del público, de las modas, del tiempo, en suma. Panassié, por ejemplo, encuentra que Johnny es francamente malo, y aunque nosotros creemos que el francamente malo es Panassié, de todas maneras hay materia abierta a la polémica. Todo esto prueba que Johnny no es nada del otro mundo, pero apenas lo pienso me pregunto si precisamente no hay en Johnny algo del otro mundo (que él es el primero en desconocer). Probablemente se reiría mucho si se lo dijeran. Yo sé bastante bien lo que piensa, lo que vive de estas cosas. Digo: lo que vive de estas cosas, porque Johnny... Pero no voy a eso, lo que quería explicarme a mí mismo es que la distancia que va de Johnny a nosotros no tiene explicación, no se funda en diferencias explicables. Y me parece que él es el primero en pagar las consecuencias de eso, que lo afecta tanto como a nosotros. Dan ganas de decir en seguida que Johnny es como un ángel entre los hombres, hasta que una elemental honradez obliga a tragarse la frase, a darla bonitamente vuelta, y a reconocer que quizá lo que pasa es que Johnny es un hombre entre los ángeles, una realidad entre las irrealidades que somos todos nosotros. Y a lo mejor es por eso que Johnny me toca la cara con los dedos y me hace sentir tan infeliz, tan transparente, tan poca cosa con mi buena salud, mi casa, mi mujer, mi prestigio. Mi prestigio, sobre todo. Sobre todo mi prestigio.

Pero es lo de siempre, he salido del hospital y apenas he calzado en la calle, en la hora, en todo lo que tengo que hacer, la tortilla ha girado blandamente en el aire y se ha dado vuelta. Pobre Johnny, tan fuera de la realidad. (Es así, es así. Me es más fácil creer que es así, ahora que estoy en un café y a dos horas de mi visita al hospital, que todo lo que escribí más arriba forzándome como un condenado a ser por lo menos un poco decente conmigo mismo.)

Por suerte lo del incendio se ha arreglado O. K., pues como cabía suponer la marquesa ha hecho de las suyas para que lo del incendio se arreglara O.K. Dédée y Art Boucaya han venido a buscarme al diario, y los tres nos hemos ido a *Vix* para escuchar la ya famosa —aunque todavía secreta— grabación de *Amorous*. En el taxi Dédée me ha contado sin muchas ganas cómo la marquesa lo ha sacado a Johnny del lío del incendio, que por lo demás no había pasado de un colchón chamuscado y un susto terrible de todos los argelinos que viven en el hotel de la rue Lagrange. Multa (ya pagada), otro hotel (ya conseguido por Tica), y Johnny está convaleciente en una cama grandísima y muy linda, toma leche a baldes y lee el *Paris Match* y el *New Yorker*, mezclando a veces su famoso (y roñoso) librito de bolsillo con poemas de Dylan Thomas y anotaciones a lápiz por todas partes.

Con estas noticias y un coñac en el café de la esquina, nos hemos instalado en la sala de audiciones para escuchar *Amorous* y *Streptomicyne*. Art ha pedido que apagaran las luces y se ha acostado en el suelo para escuchar mejor. Y entonces ha entrado Johnny y nos ha pasado su música por la cara, ha entrado ahí aunque esté en su hotel y metido en la cama, y nos ha barrido con su música durante un cuarto de hora. Comprendo que le enfurezca la idea de que vayan a publicar *Amorous*, porque cualquiera se da cuenta de las fallas, del soplido perfectamente perceptible que acompaña algunos finales de frase, y sobre todo la salvaje caída final, esa nota sorda y breve que me ha parecido un corazón que se rompe, un cuchillo entrando en un pan (y él hablaba del pan hace unos días). Pero en cambio a Johnny se le escaparía lo que para nosotros es terriblemente hermoso, la ansiedad que busca salida en esa improvisación llena de huidas en todas direcciones, de interrogación, de manoteo desesperado. Johnny no puede comprender (porque lo que para él es fracaso a nosotros nos parece un camino, por lo menos la señal de un camino) que *Amorous* va a quedar como uno de los momentos más grandes del jazz. El artista que hay en él va a ponerse frenético de rabia cada vez que oiga ese remedo de su deseo, de todo lo que quiso decir mientras luchaba, tambaleándose, escapándosele la saliva de la boca junto con la música, más que nunca solo frente a lo que persigue, a lo que se le huye mientras más lo persigue. Es curioso, ha sido necesario escuchar esto, aunque ya todo convergía a esto, a *Amorous*, para que yo me diera cuenta de que Johnny no es una víctima, no es un perseguido como lo cree todo el mundo, como yo mismo lo he dado a entender en mi biografía (por cierto que la edición en inglés acaba de aparecer y se vende como la coca-cola). Ahora sé que no es así, que Johnny persigue en vez de ser perseguido, que todo lo que le está ocurriendo en la vida son azares del cazador y no del animal acosado. Nadie puede saber qué es lo que persigue Johnny, pero es así, está ahí, en *Amorous*, en la marihuana, en sus absurdos discursos sobre tanta cosa, en las recaídas, en el librito de Dylan Thomas, en todo lo pobre diablo que es Johnny y que lo agranda y lo convierte en un absurdo viviente, en un cazador sin brazos y sin piernas, en una liebre que corre tras de un tigre que duerme. Y me veo precisado a decir que en el fondo *Amorous* me ha dado ganas de vomitar, como si eso pudiera librarme de él, de todo lo que en él corre contra mí y contra todos, esa masa negra informe sin manos y sin pies, ese chimpancé enloquecido que me pasa los dedos por la cara y me sonríe enternecido.

Art y Dédée no ven (me parece que no quieren ver) más que la belleza formal de *Amorous*. Incluso a Dédée le gusta más *Streptomicyne*, donde Johnny improvisa con su soltura corriente, lo que el público entiende por perfección y a mí me parece que en Johnny es más bien distracción, dejar correr la música, estar en otro lado. Ya en la calle le he preguntado a Dédée cuáles son sus planes, y me ha dicho que apenas Johnny pueda salir del hotel (la policía se lo impide por el momento) una nueva marca de discos le hará grabar todo lo que él quiera y le pagará muy bien. Art sostiene que Johnny está lleno de ideas estupendas, y que él y Marcel Gavoty van a «trabajar» las novedades junto con Johnny, aunque después de las últimas semanas se ve que Art no las tiene todas consigo, y yo sé por mi parte que anda en conversaciones con un agente para volverse a Nueva York lo antes posible. Cosa que comprendo de sobra, pobre muchacho.

—Tica se está portando muy bien —ha dicho rencorosamente Dédée—. Claro, para ella es tan fácil. Siempre llega a último momento, y no tiene más que abrir el bolso y arreglarlo todo. Yo, en cambio...

Art y yo nos hemos mirado. ¿Qué le podríamos decir? Las mujeres se pasan la vida dando vueltas alrededor de Johnny y de los que son como Johnny. No es extraño, no es necesario ser mujer para sentirse atraído por Johnny. Lo difícil es girar en torno a él sin perder la distancia, como un buen satélite, un buen crítico. Art no estaba entonces en Baltimore, pero me acuerdo de los tiempos en que conocí a Johnny, cuando vivía con Lan y los niños. Daba lástima ver a Lan. Pero después de tratar un tiempo a Johnny, de aceptar poco a poco el imperio de su música, de sus terrores diurnos, de sus explicaciones inconcebibles sobre cosas que jamás habían ocurrido, de sus repentinos accesos de ternura, entonces uno comprendía por qué Lan tenía esa cara y cómo era imposible que tuviese otra cara y viviera a la vez con Johnny. Tica es otra cosa, se le escapa por la vía de la promiscuidad, de la gran vida, y además tiene el dólar sujeto por la cola y eso es más eficaz que una ametralladora, por lo menos es lo que dice Art Boucaya cuando anda resentido con Tica o le duele la cabeza.

—Venga lo antes posible —me ha pedido Dédée—. A él le gusta hablar con usted.

Me hubiera gustado sermonearla por lo del incendio (por la causa del incendio, de la que es seguramente cómplice) pero sería tan inútil como decirle al mismo Johnny que tiene que convertirse en un ciudadano útil. Por el momento todo va bien, y es curioso (es inquietante) que apenas las cosas andan bien por el lado de Johnny yo me siento inmensamente contento. No soy tan inocente como para creer en una simple reacción amistosa. Es más bien como un aplazamiento, un respiro. No necesito buscarle explicaciones cuando lo siento tan claramente como puedo sentir la nariz pegada a la cara. Me da rabia ser el único que siente esto, que lo padece todo el tiempo. Me da rabia que Art Boucaya, Tica o Dédée no se den cuenta de que cada vez que Johnny sufre, va a la cárcel, quiere matarse, incendia un colchón o corre desnudo por los pasillos de un hotel, está pagando algo por ellos, está muriéndose por ellos. Sin saberlo, y no como los que pronuncian grandes discursos en el patíbulo o escriben libros para denunciar los males de la humanidad o tocan el piano con el aire de quien está lavando los pecados del mundo. Sin saberlo, pobre saxofonista, con todo lo que esta palabra tiene de ridículo, de poca cosa, de uno más entre tantos pobres saxofonistas.

Lo malo es que si sigo así voy a acabar escribiendo más sobre mí mismo que sobre Johnny. Empiezo a parecerme a un evangelista y no me hace ninguna gracia. Mientras volvía a casa he pensado con el cinismo necesario para recobrar la confianza, que en mi libro sobre Johnny sólo menciono de paso, discretamente, el lado patológico de su persona. No me ha parecido necesario explicarle a la gente que Johnny cree pasearse por campos llenos de urnas, o que las pinturas se mueven cuando él las mira; fantasmas de la marihuana, al fin y al cabo, que se acaban con la cura de desintoxicación. Pero se diría que Johnny me deja en prenda esos fantasmas, me los pone como otros tantos pañuelos en el bolsillo hasta que llega la hora de recobrarlos. Y creo que soy el único que los aguanta, los convive y los teme; y nadie lo sabe, ni siquiera Johnny. Uno no puede confesarle cosas así a Johnny, como las confesaría a un hombre realmente grande, al maestro ante quien nos humillamos a cambio de un consejo. ¿Qué mundo es éste que me toca cargar como un fardo? ¿Qué clase de evangelista soy? En Johnny no hay la menor grandeza, lo he sabido desde que lo conocí, desde que empecé a admirarlo. Ya hace rato que esto no me sorprende, aunque al principio me resultara desconcertante esa falta de grandeza, quizá porque es una dimensión que uno no está dispuesto a aplicar al primero que llega, y sobre todo a los jazzmen. No sé por qué (no *sé* por qué) creí en un momento que en Johnny había una grandeza que él desmiente de día en día (o que nosotros desmentimos, y en realidad no es lo mismo; porque, seamos honrados, en Johnny hay como el fantasma de otro Johnny que pudo ser, y ese otro Johnny está lleno de grandeza; al fantasma se le nota como la falta de esa dimensión que sin embargo negativamente evoca y contiene).

Esto lo digo porque las tentativas que ha hecho Johnny para cambiar de vida, desde su aborto de suicidio hasta la marihuana, son las que cabía esperar de alguien tan sin grandeza como él. Creo que lo admiro todavía más por eso, porque es realmente el chimpancé que quiere aprender a leer, un pobre tipo que se da con la cara contra las paredes, y no se convence, y vuelve a empezar.

Ah, pero si un día el chimpancé se pone a leer, qué quiebra en masa, qué desparramo, qué sálvese el que pueda, yo el primero. Es terrible que un hombre sin grandeza alguna se tire de esa manera contra la pared. Nos denuncia a todos con el choque de sus huesos, nos hace trizas con la primera frase de su música. (Los mártires, los héroes, de acuerdo: uno está seguro con ellos. ¡Pero Johnny!)

Secuencias. No sé decirlo mejor, es como una noción de que bruscamente se arman secuencias terribles o idiotas en la vida de un hombre, sin que se sepa qué ley fuera de las leyes clasificadas decide que a cierta llamada telefónica va a seguir inmediatamente la llegada de nuestra hermana que vive en Auvernia, o se va a ir la leche al fuego, o vamos a ver desde el balcón a un chico debajo de un auto. Como en los equipos de fútbol y en las comisiones directivas, parecería que el destino nombra siempre algunos suplentes por si le fallan los titulares. Y así es que esta mañana, cuando todavía me duraba el contento por saberlo mejorado y contento a Johnny Carter, me telefonean de urgencia al diario, y la que telefonea es Tica, y la noticia es que en Chicago acaba de morirse Bee, la hija menor de Lan y de Johnny, y que naturalmente Johnny está como loco y sería bueno que yo fuera a darles una mano a los amigos.

He vuelto a subir una escalera de hotel —y van ya tantas en mi amistad con Johnny— para encontrarme con Tica tomando té, con Dédée mojando una toalla, con Art, Delaunay y Pepe Ramírez que hablan en voz baja de las últimas noticias de Lester Young, y con Johnny muy quieto en la cama, una toalla en la frente y un aire perfectamente tranquilo y casi desdeñoso. Inmediatamente

me he puesto en el bolsillo la cara de circunstancias, li-
mitándome a apretarle fuerte la mano a Johnny, encender un cigarrillo y esperar.

—Bruno, me duele aquí —ha dicho Johnny al cabo de
un rato, tocándose el sitio convencional del corazón—.
Bruno, ella era como una piedrecita blanca en mi mano.
Y yo no soy nada más que un pobre caballo amarillo, y
nadie, nadie, limpiará las lágrimas de mis ojos.

Todo esto dicho solemnemente, casi recitando, y Tica
mirando a Art, y los dos haciéndose señas de indulgencia,
aprovechando que Johnny tiene la cara tapada con la toalla mojada y no puede verlos. Personalmente me repug-
nan las frases baratas, pero todo esto que ha dicho Johnny, aparte de que me parece haberlo leído en algún sitio,
me ha sonado como una máscara que se pusiera a hablar,
así de hueco, así de inútil. Dédée ha venido con otra toalla y le ha cambiado el apósito, y en el intervalo he podido vislumbrar el rostro de Johnny y lo he visto de un
gris ceniciento, con la boca torcida y los ojos apretados
hasta arrugarse. Y como siempre con Johnny, las cosas
han ocurrido de otra manera que la que uno esperaba,
y Pepe Ramírez que no lo conoce gran cosa está todavía
bajo los efectos de la sorpresa y yo creo que del escándalo, porque al cabo de un rato Johnny se ha sentado en la
cama y se ha puesto a insultar lentamente, mascando
cada palabra, y soltándola después como un trompo se
ha puesto a insultar a los responsables de la grabación
de *Amorous*, sin mirar a nadie pero clavándonos a todos
como bichos en un cartón nada más que con la increíble
obscenidad de sus palabras, y así ha estado dos minutos
insultando a todos los de *Amorous*, empezando por Art
y Delaunay, pasando por mí (aunque yo...) y acabando en
Dédée, en Cristo omnipotente y en la puta que los parió
a todos sin la menor excepción. Y eso ha sido en el fondo, eso y lo de la piedrecita blanca, la oración fúnebre de
Bee, muerta en Chicago de neumonía.

Pasarán quince días vacíos; montones de trabajo, ar-
tículos periodísticos, visitas aquí y allá — un buen resu-

men de la vida de un crtico, ese hombre que sólo puede vivir de prestado, de las novedades y las decisiones ajenas. Hablando de lo cual una noche estaremos Tica, Baby Lennox y yo en el Café de Flore, tarareando muy contentos *Out of nowhere* y comentando un solo de piano de Billy Taylor que a los tres nos parece bueno, y sobre todo a Baby Lennox que además se ha vestido a la moda de Saint Germain-des-Prés y hay que ver cómo le queda. Baby verá aparecer a Johnny con el arrobamiento de sus veinte años, y Johnny la mirará sin verla y seguirá de largo, hasta sentarse solo en otra mesa, completamente borracho o dormido. Sentiré la mano de Tica en la rodilla.

—Lo ves, ha vuelto a fumar anoche. O esta tarde. Esa mujer...

Le he contestado sin ganas que Dédée es tan culpable como cualquier otra, empezando por ella que ha fumado docenas de veces con Johnny y volverá a hacerlo el día que le dé la santa gana. Me vendrá un gran deseo de irme y de estar solo, como siempre que es imposible acercarse a Johnny, estar con él y de su lado. Lo veré hacer dibujos en la mesa con el dedo, quedarse mirando al camarero que le pregunta qué va a beber, y por fin Johnny dibujará en el aire una especie de flecha y la sostendrá con las dos manos como si pesara una barbaridad, y en las otras mesas la gente empezará a divertirse con mucha discreción como corresponde en el Flore. Entonces Tica dirá: «Mierda», se pasará a la mesa de Johnny, y después de dar una orden al camarero se pondrá a hablarle en la oreja a Johnny. Ni qué decir que Baby se apresurará a confiarme sus más caras esperanzas, pero yo le diré vagamente que esa noche hay que dejar tranquilo a Johnny y que las niñas buenas se van temprano a la cama, si es posible en compañía de un crítico de jazz. Baby reirá amablemente, su mano me acariciará el pelo, y después nos quedaremos tranquilos viendo pasar a la muchacha que se cubre la cara con una capa de albayalde y se pinta de verde los ojos y hasta la boca. Baby dirá que no le parece tan mal, y yo le pediré que me cante bajito uno de esos blues que le están dando fama en Londres y en Estocolmo. Y después volveremos a *Out of nowhere*, que esta noche nos persigue interminablemente como un perro que también fuera de albayalde y de ojos verdes.

Pasarán por ahí dos de los chicos del nuevo quinteto de Johnny, y aprovecharé para preguntarles cómo ha andado la cosa esa noche; me enteraré así de que Johnny apenas ha podido tocar, pero que lo que ha tocado valía por todas las ideas juntas de un John Lewis, suponiendo que este último sea capaz de tener alguna idea porque, como ha dicho uno de los chicos, lo único que tiene siempre a mano es las notas para tapar un agujero, que no es lo mismo. Y yo me preguntaré entretanto hasta dónde va a poder resistir Johnny, y sobre todo el público que cree en Johnny. Los chicos no aceptarán una cerveza, Baby y yo nos quedaremos nuevamente solos, y acabaré por ceder a sus preguntas y explicarle a Baby, que realmente merece su apodo, por qué Johnny está enfermo y acabado, por qué los chicos del quinteto están cada día más hartos, por qué la cosa va a estallar en una de ésas como ya ha estallado en San Francisco, en Baltimore y en Nueva York media docena de veces.

Entrarán otros músicos que tocan en el barrio, y algunos irán a la mesa de Johnny y lo saludarán, pero él los mirará como desde lejos, con una cara horriblemente idiota, los ojos húmedos y mansos, la boca incapaz de contener la saliva que le brilla en los labios. Será divertido observar el doble manejo de Tica y de Baby, Tica apelando a su dominio sobre los hombres para alejarlos de Johnny con una rápida explicación y una sonrisa, Baby soplándome en la oreja su admiración por Johnny y lo bueno que sería llevarlo a un sanatorio para que lo desintoxicaran, y todo ello simplemente porque está en celo y quisiera acostarse con Johnny esta misma noche, cosa por lo demás imposible según puede verse, y que me alegra bastante. Como me ocurre desde que la conozco, pensaré en lo bueno que sería poder acariciar los muslos de Baby y estaré a un paso de proponerle que nos vayamos a tomar un trago a otro lugar más tranquilo (ella no querrá y en el fondo yo tampoco, porque esa otra mesa nos tendrá atados e infelices) hasta que de repente, sin nada que anuncie lo que va a suceder, veremos levantarse lentamente a Johnny, mirarnos y reconocernos, venir hacia nosotros —digamos hacia mí, porque Baby no cuenta— y al llegar a la mesa se doblará un poco con toda naturalidad, como quien va a tomar una papa frita del plato, y lo veremos arrodillarse frente a mí, con toda naturalidad se pondrá de rodillas y me mirará en los ojos, y yo veré que está llorando, y sabré sin palabras que Johnny está llorando por la pequeña Bee.

Mi reacción es tan natural, he querido levantar a Johnny, evitar que hiciera el ridículo, y al final el ridículo lo he hecho yo porque nada hay más lamentable que un hombre esforzándose por mover a otro que está muy bien como está, que se siente perfectamente en la posición que le da la gana, de manera que los parroquianos del Flore, que no se alarman por pequeñas cosas, me han mirado poco amablemente, aun sin saber en su mayoría que ese negro arrodillado es Johnny Carter me han mirado como miraría la gente a alguien que se trepara a un altar y tironeara de Cristo para sacarlo de la cruz. El primero en reprochármelo ha sido Johnny, nada más que llorando silenciosamente ha alzado los ojos y me ha mirado, y entre eso y la censura evidente de los parroquianos no me ha quedado más remedio que volver a sentarme frente a Johnny, sintiéndome peor que él, queriendo estar en cualquier parte menos en esa silla y frente a Johnny de rodillas.

El resto no ha sido tan malo, aunque no sé cuántos siglos han pasado sin que nadie se moviera, sin que las lágrimas dejaran de correr por la cara de Johnny, sin que sus ojos estuvieran continuamente fijos en los míos mientras yo trataba de ofrecerle un cigarrillo, de encender otro para mí, de hacerle un gesto de entendimiento a Baby que estaba, me parece, a punto de salir corriendo o de ponerse a llorar por su parte. Como siempre, ha sido Tica la que ha arreglado el lío sentándose con su gran tranquilidad en nuestra mesa, arrimando una silla al lado de Johnny y poniéndole la mano en el hombro, sin forzarlo, hasta que al final Johnny se ha enderezado un poco y ha pasado de ese horror a la conveniente actitud del amigo sentado, nada más que levantando unos centímetros las rodillas y dejando que entre sus nalgas y el suelo (iba a decir y la cruz, realmente esto es contagioso) se interpusiera la aceptadísima comodidad de una silla. La gente se ha cansado de mirar a Johnny, él de llorar, y nosotros de sentirnos como perros. De golpe me he explicado el cariño que algunos pintores les tienen a las sillas, cualquiera de las sillas del Flore me ha parecido de repente un objeto maravilloso, una flor, un perfume, el perfecto instrumento del orden y la honradez de los hombres en su ciudad.

Johnny ha sacado un pañuelo, ha pedido disculpas sin forzar la cosa, y Tica ha hecho traer un café doble y se lo ha dado a beber. Baby ha estado maravillosa, renunciando de golpe a toda su estupidez cuando se trata de Johnny se ha puesto a tararear *Mamie's blues* sin dar la impresión de que lo hacía a propósito, y Johnny la ha mirado y se ha sonreído, y me parece que Tica y yo hemos pensado al mismo tiempo que la imagen de Bee se perdía poco a poco en el fondo de los ojos de Johnny, y que una vez más Johnny aceptaba volver por un rato a nuestro lado, acompañarnos hasta la próxima fuga. Como siempre, apenas ha pasado el momento en que me siento como un perro, mi superioridad frente a Johnny me ha permitido mostrarme indulgente, charlar de todo un poco sin entrar en zonas demasiado personales (hubiera sido horrible ver deslizarse a Johnny de la silla, volver a...), y por suerte Tica y Baby se han portado como ángeles y la gente del Flore se ha ido renovando a lo largo de una hora, por lo cual los parroquianos de la una de la madrugada no han sospechado siquiera lo que acababa de pasar, aunque en realidad no haya pasado gran cosa si se lo piensa bien. Baby se ha ido la primera (es una chica estudiosa, Baby, a las nueve ya estará ensayando con Fred Callender para grabar por la tarde) y Tica ha tomado su tercer vaso de coñac y nos ha ofrecido llevarnos a casa. Entonces Johnny ha dicho que no, que prefería seguir charlando conmigo, y Tica ha encontrado que estaba muy bien y se ha ido, no sin antes pagar las vueltas de todos como corresponde a una marquesa. Y Johnny y yo nos hemos tomado una copita de chartreuse, dado que entre amigos están permitidas estas debilidades, y hemos empezado a caminar por Saint-Germain-des-Prés porque Johnny ha insistido en que le hará bien caminar y yo no soy de los que dejan caer a los camaradas en esas circunstancias.

Por la rue de l'Abbaye vamos bajando hasta la plaza Furstenberg, que a Johnny le recuerda peligrosamente un teatro de juguete que según parece le regaló su padrino cuando tenía ocho años. Trato de llevármelo hacia la rue Jacob por miedo de que los recuerdos lo devuelvan a Bee, pero se diría que Johnny ha cerrado el capítulo por lo que falta de la noche. Anda tranquilo, sin titubear (otras veces lo he visto tambalearse en la calle, y no por estar borracho; algo en los reflejos que no funciona) y el calor de la noche y el silencio de las calles nos hace bien a los dos. Fumamos Gauloises, nos dejamos ir hacia el río, y frente a una de las cajas de latón de los libreros del Quai de Conti un recuerdo cualquiera o un silbido de algún estudiante nos trae a la boca un tema de Vivaldi y los dos nos ponemos a cantarlo con mucho sentimiento y entusiasmo, y Johnny dice que si tuviera su saxo se pasaría la noche tocando Vivaldi, cosa que yo encuentro exagerada.

—En fin, también tocaría un poco de Bach y de Charles Ives —dice Johnny, condescendiente—. No sé por qué a los franceses no les interesa Charles Ives. ¿Conoces sus canciones? La del leopardo, tendrías que conocer la canción del leopardo. *A leopard...*

Y con su flaca voz de tenor se explaya sobre el leopardo, y ni qué decir que muchas de las frases que canta no son en absoluto de Ives, cosa que a Johnny lo tiene sin cuidado mientras esté seguro de que está cantando algo bueno. Al final nos sentamos sobre el pretil, frente a la rue Gît-le-Coeur y fumamos otro cigarrillo porque la noche es magnífica y dentro de un rato el tabaco nos obligará a beber cerveza en un café y esto nos gusta por anticipado a Johnny y a mí. Casi no le presto atención cuando menciona por primera vez mi libro, porque en seguida vuelve a hablar de Charles Ives y de cómo se ha divertido en citar muchas veces temas de Ives en sus discos, sin que nadie se diera cuenta (ni el mismo Ives, supongo), pero al rato me pongo a pensar en lo del libro y trato de traerlo al tema.

—Oh, he leído algunas páginas —dice Johnny—. En lo de Tica hablaban mucho de tu libro pero yo no entendía ni el título. Ayer Art me trajo la edición inglesa y entonces me enteré de algunas cosas. Está muy bien tu libro.

Adopto la actitud natural en esos casos, mezclando un aire de displicente modestia con una cierta dosis de interés, como si su opinión fuera a revelarme —a mí, al autor— la verdad sobre mi libro.

—Es como un espejo —dice Johnny—. Al principio yo creía que leer lo que escriben sobre uno era más o menos como mirarse a uno mismo y no en el espejo. Admiro mucho a los escritores, es increíble las cosas que dicen. Toda esa parte sobre los orígenes del *bebop*...

—Bueno, no hice más que transcribir literalmente lo que me contaste en Baltimore —digo, defendiéndome sin saber de qué.

—Sí, está todo, pero en realidad es como un espejo —se emperra Johnny.

—¿Qué más quieres? Los espejos son fieles.

—Faltan cosas, Bruno —dice Johnny—. Tú estás mucho más enterado que yo, pero me parece que faltan cosas.

—Las que te habrás olvidado de decirme —contesto bastante picado. Este mono salvaje es capaz de... (Habrá que hablar con Delaunay, sería lamentable que una declaración imprudente malograra un sano esfuerzo crítico que... *Por ejemplo el vestido rojo de Lan* —está diciendo Johnny. Y en todo caso aprovechar las novedades de esta noche para incorporarlas a una nueva edición; no estaría mal. *Tenía como un olor a perro* —está diciendo Johnny— *y es lo único que vale en ese disco*. Sí, escuchar atentamente y proceder con rapidez, porque en manos de otras gentes estos posibles desmentidos podrían tener consecuencias lamentables. *Y la urna del medio, la más grande, llena de un polvo casi azul* —está diciendo Johnny— *y tan parecida a una polvera que tenía mi hermana*. Mientras no pase de las alucinaciones, lo peor sería que desmintiera las ideas de fondo, el sistema estético que tantos elogios...—. *Y además el* cool *no es ni por casualidad lo que has escrito* —está diciendo Johnny. Atención.)

—¿Cómo que no es lo que yo he escrito? Johnny, está bien que las cosas cambien, pero no hace seis meses que tú...

—Hace seis meses —dice Johnny, bajándose del pretil y acodándose para descansar la cabeza entre las manos—. *Six months ago*. Ah, Bruno, lo que yo podría tocar ahora mismo si tuviera a los muchachos... Y a propósito: muy ingenioso lo que has escrito sobre el saxo y el sexo, muy bonito el juego de palabras. *Six months ago: Six, sax, sex*. Positivamente precioso, Bruno. Maldito seas, Bruno.

No me voy a poner a decirle que su edad mental no le permite comprender que ese inocente juego de palabras encubre un sistema de ideas bastante profundo (a Leonard Feather le pareció exactísimo cuando se lo expliqué en Nueva York) y que el paraerotismo del jazz evoluciona desde tiempos del *washboard*, etc. Es lo de siempre, de pronto me alegra poder pensar que los críticos son mucho más necesarios de lo que yo mismo estoy dispuesto a reconocer (en privado, en esto que escribo) porque los creadores, desde el inventor de la música hasta Johnny pasando por toda la condenada serie, son incapaces de extraer las consecuencias dialécticas de su obra, postular los fundamentos y la trascendencia de lo que están escribiendo o improvisando. Tendría que recordar esto en los momentos de depresión en que me da lástima no ser nada más que un crítico. —*El nombre de la estrella es Ajenjo* —está diciendo Johnny, y de golpe oigo su otra voz, la voz de cuando está... ¿cómo decir esto, cómo describir a Johnny cuando está de su lado, ya solo otra vez, ya salido? Inquieto, me bajo del pretil, lo miro de cerca. Y el nombre de la estrella es Ajenjo, no hay nada que hacerle.

—El nombre de la estrella es Ajenjo —dice Johnny, hablando para sus dos manos—. Y sus cuerpos serán echados en las plazas de la grande ciudad. Hace seis meses.

Aunque nadie me vea, aunque nadie lo sepa, me encojo de hombros para las estrellas (el nombre de la estrella es Ajenjo). Volvemos a lo de siempre: «Esto lo estoy tocando mañana.» El nombre de la estrella es Ajenjo y sus cuerpos serán echados hace seis meses. En las plazas de la grande ciudad. Salido, lejos. Y yo con sangre en el ojo, simplemente porque no ha querido decirme nada más sobre el libro, y en realidad no he llegado a saber qué piensa del libro que tantos miles de *fans* están leyendo en dos idiomas (muy pronto en tres, y ya se habla de la edición española, parece que en Buenos Aires no solamente se tocan tangos).

—Era un vestido precioso —dije Johnny—. No quieras saber cómo le quedaba a Lan, pero va a ser mejor que te lo explique delante de un whisky, si es que tienes dinero. Dédée me ha dejado apenas trescientos francos.

Ríe burlonamente, mirando el Sena. Como si él no supiera procurarse la bebida y la marihuana. Empieza a explicarme que Dédée es muy buena (y del libro nada) y que lo hace por bondad, pero por suerte está el compañero Bruno (que ha escrito un libro, pero nada) y lo mejor será ir a sentarse a un café del barrio árabe, donde lo dejan a uno tranquilo siempre que se vea que pertenece un poco a la estrella llamada Ajenjo (esto lo pienso yo, estamos entrando por el lado de Saint-Séverin y son las dos de la mañana, hora en que mi mujer suele despertarse y ensayar todo lo que me va a decir junto con el café con leche). Así pasa con Johnny, así nos bebemos un horrible coñac barato, así doblamos la dosis y nos sentimos tan contentos. Pero del libro nada, solamente la polvera en forma de cisne, la estrella, pedazos de cosas que van pasando por pedazos de frases, por pedazos de miradas, por pedazos de sonrisas, por gotas de saliva sobre la mesa, pegadas a los bordes del vaso (del vaso de Johnny). Sí, hay momentos en que quisiera que ya estuviese muerto. Supongo que muchos en mi caso pensarían lo mismo. Pero cómo resignarse a que Johnny se muera llevándose lo que no quiere decirme esta noche, que desde la muerte siga cazando, siga salido (yo ya no sé cómo escribir todo esto) aunque me valga la paz, la cátedra, esa autoridad que dan las tesis incontrovertidas y los entierros bien capitaneados.

De cuando en cuando Johnny interrumpe un largo tamborileo sobre la mesa, me mira, hace un gesto incomprensible y vuelve a tamborilear. El patrón del café nos conoce desde los tiempos en que veníamos con un guitarrista árabe. Hace rato que Ben Aifa quisiera irse a dormir, somos los únicos en el mugriento café que huele a ají y a pasteles con grasa. También yo me caigo de sueño pero la cólera me sostiene, una rabia sorda y que no va contra Johnny, más bien como cuando se ha hecho el amor toda una tarde y se siente la necesidad de una ducha, de que el agua y el jabón se lleven eso que empieza a volverse rancio, a mostrar demasiado claramente lo que al principio... Y Johnny marca un ritmo obstinado sobre la mesa, y a ratos canturrea, casi sin mirarme. Muy bien puede ocurrir que no vuelva a hacer comentarios sobre el libro. Las cosas se lo van llevando de un lado a otro, mañana será una mujer, otro lío cualquiera, un viaje. Lo más prudente sería quitarle disimuladamente la edición en inglés, y para eso hablar con Dédée y pedirle el favor a cambio de tantos otros. Es absurda esta inquietud, esta casi cólera. No cabía esperar ningún entusiasmo de parte de Johnny; en realidad jamás se me había ocurrido pensar que leería el libro. Sé muy bien que el libro no dice la verdad sobre Johnny (tampoco miente), sino que se limita a la música de Johnny. Por discreción, por bondad, no he querido mostrar al desnudo su incurable esquizofrenia, el sórdido trasfondo de la droga, la promiscuidad de esa vida lamentable. Me he impuesto mostrar las líneas esenciales, poniendo el acento en lo que verdaderamente cuenta, el arte incomparable de Johnny. ¿Qué más podía decir? Pero a lo mejor es precisamente ahí donde está él esperándome, como siempre al acecho esperando algo, agazapado para dar uno de esos saltos absurdos de los que salimos todos lastimados. Y es ahí donde acaso está esperándome para desmentir todas las bases estéticas sobre las cuales he fundado la razón última de su música, la gran teoría del jazz contemporáneo que tantos elogios me ha valido en todas partes.

Honestamente, ¿qué me importa su vida? Lo único que me inquieta es que se deje llevar por esa conducta que no soy capaz de seguir (digamos que no quiero seguir) y acabe desmintiendo las conclusiones de mi libro. Que deje caer por ahí que mis afirmaciones son falsas, que su música es otra cosa.

—Oye, hace un rato dijiste que en el libro faltaban cosas.

(Atención, ahora.)

—¿Que faltan cosas, Bruno? Ah, sí, te dije que faltaban cosas. Mira, no es solamente el vestido rojo de Lan. Están… ¿Serán realmente urnas, Bruno? Anoche volví a verlas, un campo inmenso, pero ya no estaban tan enterradas. Algunas tenían inscripciones y dibujos, se veían gigantes con cascos como en el cine, y en las manos unos garrotes enormes. Es terrible andar entre las urnas y saber que no hay nadie más, que soy el único que anda entre ellas buscando. No te aflijas, Bruno, no importa que se te haya olvidado poner todo eso. Pero, Bruno —y levanta un dedo que no tiembla— de lo que te has olvidado es de mí.

—Vamos, Johnny.

—De mí, Bruno, de mí. Y no es culpa tuya no haber podido escribir lo que yo tampoco soy capaz de tocar. Cuando dices por ahí que mi verdadera biografía está en mis discos, yo sé que lo crees de verdad y además suena muy bien, pero no es así. Y si yo mismo no he sabido tocar como debía, tocar lo que soy de veras… ya ves que no se te pueden pedir milagros, Bruno. Hace calor aquí adentro, vámonos.

Lo sigo a la calle, erramos unos metros hasta que en una calleja nos interpela un gato blanco y Johnny se queda largo tiempo acariciándolo. Bueno, ya es bastante; en la plaza Saint-Michel encontraré un taxi para llevarlo al hotel e irme a casa. Después de todo no ha sido tan terrible; por un momento temí que Johnny hubiera elaborado una especie de antiteoría del libro, y que la probara conmigo antes de soltarla por ahí a todo trapo. Pobre Johnny acariciando un gato blanco. En el fondo lo único que ha dicho es que nadie sabe nada de nadie, y no es una novedad. Toda biografía da eso por supuesto y sigue adelante, qué diablos. Vamos, Johnny, vamos a casa que es tarde.

—No creas que solamente es eso —dice Johnny, enderezándose de golpe como si supiera lo que estoy pensando—. Está Dios, querido. Ahí sí que no has pegado una.

—Vamos, Johnny, vamos a casa que es tarde.

—Está lo que tú y los que son como mi compañero Bruno llaman Dios. El tubo de dentífrico por la mañana, a eso le llaman Dios. El tacho de basura, a eso le llaman Dios. El miedo a reventar, a eso le llaman Dios. Y has tenido la desvergüenza de mezclarme con esa porquería, has escrito que mi infancia, y mi familia, y no sé qué herencias ancestrales... Un montón de huevos podridos y tú cacareando en el medio, muy contento con tu Dios. No quiero tu Dios, no ha sido nunca el mío.

—Lo único que he dicho es que la música negra...

—No quiero tu Dios —repite Johnny—. ¿Por qué me lo has hecho aceptar en tu libro? Yo no sé si hay Dios, yo toco mi música, yo hago mi Dios, no necesito de tus inventos, déjaselos a Mahalia Jackson y al Papa, y ahora mismo vas a sacar esa parte de tu libro.

—Si insistes —digo por decir algo—. En la segunda edición.

—Estoy tan solo como este gato, y mucho más solo porque lo sé y él no. Condenado, me está plantando las uñas en la mano. Bruno, el jazz no es solamente música, yo no soy solamente Johnny Carter.

—Justamente es lo que quería decir cuando escribí que a veces tú tocas como...

—Como si me lloviera en el culo —dice Johnny, y es la primera vez en la noche que lo siento enfurecerse—. No se puede decir nada, inmediatamente lo traduces a tu sucio idioma. Si cuando yo toco tú ves a los ángeles, no es culpa mía. Si los otros abren la boca y dicen que he alcanzado la perfección, no es culpa mía. Y esto es lo peor, lo que verdaderamente te has olvidado de decir en tu libro, Bruno, y es que yo no valgo nada, que lo que toco y lo que la gente me aplaude no vale nada, realmente no vale nada.

Rara modestia, en verdad, a esa hora de la noche. Este Johnny...

—¿Cómo te puedo explicar? —grita Johnny poniéndome las manos en los hombros, sacudiéndome a derecha y a izquierda. (*La paix!*, chillan desde una ventana)—. No es una cuestión de más música o de menos música, es otra cosa... por ejemplo, es la diferencia entre que Bee haya muerto y que esté viva. Lo que yo toco es Bee muerta, sabes, mientras que lo que yo quiero, lo que yo quiero... Y por eso a veces pisoteo el saxo y la gente cree que se me ha ido la mano en la bebida. Claro que en realidad siempre estoy borracho cuando lo hago, porque al fin y al cabo un saxo cuesta muchísimo dinero.

—Vamos por aquí. Te llevaré al hotel en taxi.

—Eres la mar de bueno, Bruno —se burla Johnny—. El compañero Bruno anota en su libreta todo lo que uno le dice, salvo las cosas importantes. Nunca creía que pudieras equivocarte tanto hasta que Art me pasó el libro. Al principio me pareció que hablabas de algún otro, de Ronnie o de Marcel, y después Johnny de aquí y Johnny de allá, es decir que se trataba de mí y yo me preguntaba ¿pero éste soy yo?, y dale conmigo en Baltimore, y el *Birdland*, y que mi estilo... Oye —agrega casi fríamente—, no es que no me dé cuenta de que has escrito un libro para el público. Está muy bien y todo lo que dices sobre mi manera de tocar y de sentir el jazz me parece perfectamente O.K. ¿Para qué vamos a seguir discutiendo sobre el libro? Una basura en el Sena, esa paja que flota al lado del muelle, tu libro. Y yo esa otra paja, y tú esa botella que pasa por ahí cabeceando. Bruno, yo me voy a morir sin haber encontrado... sin...

Lo sostengo por debajo de los brazos, lo apoyo en el pretil del muelle. Se está hundiendo en el delirio de siempre, murmura pedazos de palabras, escupe.

—Sin haber encontrado —repite—. Sin haber encontrado...

—¿Qué querías encontrar, hermano? —le digo—. No hay que pedir imposibles, lo que tú has encontrado bastaría para...

—Para ti, ya sé —dice rencorosamente Johnny—. Para Art, para Dédée, para Lan... No sabes cómo... Sí, a veces la puerta ha empezado a abrirse... Mira las dos pajas, se han encontrado, están bailando una frente a la otra... Es bonito, eh... Ha empezado a abrirse... el tiempo... yo te he dicho, me parece, que eso del tiempo... Bruno, toda mi vida he buscado en mi música que esa puerta se abriera al fin. Una nada, una rajita... Me acuerdo en Nueva York, una noche... Un vestido rojo. Sí, rojo, y le quedaba precioso. Bueno, una noche estábamos con Miles y Hal... llevábamos yo creo que una hora dándole a lo mismo, solos, tan felices... Miles tocó algo tan hermoso que casi me tira de la silla, y entonces me largué, cerré los ojos, volaba. Bruno, te juro que volaba... Me oía como si desde un sitio lejanísimo pero dentro de mí mismo, al lado de mí mismo, alguien estuviera de pie... No exactamente alguien... Mira la botella, es increíble cómo cabecea... No era alguien, uno busca comparaciones... Era la seguridad, el encuentro, como en algunos sueños, ¿no te parece?, cuando todo está resuelto, Lan y las chicas te esperan con un pavo al horno, en el auto no atrapas ninguna luz roja, todo va dulce como una bola de billar. Y lo que había a mi lado era como yo mismo pero sin ocupar ningún sitio, sin estar en Nueva York, y sobre todo sin tiempo, sin que después... sin que hubiera después... Por un rato no hubo más que siempre... Y yo no sabía que era mentira, que eso ocurría porque estaba perdido en la música, y que apenas acabara de tocar, porque al fin y al cabo alguna vez tenía que dejar que el pobre Hal se quitara las ganas en el piano, en ese mismo instante me caería de cabeza en mí mismo...

Llora dulcemente, se frota los ojos con sus manos sucias. Yo ya no sé qué hacer, es tan tarde, del río sube la humedad, nos vamos a resfriar los dos.

—Me parece que he querido nadar sin agua —murmura Johnny—. Me parece que he querido tener el vestido rojo de Lan pero sin Lan. Y Bee está muerta, Bruno. Yo creo que tú tienes razón, que tu libro está muy bien.

—Vamos, Johnny, no pienso ofenderme por lo que le encuentres de malo.

—No es eso, tu libro está bien porque... porque no tiene urnas, Bruno. Es como lo que toca Satchmo, tan limpio, tan puro. ¿A ti no te parece que lo que toca Satchmo es como un cumpleaños o una buena acción? Nosotros... Te digo que he querido nadar sin agua. Me pareció... pero hay que ser idiota... me pareció que un día iba a encontrar otra cosa. No estaba satisfecho, pensaba que las cosas buenas, el vestido rojo de Lan, y hasta Bee, eran como trampas para ratones, no sé explicarme de otra manera... Trampas para que uno se conforme, sabes, para que uno diga que todo está bien. Bruno, yo creo que

Lan y el jazz, sí, hasta el jazz, eran como anuncios en una revista, cosas bonitas para que me quedara conforme como te quedas tú porque tienes París y tu mujer y tu trabajo... Yo tenía mi saxo... y mi sexo, como dice el libro. Todo lo que hacía falta. Trampas, querido... porque no puede ser que no haya otra cosa, no puede ser que estemos tan cerca, tan del otro lado de la puerta...

—Lo único que cuenta es dar de sí todo lo posible —digo, sintiéndome insuperablemente estúpido.

—Y ganar todos los años el referendum de *Down Beat*, claro —asiente Johnny—. Claro que sí, claro que sí, claro que sí. Claro que sí.

Lo llevo poco a poco hacia la plaza. Por suerte hay un taxi en la esquina.

—Sobre todo no acepto a tu Dios —murmura Johnny—. No me vengas con eso, no lo permito. Y si realmente está del otro lado de la puerta, maldito si me importa. No tiene ningún mérito pasar al otro lado porque él te abra la puerta. Desfondarla a patadas, eso sí. Romperla a puñetazos, eyacular contra la puerta, mear un día entero contra la puerta. Aquella vez en Nueva York yo creo que abrí la puerta con mi música, hasta que tuve que parar y entonces el maldito me la cerró en la cara nada más que porque no le he rezado nunca, porque no le voy a rezar nunca, porque no quiero saber nada con ese portero de librea, ese abridor de puertas a cambio de una propina, ese...

Pobre Johnny, después se queja de que uno no ponga esas cosas en un libro. Las tres de la madrugada, madre mía.

Tica se había vuelto a Nueva York, Johnny se había vuelto a Nueva York (sin Dédée, muy bien instalada ahora en casa de Louis Perron, que promete como trombonista). Baby Lennox se había vuelto a Nueva York. La temporada no era gran cosa en París y yo extrañaba a mis amigos. Mi libro sobre Johnny se vendía muy bien en todas partes, y naturalmente Sammy Pretzal hablaba ya de una posible adaptación en Hollywood, cosa siempre interesante cuando se calcula la relación franco-dólar. Mi mujer seguía furiosa por mi historia con Baby Lennox, nada demasiado grave por lo demás, al fin y al cabo Baby es acentuadamente promiscua y cualquier mujer inteligente debería comprender que esas cosas no comprometen el equilibrio conyugal, aparte de que Baby ya se había vuelto a Nueva York con Johnny, finalmente se había dado el gusto de irse con Johnny en el mismo barco. Ya estaría fumando marihuana con Johnny, perdida como él, pobre muchacha. Y *Amorous* acababa de salir en París, justo cuando la segunda edición de mi libro entraba en prensa y se hablaba de traducirlo al alemán. Yo había pensado mucho en las posibles modificaciones de la segunda edición. Honrado en la medida en que la profesión lo permite, me preguntaba si no hubiera sido necesario mostrar bajo otra luz la personalidad de mi biografiado. Discutimos varias veces con Delaunay y con Hodeir, ellos no sabían realmente qué aconsejarme porque encontraban que el libro era estupendo y que a la gente le gustaba así. Me pareció advertir que los dos temían un contagio literario, que yo acabara tiñendo la obra con matices que poco o nada tenían que ver con la música de Johnny, al menos según la entendíamos todos nosotros. Me pareció que la opinión de gentes autorizadas (y mi decisión personal, sería tonto negarlo a esta altura de las cosas) justificaba dejar tal cual la segunda edición. La lectura minuciosa de las revistas especializadas de los Estados Unidos (cuatro reportajes a Johnny, noticias sobre una nueva tentativa de suicidio, esta vez con tintura de yodo, sonda gástrica y tres semanas de hospital, de nuevo tocando en Baltimore como si nada) me tranquilizó bastante, aparte de la pena que me producían estas recaídas lamentables. Johnny no había dicho ni una palabra comprometedora sobre el libro. Ejemplo (en *Stomping Around*, una revista musical de Chicago, entrevista de Teddy Rogers a Johnny): «¿Has leído lo que ha escrito Bruno V... sobre ti en París?» «Sí. Está muy bien.» «¿Nada qué decir sobre ese libro?» «Nada, fuera de que está muy bien. Bruno es un gran muchacho.» Quedaba por saber lo que pudiera decir Johnny cuando anduviera borracho o drogado, pero por lo menos no había rumores de ningún desmentido de su parte. Decidí no tocar la segunda edición del libro, seguir presentando a Johnny como lo que era en el fondo: un pobre diablo de inteligencia apenas mediocre, dotado como tanto músico, tanto ajedrecista y tanto poeta del don de crear cosas estupendas sin tener la menor conciencia (a lo sumo un orgullo de boxeador que se sabe fuerte) de las dimensiones de su obra. Todo me inducía a conservar tal cual ese retrato de Johnny; no era cosa de crearse complicaciones con un público que quiere mucho jazz pero nada de análisis musicales o psicológicos, nada que no sea la satisfacción momentánea y bien recortada, las manos que marcan el ritmo, las caras que se aflojan beatíficamente, la música que se pasea por la piel, se incorpora a la sangre y a la respiración, y después basta, nada de razones profundas.

Primero llegaron los telegramas (a Delaunay, a mí, por la tarde ya salían en los diarios con comentarios idiotas); veinte días después tuve carta de Baby Lennox, que no se había olvidado de mí. «En Bellevue lo trataron espléndidamente y yo lo fui a buscar cuando salió. Vivíamos en el departamento de Mike Russolo, que anda en gira por Noruega. Johnny estaba muy bien, y aunque no quería tocar en público aceptó grabar discos con los chicos del Club 28. A ti te lo puedo decir, en realidad estaba muy débil (ya me imagino lo que quería dar a entender Baby con esto, después de nuestra aventura en París) y de noche me daba miedo la forma en que respiraba y se quejaba. Lo único que me consuela —agregaba deliciosamente Baby—, es que murió contento y sin saberlo. Estaba mirando la televisión y de golpe se cayó al suelo. Me dijeron que fue instantáneo.» De donde se deducía que Baby no había estado presente, y así era porque luego supimos que Johnny vivía en casa de Tica y que había pasado cinco días con ella, preocupado y abatido, hablando de abandonar el jazz, irse a vivir a México y trabajar en el campo (a todos les da por ahí en algún momento de su vida, es casi aburrido), y que Tica lo vigilaba y hacía lo posible por tranquilizarlo y obligarlo a pensar en el futuro (esto lo dijo luego Tica, como si ella o Johnny hubieran tenido jamás la menor idea del futuro). A mitad de un programa de televisión que le hacía mucha gracia a Johnny, empezó a toser, de golpe se dobló bruscamente, etc. No estoy tan seguro de que la muerte fuese instantánea como lo declaró Tica a la policía (tratando de salir del lío descomunal en que la había metido la muerte de Johnny en su departamento, la marihuana que había al alcance de la mano, algunos líos anteriores de la pobre Tica, y los resultados no del todo convincentes de la autopsia. Ya se imagina uno todo lo que un médico podía encontrar en el hígado y en los pulmones de Johnny). «No quieras saber lo que me dolió su muerte, aunque podría contarte otras cosas —agregaba dulcemente esta querida Baby— pero alguna vez cuando tenga más ánimos te escribiré o te contaré (parece que Rogers quiere contratarme para París y Berlín) todo lo que es necesario que sepas, tú que eras el mejor amigo de Johnny.» Y después de una carilla entera dedicada a insultar a Tica, que de creerle no sólo sería causante de la muerte de Johnny sino del ataque a Pearl Harbor y de la Peste Negra, esta pobrecita Baby terminaba: «Antes de que se me olvide, un día en Bellevue preguntó mucho por ti, se le mezclaban las ideas y pensaba que estabas en Nueva York y que no querías ir a verlo, hablaba siempre de unos campos llenos de cosas, y después te llamaba y hasta te decía palabrotas, pobre. Ya sabes lo que es la fiebre. Tica le dijo a Bob Carey que las últimas palabras de Johnny habían sido algo así como: "Oh, hazme una máscara", pero ya te imaginas que en ese momento...» Vaya si me lo imaginaba. «Se había puesto muy gordo», agregaba Baby al final de su carta, «y jadeaba al caminar». Eran los detalles que cabía esperar de una persona tan delicada como Baby Lennox.

Todo esto coincidió con la aparición de la segunda edición de mi libro, pero por suerte tuve tiempo de incorporar una nota necrológica redactada a toda máquina, y una fotografía del entierro donde se veía a muchos jazzmen famosos. En esa forma la biografía quedó, por decirlo así, completa. Quizá no esté bien que yo diga esto, pero como es natural me sitúo en un plano meramente estético. Ya hablan de una nueva traducción, creo que al sueco o al noruego. Mi mujer está encantada con la noticia.

LAS ARMAS SECRETAS

Curioso que la gente crea que tender una cama es exacmente lo mismo que tender una cama, que dar la mano es siempre lo mismo que dar la mano, que abrir una lata de sardinas es abrir al infinito la misma lata de sardinas. «Pero si todo es excepcional», piensa Pierre alisando torpemente el gastado cobertor azul. «Ayer llovía, hoy hubo sol, ayer estaba triste, hoy va a venir Michèle. Lo único invariable es que jamás conseguiré que esta cama tenga un aspecto presentable.» No importa, a las mujeres les gusta el desorden de un cuarto de soltero, pueden sonreír (la madre asoma en todos sus dientes) y arreglar las cortinas, cambiar de sitio un florero o una silla, decir sólo a ti se te podía ocurrir poner esa mesa donde no hay luz. Michèle dirá probablemente cosas así, andará tocando y moviendo libros y lámparas, y él la dejará hacer mirándola todo el tiempo, tirado en la cama o hundido en el viejo sofá, mirándola a través del humo de una *Gauloise* y deseándola.

«Las seis, la hora grave», piensa Pierre. La hora dorada en que todo el barrio de Saint-Sulpice empieza a cambiar, a prepararse para la noche. Pronto saldrán las chicas del estudio del notario, el marido de madame Lenôtre arrastrará su pierna por las escaleras, se oirán las voces de las hermanas del sexto piso, inseparables a la hora de comprar el pan y el diario. Michèle ya no puede tardar, a menos que se pierda o se vaya demorando por la calle, con su especial aptitud para detenerse en cualquier parte y echar a viajar por los pequeños mundos particulares de las vitrinas. Después le contará: un oso de cuerda, un disco de Couperin, una cadena de bronce con una piedra azul, las obras completas de Stendhal, la moda de verano. Razones tan comprensibles para llegar un poco tarde. Otra Gauloise, entonces, otro trago de coñac. Le dan ganas de escuchar unas canciones de MacOrlan, busca sin mucho esfuerzo entre montones de papeles y cuadernos. Seguro que Roland o Babette se han llevado el disco; bien podrían avisarle cuando se llevan algo suyo. ¿Por qué no llega Michèle? Se sienta al borde de la cama, arrugando el cobertor. Ya está, ahora tendrá que tirar de un lado y de otro, reaparecerá el maldito borde de la almohada. Huele terriblemente a tabaco, Michèle va a fruncir la nariz y a decirle que huele terriblemente a tabaco. Cientos y cientos de Gauloises fumadas en cientos y cientos de días: una tesis, algunas amigas, dos crisis hepáticas, novelas, aburrimiento. ¿Cientos y cientos de Gauloises? Siempre lo sorprende descubrirse inclinado sobre lo nimio, dándole importancia a los detalles. Se acuerda de viejas corbatas que ha tirado a la basura hace diez años, del color de una estampilla del Congo Belga, orgullo de una infancia filatélica. Como si en el fondo de la memoria supiera exactamente cuántos cigarrillos ha fumado en su vida, qué gusto tenía cada uno, en qué momento lo encendió, dónde tiró la colilla. A lo mejor las cifras absurdas que a veces aparecen en sus sueños son asomos de esa implacable contabilidad. «Pero entonces Dios existe», piensa Pierre. El espejo del armario le devuelve su sonrisa, obligándolo como siempre a recomponer el rostro, a echar hacia atrás el mechón de pelo negro que Michèle amenaza cortarle. ¿Por qué no llega Michèle? «Porque no quiere entrar en mi cuarto», piensa Pierre. Pero para poder cortarle un día el mechón de la frente tendrá que entrar en su cuarto y acostarse en su cama. Alto precio paga Dalila, no se llega sin más al pelo de un hombre. Pierre se dice que es un estúpido por haber pensado que Michèle no quiere subir a su cuarto. Lo ha pensado sordamente, como desde lejos. A veces el pensamiento parece tener que abrirse camino por incontables barreras, hasta proponerse y ser escuchado. Es idiota haber pensado que Michèle no quiere subir a su cuarto. Si no viene es porque está absorta delante de la vitrina de una ferretería o una tienda, encantada con la visión de una pequeña foca de porcelana o una litografía de Zao-Wu-Ki. Le parece verla, y a la vez se da cuenta de que está imaginando una escopeta de doble caño, justamente cuando traga el humo del cigarrillo y se siente como perdonado de su tontería. Una escopeta de doble caño no tiene nada de raro, pero qué puede hacer a esa hora y en su pieza la idea de una escopeta de doble caño, y esa sensación como de extrañamiento. No le gusta esa hora en que todo vira al lila, al gris. Estira indolentemente el brazo para encender la lámpara de la mesa. ¿Por qué no llega Michèle? Ya no vendrá, es inútil seguir esperando. Habrá que pensar que realmente no quiere venir a su cuarto. En fin, en fin. Nada de tomarlo a lo trágico; otro coñac, la novela empezada, bajar a comer algo al bistró de León. Las mujeres serán siempre las mismas, en Enghien o en París, jóvenes o maduras. Su teoría de los casos excepcionales empieza a venirse al suelo, la ratita retrocede antes de entrar en la ratonera. ¿Pero qué ratonera? Un día u otro, antes o después... La ha estado esperando desde las cinco, aunque ella deba llegar a las seis; ha alisado especialmente para ella el cobertor azul, se ha trepado como un idiota a una silla, plumero en mano, para desprender una insignificante tela de araña que no hacía mal a nadie. Y sería tan natural que en ese mismo momento ella bajara del autobús en Saint-Sulpice y se acercara a su casa, deteniéndose ante las vitrinas o mirando las palomas de la plaza. No hay ninguna razón para que no quiera subir a su cuarto. Claro que tampoco hay ninguna razón para pensar en una escopeta de doble caño, o decidir que en este momento Michaux sería mejor lectura que Graham Greene. La elección instantánea preocupa siempre a Pierre. No puede ser que todo sea gratuito, que un mero azar decida Greene contra Michaux, Michaux contra Enghien, es decir, contra Greene. Incluso confundir una localidad como Enghien con un escritor como Greene... «No puede ser que todo sea tan absurdo», piensa Pierre tirando el cigarrillo. «Y si no viene es porque le ha pasado algo; no tiene nada que ver con nosotros dos.»

Baja a la calle, espera un rato en la puerta. Ve encenderse las luces en la plaza. En lo de León no hay casi nadie cuando se sienta en una mesa de la calle y pide una cerveza. Desde donde está puede ver la entrada de su casa, de modo que si todavía... León habla de la Vuelta de Francia; llegan Nicole y su amiga, la florista de la voz ronca. La cerveza está helada, será cosa de pedir unas salchichas. En la entrada de su casa el chico de la portera juega a saltar sobre un pie. Cuando se cansa se pone a saltar sobre el otro, sin moverse de la puerta.

—Qué tontería —dice Michèle—. ¿Por qué no iba a querer ir a tu casa, si habíamos quedado en eso?

Edmond trae el café de las once de la mañana. No hay casi nadie a esa hora, y Edmond se demora al lado de la mesa para comentar la Vuelta de Francia. Después Michèle explica lo presumible, lo que Pierre hubiera debido pensar. Los frecuentes desvanecimientos de su madre, papá que se asusta y telefonea a la oficina, saltar a un taxi para que luego no sea nada, un mareo insignificante. Todo eso no ocurre por primera vez, pero hace falta ser Pierre para...

—Me alegro de que ya esté bien —dice tontamente Pierre.

Pone una mano sobre la mano de Michèle. Michèle pone su otra mano sobre la de Pierre. Pierre pone su otra mano sobre la de Michèle. Michèle saca la mano de abajo y la pone encima. Pierre saca la mano de abajo y la pone encima. Michèle saca la mano de abajo y apoya la palma contra la nariz de Pierre.

—Fría como la de un perrito.

Pierre admite que la temperatura de su nariz es un enigma insondable.

—Bobo —dice Michèle, resumiendo la situación.

Pierre la besa en la frente, sobre el pelo. Como ella agacha la cabeza, le toma el mentón y la obliga a que lo mire antes de besarla en la boca. La besa una, dos veces. Huele a algo fresco, a la sombra bajo los árboles. *Im wunderschonen Monat Mai*, oye distintamente la melodía. Lo admira vagamente recordar tan bien las palabras, que sólo traducidas tienen pleno sentido para él. Pero le gusta la melodía, las palabras suenan tan bien contra el pelo de Michèle, contra su boca húmeda. *Im wunderschonen Monat Mai, als...*

La mano de Michèle se hinca en su hombro, le clava las uñas.

—Me haces daño —dice Michèle rechazándolo, pasándose los dedos por los labios.

Pierre ve la marca de sus dientes en el borde del labio. Le acaricia la mejilla y la besa otra vez, livianamente. ¿Michèle está enojada? No, no está. ¿Cuándo, cuándo van a encontrarse a solas? Le cuesta comprender, las explicaciones de Michèle parecen referirse a otra cosa. Obstinado en la idea de verla llegar algún día a su casa, de que va a subir los cinco pisos y entrar en su cuarto, no entiende que todo se ha despejado de golpe, que los padres de Michèle se van por quince días a la granja. Que se vayan, mejor así, porque entonces Michèle... De golpe se da cuenta, se queda mirándola. Michèle ríe.

—¿Vas a estar sola en tu casa estos quince días?

—Qué bobo eres —dice Michèle. Alarga un dedo y dibuja invisibles estrellas, rombos, suaves espirales. Por supuesto su madre cuenta con que la fiel Babette la acompañará esas dos semanas, ha habido tantos robos y asaltos en los suburbios. Pero Babette se quedará en París todo lo que ellos quieran.

Pierre no conoce el pabellón aunque lo ha imaginado tantas veces que es como si ya estuviera en él, entra con Michèle en un saloncito agobiado de muebles vetustos, sube una escalera después de rozar con los dedos la bola de vidrio donde nace el pasamanos. No sabe por qué la casa le desagrada, tiene ganas de salir al jardín aunque cuesta creer que un pabellón tan pequeño pueda tener un jardín. Se desprende con esfuerzo de la imagen, descubre que es feliz, que está en el café con Michèle, que la casa será distinta de eso que imagina y que lo ahoga un poco con sus muebles y sus alfombras desvaídas. «Tengo que pedirle la motocicleta a Xavier», piensa Pierre. Vendrá a esperar a Michèle y en media hora estarán en Clamart, tendrán dos fines de semana para hacer excursiones, habrá que conseguir un termo y comprar nescafé.

—¿Hay una bola de vidrio en la escalera de tu casa?

—No —dice Michèle—, te confundes con…

Calla, como si algo le molestara en la garganta. Hundido en la banqueta, la cabeza apoyada en el alto espejo con que Edmond pretende multiplicar las mesas del café, Pierre admite vagamente que Michèle es como una gata o un retrato anónimo. La conoce desde hace tan poco, quizá también ella lo encuentra difícil de entender. Por lo pronto quererse no es nunca una explicación, como no lo es tener amigos comunes o compartir opiniones políticas. Siempre se empieza por creer que no hay misterio en nadie, es tan fácil acumular noticias: Michèle Duvernois, veinticuatro años, pelo castaño, ojos grises, empleada de escritorio. Y ella también sabe que Pierre Jolivet, veintitrés años, pelo rubio… Pero mañana irá con ella a su casa, en media hora de viaje estarán en Enghien. «Dale con Enghien», piensa Pierre, rechazando el nombre como si fuera una mosca. Tendrán quince días para estar juntos, y en la casa hay un jardín, probablemente tan distinto del que imagina, tendrá que preguntarle a Michèle cómo es el jardín, pero Michèle está llamando a Edmond, son más de las once y media y el gerente fruncirá la nariz si la ve volver tarde.

—Quédate un poco más —dice Pierre—. Ahí vienen Roland y Babette. Es increíble cómo nunca podemos estar solos en este café.

—¿Solos? —dice Michèle—. Pero si venimos para encontrarnos con ellos.

—Ya sé, pero lo mismo.

Michèle se encoge de hombros, y Pierre sabe que lo comprende y en el fondo también lamenta que los amigos aparezcan tan puntualmente. Babette y Roland traen su aire habitual de plácida felicidad que esta vez lo irrita y lo impacienta. Están del otro lado, protegidos por el rompeolas del tiempo; sus cóleras y sus insatisfacciones pertenecen al mundo, a la política o al arte, nunca a ellos mismos, a su relación más profunda. Salvados por la costumbre, por los gestos mecánicos. Todo alisado, planchado, guardado, numerado. Cerditos contentos, pobres muchachos tan buenos amigos. Está a punto de no estrechar la mano que le tiende Roland, traga saliva, lo mira en los ojos, después le aprieta los dedos como si quisiera rompérselos. Roland ríe y se sienta frente a ellos; trae noticias de un cine club, habrá que ir sin falta el lunes. «Cerditos contentos», mastica Pierre. Es idiota, es injusto. Pero un film de Pudovkin, vamos, ya se podría ir buscando algo nuevo.

—Lo nuevo —se burla Babette—. Lo nuevo. Qué viejo estás, Pierre.

Ninguna razón para no querer darle la mano a Roland.

—Y se había puesto una blusa naranja que le quedaba tan bien —cuenta Michèle.

Roland ofrece Gauloises y pide café. Ninguna razón para no querer darle la mano a Roland.

—Sí, es una chica inteligente —dice Babette.

Roland mira a Pierre y le guiña un ojo. Tranquilo, sin problemas. Absolutamente sin problemas, cerdito tranquilo. A Pierre le da asco esa tranquilidad, que Michèle pueda estar hablando de una blusa naranja, tan lejos de él como siempre. No tiene nada que ver con ellos, ha entrado el último en el grupo, lo toleran apenas.

Mientras habla (ahora es cuestión de unos zapatos) Michèle se pasa un dedo por el borde del labio. Ni siquiera es capaz de besarla bien, le ha hecho daño y Michèle se acuerda. Y todo el mundo le hace daño a él, le guiñan un ojo, le sonríen, lo quieren mucho. Es como un peso en el pecho, una necesidad de irse y estar solo en su cuarto preguntándose por qué no ha venido Michèle, por qué Babette y Roland se han llevado un disco sin avisarle.

Michèle mira el reloj y se sobresalta. Arreglan lo del cine club, Pierre paga el café. Se siente mejor, quisiera charlar un poco más con Roland y Babette, los saluda con afecto. Cerditos buenos, tan amigos de Michèle.

Roland los ve alejarse, salir a la calle bajo el sol. Bebe despacio su café.

—Me pregunto —dice Roland.

—Yo también —dice Babette.

—¿Por qué no, al fin y al cabo?

—Por qué no, claro. Pero sería la primera vez desde entonces.

—Ya es tiempo de que Michèle haga algo de su vida —dice Roland—. Y si quieres mi opinión, está muy enamorada.

—Los dos están muy enamorados.

Roland se queda pensando.

Se ha citado con Xavier en un café de la plaza Saint-Michel, pero llega demasiado temprano. Pide cerveza y hojea el diario; no se acuerda bien de lo que ha hecho desde que se separó de Michèle en la puerta de la oficina. Los últimos meses son tan confusos como la mañana que aún no ha transcurrido y es ya una mezcla de falsos recuerdos, de equivocaciones. En esa remota vida que lleva, la única certidumbre es haber estado lo más cerca posible de Michèle, esperando y dándose cuenta de que no basta con eso, que todo es vagamente asombroso, que no sabe nada de Michèle, absolutamente nada en realidad (tiene ojos grises, tiene cinco dedos en cada mano, es soltera, se peina como una chiquilla), absolutamente nada en realidad. Entonces si uno no sabe nada de Michèle, basta dejar de verla un momento para que el hueco se vuelva una maraña espesa y amarga; te tiene miedo, te tiene asco, a veces te rechaza en lo más hondo de un beso, no se quiere acostar contigo, tiene horror de algo, esta misma mañana te ha rechazado con violencia (y qué encantadora estaba, y cómo se ha pegado contra ti en el momento de despedirse, y cómo lo ha preparado todo para reunirse contigo mañana e ir juntos a su casa de Enghien) y tú le has dejado la marca de los dientes en la boca, la estabas besando y la has mordido y ella se ha quejado, se ha pasado los dedos por la boca y se ha quejado sin enojo, un poco asombrada solamente, *als alle Knospen sprangen*, tú cantabas por dentro Schumann, pedazo de bruto, cantabas mientras la mordías en la boca y ahora te acuerdas, además subías una escalera, sí, la subías, rozabas con la mano la bola de vidrio donde nace el pasamanos, pero después Michèle ha dicho que en su casa no hay ninguna bola de vidrio.

Pierre resbala en la banqueta, busca los cigarrillos. En fin, tampoco Michèle sabe mucho de él, no es nada curiosa aunque tenga esa manera atenta y grave de escuchar las confidencias, esa aptitud para compartir un momento de vida, cualquier cosa, un gato que sale de una puerta cochera, una tormenta en la Cité, una hoja de trébol, un disco de Gerry Mulligan. Atenta, entusiasta y grave a la vez, tan igual para escuchar y para hacerse escuchar. Es así cómo de encuentro en encuentro, de charla en charla, han derivado a la soledad de la pareja en la multitud, un poco de política, novelas, ir al cine, besarse cada vez más hondamente, permitir que su mano baje por la garganta, roce los senos, repita la interminable pregunta sin respuesta. Llueve, hay que refugiarse en un portal; el sol cae sobre la cabeza, entraremos en esa librería, mañana te presentaré a Babette, es una vieja amiga, te va a gustar. Y después sucederá que el amigo de Babette es un antiguo camarada de Xavier que es el mejor amigo de Pierre, y el círculo se irá cerrando, a veces en casa de Babette y Roland, a veces en el consultorio de Xavier o en los cafés del barrio latino por la noche. Pierre agradecerá, sin explicarse la causa de su gratitud, que Babette y Roland sean tan amigos de Michèle y que den la impresión de protegerla discretamente, sin que Michèle necesite ser protegida. Nadie habla mucho de los demás en ese grupo; prefieren los grandes temas, la política o los procesos, y sobre todo mirarse satisfechos, cambiar cigarrillos, sentarse en los cafés y vivir sintiéndose rodeados de camaradas. Ha tenido suerte de que lo acepten y lo dejen entrar; no son fáciles, conocen los métodos más seguros para desanimar a los advenedizos. «Me gustan», se dice Pierre, bebiendo el resto de la cerveza. Quizá crean que ya es el amante de Michèle, por lo menos Xavier ha de creerlo; no le entraría en la cabeza que Michèle haya podido negarse todo ese tiempo, sin razones precisas, simplemente negarse y seguir encontrándose con él, saliendo juntos, dejándolo hablar o hablando ella. Hasta a la extrañeza es posible acostumbrarse, creer que el misterio se explica por sí mismo y que uno acaba por vivir dentro, aceptando lo inaceptable, despidiéndose en las esquinas o en los cafés cuando todo sería tan simple, una escalera con una bola de vidrio en el nacimiento del pasamanos que lleva al encuentro, al verdadero. Pero Michèle ha dicho que no hay ninguna bola de vidrio.

Alto y flaco, Xavier trae su cara de los días de trabajo. Habla de unos experimentos, de la biología como una incitación al escepticismo. Se mira un dedo, manchado de amarillo. Pierre le pregunta:

—¿Te ocurre pensar de golpe en cosas completamente ajenas a lo que estabas pensando?

—Completamente ajenas es una hipótesis de trabajo y nada más —dice Xavier.

—Me siento bastante raro estos días. Deberías darme alguna cosa, una especie de objetivador.

—¿De objetivador? —dice Xavier—. Eso no existe, viejo.

—Pienso demasiado en mí mismo —dice Pierre—. Es idiota.

—¿Y Michèle, no te objetiva?

—Precisamente, ayer me ocurrió que...

Se oye hablar, ve a Xavier que lo está viendo, ve la imagen de Xavier en un espejo, la nuca de Xavier, se ve a sí mismo hablando para Xavier (pero por qué se me tiene que ocurrir que hay una bola de vidrio en el nacimiento del pasamanos), y de cuando en cuando asiste al movimiento de cabeza de Xavier, el gesto profesional tan ridículo cuando no se está en un consultorio y el médico no tiene puesto el guardapolvo que lo sitúa en otro plano y le confiere otras potestades.

—Enghien —dice Xavier—. No te preocupes por eso, yo confundo siempre Le Mans con Menton. La culpa será de alguna maestra, allá en la lejana infancia.

Im wunderschonen Monat Mai, tararea la memoria de Pierre.

—Si no duermes bien avísame y te daré alguna cosa —dice Xavier—. De todas maneras estos quince días en el paraíso bastarán, estoy seguro. No hay como compartir una almohada, eso aclara completamente las ideas; a veces hasta acaba con ellas, lo cual es una tranquilidad.

Quizá si trabajara más, si se cansara más, si pintara su

habitación o hiciera a pie el trayecto hasta la facultad en vez de tomar el autobús. Si tuviera que ganar los setenta mil francos que le mandan sus padres. Apoyado en el pretil del Pont Neuf mira pasar las barcazas y siente el sol de verano en el cuello y los hombros. Un grupo de muchachas ríe y juega, se oye el trote de un caballo; un ciclista pelirrojo silba largamente al cruzarse con las muchachas, que ríen con más fuerza, y es como si las hojas secas se levantaran y le comieran la cara en un solo y horrible mordisco negro.

Pierre se frota los ojos, se endereza lentamente. No han sido palabras, tampoco una visión: algo entre las dos, una imagen descompuesta en tantas palabras como hojas secas en el suelo (que se ha levantado para darle en plena cara). Ve que su mano derecha está temblando contra el pretil. Aprieta el puño, lucha hasta dominar el temblor. Xavier ya andará lejos, sería inútil correr tras él, agregar una nueva anécdota al muestrario insensato. «Hojas secas», dirá Xavier. «Pero no hay hojas secas en el Pont Neuf.» Como si él no supiera que no hay hojas secas en el Pont Neuf, que las hojas secas están en Enghien.

Ahora voy a pensar en ti, querida, solamente en ti toda la noche. Voy a pensar solamente en ti, es la única manera de sentirme a mí mismo, tenerte en el centro de mí mismo como un árbol, desprenderme poco a poco del tronco que me sostiene y me guía, flotar a tu alrededor cautelosamente, tanteando el aire con cada hoja (verdes, verdes, yo mismo y tú misma, tronco de savia y hojas verdes: verdes, verdes), sin alejarme de ti, sin dejar que lo otro penetre entre tú y yo, me distraiga de ti, me prive por un solo segundo de saber que esta noche está girando hacia el amanecer y que allá del otro lado, donde vives y estás durmiendo, será otra vez de noche cuando lleguemos juntos y entremos a tu casa, subamos los peldaños del porche, encendamos las luces, acariciemos a tu perro, bebamos café, nos miremos tanto antes de que yo te abrace (tenerte en el centro de mí mismo como un árbol) y te lleve hasta la escalera (pero no hay ninguna bola de vidrio) y empecemos a subir, subir, la puerta está cerrada, pero tengo la llave en el bolsillo...

Pierre salta de la cama, mete la cabeza bajo la canilla del lavabo. Pensar solamente en ti, pero cómo puede ocurrir que lo que está pensando sea un deseo oscuro y sordo donde Michèle no es ya Michèle (tenerte en el centro de mí mismo como un árbol), donde no alcanza a sentirla en sus brazos mientras sube la escalera, porque apenas ha pisado un peldaño ha visto la bola de vidrio y está solo, está subiendo solo la escalera y Michèle está arriba, encerrada, está detrás de la puerta sin saber que él tiene otra llave en el bolsillo y que está subiendo.

Se seca la cara, abre de par en par la ventana al fresco de la madrugada. Un borracho monologa amistosamente en la calle, balanceándose como si flotara en un agua pegajosa. Canturrea, va y viene cumpliendo una especie de danza suspendida y ceremoniosa en la grisalla que muerde poco a poco las piedras del pavimento, los portales cerrados. *Als alle Knospen sprangen*, las palabras se dibujan en los labios resecos de Pierre, se pegan al canturreo de abajo que no tiene nada que ver con la melodía, pero tampoco las palabras tienen que ver con nada, vienen como todo el resto, se pegan a la vida por un momento y después hay como una ansiedad rencorosa, huecos volcándose para mostrar jirones que se enganchan en cualquier otra cosa, una escopeta de dos caños, un colchón de hojas secas, el borracho que danza acompasadamente una especie de pavana, con reverencias que se despliegan en harapos y tropezones y vagas palabras masculladas.

La moto ronronea a lo largo de la rue d'Alésia. Pierre siente los dedos de Michèle que aprietan un poco más su cintura cada vez que pasan pegados a un autobús o viran en una esquina. Cuando las luces rojas los detienen, echa atrás la cabeza y espera una caricia, un beso en el pelo.

—Ya no tengo miedo —dice Michèle—. Manejas muy bien. Ahora hay que tomar a la derecha.

El pabellón está perdido entre docenas de casas parecidas, en una colina más allá de Clamart. Para Pierre la palabra pabellón suena como un refugio, la seguridad de que todo será tranquilo y aislado, de que habrá un jardín con sillas de mimbre y quizá, por la noche, alguna luciérnaga.

—¿Hay luciérnagas en tu jardín?

—No creo —dice Michèle—. Qué ideas tan absurdas tienes.

Es difícil hablar en la moto, el tráfico obliga a concentrarse y Pierre está cansado, apenas si ha dormido unas horas por la mañana. Tendrá que acordarse de tomar los comprimidos que le ha dado Xavier, pero naturalmente no se acordará de tomarlos y además no los va a necesitar. Echa atrás la cabeza y gruñe porque Michèle tarda en besarlo, Michèle se ríe y le pasa una mano por el pelo. Luz verde. «Déjate de estupideces», ha dicho Xavier, evidentemente desconcertado. Por supuesto que pasará, dos comprimidos antes de dormir, un trago de agua. ¿Cómo dormirá Michèle?

—Michèle, ¿cómo duermes?

—Muy bien —dice Michèle—. A veces tengo pesadillas, como todo el mundo.

Claro, como todo el mundo, solamente que al despertarse sabe que el sueño ha quedado atrás, sin mezclarse con los ruidos de la calle, las caras de los amigos, eso que se infiltra en las ocupaciones más inocentes (pero Xavier ha dicho que con dos comprimidos todo irá bien), dormirá con la cara hundida en la almohada, las piernas un poco encogidas, respirando levemente, y así va a verla ahora, va a tenerla contra su cuerpo así dormida, oyéndola respirar, indefensa y desnuda cuando él le sujete el pelo con una mano, y luz amarilla, luz roja, stop.

Frena con tanta violencia que Michèle grita y después se queda muy quieta, como si tuviera vergüenza de su grito. Con un pie en el suelo, Pierre gira la cabeza, sonríe a algo que no es Michèle y se queda como perdido en el aire, siempre sonriendo. Sabe que la luz va a pasar al verde, detrás de la moto hay un camión y un auto, luz verde, detrás de la moto hay un camión y un auto, alguien hace sonar la bocina, dos, tres veces.

—¿Qué te pasa? —dice Michèle.

El del auto lo insulta al pasarlo, y Pierre arranca lentamente. Estábamos en que iba a verla tal como es, indefensa y desnuda. Dijimos eso, habíamos llegado exactamente al momento en que la veíamos dormir indefensa y desnuda, es decir que no hay ninguna razón para suponer ni siquiera por un momento que va a ser necesario... Sí, ya he oído, primero a la izquierda y después otra vez a la izquierda. ¿Allá, aquel techo de pizarra? Hay pinos, qué bonito, pero qué bonito es tu pabellón, un jardín con pinos y tus papás que se han ido a la granja, casi no se puede creer, Michèle, una cosa así casi no se puede creer.

Bobby, que los ha recibido con un gran aparato de ladridos, salva las apariencias olfateando minuciosamente los pantalones de Pierre, que empuja la motocicleta hasta el porche. Ya Michèle ha entrado en la casa, abre las persianas, vuelve a recibir a Pierre que mira las paredes y descubre que nada de eso se parece a lo que había imaginado.

—Aquí debería haber tres peldaños —dice Pierre—. Y este salón, pero claro... No me hagas caso, uno se figura siempre otra cosa. Hasta los muebles, cada detalle. ¿A ti te pasa lo mismo?

—A veces sí —dice Michèle—. Pierre, yo tengo hambre. No, Pierre, escucha, sé bueno y ayúdame; habrá que cocinar alguna cosa.

—Querida —dice Pierre.

—Abre esa ventana, que entre el sol. Quédate quieto, Bobby va a creer que...

—Michèle —dice Pierre.

—No, déjame que suba a cambiarme. Quítate el saco si quieres, en ese armario vas a encontrar bebidas, yo no entiendo de eso.

La ve correr, trepar por la escalera, perderse en el rellano. En el armario hay bebidas, ella no entiende de eso. El salón es profundo y oscuro, la mano de Pierre acaricia el nacimiento del pasamanos. Michèle se lo había dicho, pero es como un sordo desencanto, entonces no hay una bola de vidrio.

284

Michèle vuelve con unos pantalones viejos y una blusa inverosímil.

—Pareces un hongo —dice Pierre con la ternura de todo hombre hacia una mujer que se pone ropas demasiado grandes—. ¿No me muestras la casa?

—Si quieres —dice Michèle—. ¿No encontraste las bebidas? Espera, no sirves para nada.

Llevan los vasos al salón y se sientan en el sofá frente a la ventana entornada. Bobby les hace fiestas, se echa en la alfombra y los mira.

—Te ha aceptado en seguida —dice Michèle, lamiendo el borde del vaso—. ¿Te gusta mi casa?

—No —dice Pierre—. Es sombría, burguesa a morirse, llena de muebles abominables. Pero estás tú, con esos horribles pantalones.

Le acaricia la garganta, la atrae contra él, la besa en la boca. Se besan en la boca, en Pierre se dibuja el calor de la mano de Michèle, se besan en la boca, resbalan un poco, pero Michèle gime y busca desasirse, murmura algo que él no entiende. Piensa confusamente que lo más difícil es taparle la boca, no quiere que se desmaye. Le suelta bruscamente, se mira las manos como si no fueran suyas, oyendo la respiración precipitada de Michèle, el sordo gruñido de Bobby en la alfombra.

—Me vas a volver loco —dice Pierre, y el ridículo de la frase es menos penoso que lo que acaba de pensar. Como una orden, un deseo incontenible, taparle la boca pero que no se desmaye. Estira la mano, acaricia desde lejos la mejilla de Michèle, está de acuerdo en todo, en comer algo improvisado, en que tendrá que elegir el vino, en que hace muchísimo calor al lado de la ventana.

Michèle come a su manera, mezclando el queso con las anchoas en aceite, la ensalada y los trozos de cangrejo. Pierre bebe vino blanco, la mira y le sonríe. Si se casara con ella bebería todos los días su vino blanco en esa mesa, y la miraría y sonreiría.

—Es curioso —dice Pierre—. Nunca hemos hablado de los años de guerra.

285

—Cuanto menos se hable... —dice Michèle, rebañando el plato.

—Ya sé, pero los recuerdos vuelven a veces. Para mí no fue tan malo, al fin y al cabo éramos niños entonces. Como unas vacaciones interminables, un absurdo total y casi divertido.

—Para mí no hubo vacaciones —dice Michèle—. Llovía todo el tiempo.

—¿Llovía?

—Aquí —dice ella, tocándose la frente—. Delante de mis ojos, detrás de mis ojos. Todo estaba húmedo, todo parecía sudado y húmedo.

—¿Vivías en esta casa?

—Al principio, sí. Después, cuando la ocupación, me llevaron a casa de unos tíos en Enghien.

Pierre no ve que el fósforo arde entre sus dedos, abre la boca, sacude la mano y maldice. Michèle sonríe, contenta de poder hablar de otra cosa. Cuando se levanta para traer la fruta, Pierre enciende el cigarrillo y traga el humo como si se estuviera ahogando, pero ya ha pasado, todo tiene una explicación si se la busca, cuántas veces Michèle habrá mencionado a Enghien en las charlas de café, esas frases que parecen insignificantes y olvidables, hasta que después resultan el tema central de un sueño o un fantaseo. Un durazno, sí, pero pelado. Ah, lo lamenta mucho pero las mujeres siempre le han pelado los duraznos y Michèle no tiene por qué ser una excepción.

—Las mujeres. Si te pelaban los duraznos eran unas tontas como yo. Harías mejor en moler el café.

—Entonces viviste en Enghien —dice Pierre, mirando las manos de Michèle con el leve asco que siempre le produce ver pelar una fruta—. ¿Qué hacía tu viejo durante la guerra?

—Oh, no hacía gran cosa. Vivíamos, esperando que todo terminara de una vez.

—¿Los alemanes no los molestaron, nunca?

—No —dice Michèle, dando vueltas al durazno entre los dedos húmedos.

—Es la primera vez que me dices que vivieron en Enghien.

286

—No me gusta hablar de esos tiempos —dice Michèle.

—Pero alguna vez habrás hablado —dice contradictoriamente Pierre—. No sé cómo, pero yo estaba enterado de que viviste en Enghien.

El durazno cae en el plato y los pedazos de piel vuelven a pegarse a la pulpa. Michèle limpia el durazno con un cuchillo y Pierre siente otra vez asco, hace girar el molino de café con todas sus fuerzas. ¿Por qué no le dice nada? Parecería que sufre, aplicada a la limpieza del horrible durazno chorreante. ¿Por qué no habla? Está llena de palabras, no hay más que mirarle las manos, el parpadeo nervioso que a veces termina en una especie de tic, todo un lado de la cara se alza apenas y vuelve a su sitio, ya otra vez, en un banco del Luxemburgo, ha notado ese tic que siempre coincide con una desazón o un silencio.

Michèle prepara el café de espaldas a Pierre, que enciende un cigarrillo con otro. Vuelven al salón llevando las tazas de porcelana con pintas azules. El olor del café les hace bien, se miran como extrañados de esa tregua y de todo lo que la ha precedido; cambian palabras sueltas, mirándose y sonriendo, beben el café distraídos, como se beben los filtros que atan para siempre. Michèle ha entornado las persianas y del jardín entra una luz verdosa y caliente que los envuelve como el humo de los cigarrillos y el coñac que Pierre saborea perdido en un blando abandono. Bobby duerme sobre la alfombra, estremeciéndose y suspirando.

—Sueña todo el tiempo —dice Michèle—. A veces llora y se despierta de golpe, nos mira a todos como si acabara de pasar por un inmenso dolor. Y es casi un cachorro...

La delicia de estar ahí, de sentirse tan bien en ese instante, de cerrar los ojos, de suspirar como Bobby, de pasarse la mano por el pelo, una, dos veces, sintiendo la mano que anda por el pelo casi como si no fuera suya, la leve cosquilla al llegar a la nuca, el reposo. Cuando abre los ojos ve la cara de Michèle, su boca entreabierta, la expresión como si de golpe se hubiera quedado sin una gota de sangre. La mira sin entender, un vaso de coñac rueda por la alfombra. Pierre está de pie frente al espejo; casi le hace gracia ver que tiene el pelo partido al medio, como los galanes del cine mudo. ¿Por qué tiene que llorar Michèle? No está llorando, pero una cara entre las manos es siempre alguien que llora. Se las aparta bruscamente, la besa en el cuello, busca su boca. Nacen las palabras, las suyas, las de ella, como bestezuelas buscándose, un encuentro que se demora en caricias, un olor a siesta, a casa sola, a escalera esperando con la bola de vidrio en el nacimiento del pasamanos. Pierre quisiera alzar en vilo a Michèle, subir a la carrera, tiene la llave en el bolsillo, entrará en el dormitorio, se tenderá contra ella, la sentirá estremecerse, empezará torpemente a buscar cintas, botones, pero no hay una bola de vidrio en el nacimiento del pasamanos, todo es lejano y horrible, Michèle ahí a su lado está tan lejos y llorando, su cara llorando entre los dedos mojados, su cuerpo que respira y tiene miedo y lo rechaza.

Arrodillándose, apoya la cabeza en el regazo de Michèle. Pasan horas, pasa un minuto o dos, el tiempo es algo lleno de látigos y baba. Los dedos de Michèle acarician el pelo de Pierre y él le ve otra vez la cara, un asomo de sonrisa, Michèle lo peina con los dedos, lo lastima casi a fuerza de echarle el pelo hacia atrás, y entonces se inclina y lo besa y le sonríe.

—Me diste miedo, por un momento me pareció... Qué tonta soy, pero estabas tan distinto.

—¿A quién viste?

—A nadie —dice Michèle.

Pierre se agazapa esperando, ahora hay algo como una puerta que oscila y va a abrirse. Michèle respira pesadamente, tiene algo de nadador a la espera del pistoletazo de salida.

—Me asusté porque... No sé, me hiciste pensar en que...

Oscila, la puerta oscila, la nadadora espera el disparo para zambullirse. El tiempo se estira como un pedazo de goma, entonces Pierre tiende los brazos y apresa a Michèle, se alza hasta ella y la besa profundamente, busca sus senos bajo la blusa, la oye gemir y también gime besándola, ven, ven ahora, tratando de alzarla en vilo (hay quince peldaños y una puerta a la derecha), oyendo la queja

288

de Michèle, su protesta inútil, se endereza teniéndola en los brazos, incapaz de esperar más, ahora, en este mismo momento, de nada valdrá que quiera aferrarse a la bola de vidrio al pasamanos (pero no hay ninguna bola de vidrio en el pasamanos), lo mismo ha de llevarla arriba y entonces como a una perra, todo él es un nudo de músculos, como la perra que es, para que aprenda, oh Michèle, oh mi amor, no llores así, no estés triste, amor mío, no me dejes caer de nuevo en ese pozo negro, cómo he podido pensar eso, no llores, Michèle.

—Déjame —dice Michèle en voz baja luchando por soltarse. Acaba de rechazarlo, lo mira un instante como si no fuera él y corre fuera del salón, cierra la puerta de la cocina, se oye girar una llave, Bobby ladra en el jardín.

El espejo le muestra a Pierre una cara lisa, inexpresiva, unos brazos que cuelgan como trapos, un faldón de la camisa por fuera del pantalón. Mecánicamente se arregla las ropas, siempre mirándose en su reflejo. Tiene tan apretada la garganta que el coñac le quema la boca, negándose a pasar, hasta que se obliga y sigue bebiendo de la botella, un trago interminable. Bobby ha dejado de ladrar, hay un silencio de siesta, la luz en el pabellón es cada vez más verdosa. Con un cigarrillo entre los labios resecos sale al porche, baja al jardín, pasa al lado de la moto y va hacia los fondos. Huele a zumbido de abejas, a colchón de agujas de pino, y ahora Bobby se ha puesto a ladrar entre los árboles, le ladra a él, de repente se ha puesto a gruñir y a ladrar sin acercarse a él, cada vez más cerca y a él.

La pedrada lo alcanza en mitad del lomo; Bobby aúlla y escapa, desde lejos vuelve a ladrar. Pierre apunta despacio y le acierta en una pata trasera. Bobby se esconde entre los matorrales. «Tengo que encontrar un sitio donde pensar», se dice Pierre. «Ahora mismo tengo que encontrar un sitio y esconderme a pensar.» Su espalda resbala en el tronco de un pino, se deja caer poco a poco. Michèle lo está mirando desde la ventana de la cocina. Habrá visto cuando apedreaba al perro, me mira como si no me viera, me está mirando y no llora, no dice nada, está tan sola en la ventana, tengo que acercarme y ser bueno con ella, yo quiero ser bueno, quiero tomarle la mano y besarle los dedos, cada dedo, su piel tan suave.

—¿A qué estamos jugando, Michèle?

—Espero que no lo hayas lastimado.

—Le tiré una piedra para asustarlo. Parece que me desconoció, igual que tú.

—No digas tonterías.

—Y tú no cierres las puertas con llave.

Michèle lo deja entrar, acepta sin resistencia el brazo que rodea su cintura. El salón está más oscuro, casi no se ve el nacimiento de la escalera.

—Perdóname —dice Pierre—. No puedo explicarte, es tan insensato.

Michèle levanta el vaso caído y tapa la botella de coñac. Hace cada vez más calor, es como si la casa respirara pesadamente por sus bocas. Un pañuelo que huele a musgo limpia el sudor de la frente de Pierre. Oh Michèle, cómo seguir así, sin hablarnos, sin querer entender esto que nos está haciendo pedazos en el momento mismo en que... Sí, querida, me sentaré a tu lado y no seré tonto, te besaré, me perderé en tu pelo, en tu garganta, y comprenderás que no hay razón... sí, comprenderás que cuando quiero tomarte en brazos y llevarte conmigo, subir a tu habitación sin hacerte daño, apoyando tu cabeza en mi hombro...

—No, Pierre, no. Hoy no, querido, por favor.

—Michèle, Michèle...

—Por favor.

—¿Por qué? Dime por qué.

—No sé, perdóname... No te reproches nada, toda la culpa es mía. Pero tenemos tiempo, tanto tiempo...

—No esperemos más, Michèle. Ahora.

—No, Pierre, hoy no.

—Pero me prometiste —dice estúpidamente Pierre—. Vinimos... Después de tanto tiempo, de tanto esperar que me quisieras un poco... No sé lo que digo, todo se ensucia cuando lo digo...

—Si pudieras perdonarme, si yo...

—¿Cómo te puedo perdonar si no hablas, si apenas te conozco? ¿Qué te tengo que perdonar?

Bobby gruñe en el porche. El calor les pega las ropas, les pega el tictac del reloj, el pelo en la frente de Michèle hundida en el sofá mirando a Pierre.

—Yo tampoco te conozco tanto, pero no es eso... Vas a creer que estoy loca.

Bobby gruñe de nuevo.

—Hace años... —dice Michèle, y cierra los ojos—. Vivíamos en Enghien, ya te hablé de eso. Creo que te dije que vivíamos en Enghien. No me mires así.

—No te miro —dice Pierre.

—Sí, me haces daño.

Pero no es cierto, no puede ser que le haga daño por esperar sus palabras, inmóvil esperando que siga, viendo moverse apenas sus labios, y ahora va a ocurrir, va a juntar las manos y suplicar, una flor de delicia que se abre mientras ella implora, debatiéndose y llorando entre sus brazos, una flor húmeda que se abre, el placer de sentirla debatirse en vano... Bobby entra arrastrándose, va a tenderse en un rincón «No me mires así», ha dicho Michèle, y Pierre ha respondido: «No te miro», y entonces ella ha dicho que sí que le hace daño sentirse mirada de ese modo, pero no puede seguir hablando porque ahora Pierre se endereza mirando a Bobby, mirándose en el espejo, se pasa una mano por la cara, respira con un quejido largo, un silbido que no se acaba, y de pronto cae de rodillas contra el sofá y entierra la cara entre los dedos, convulso y jadeante, luchando por arrancarse las imágenes como una tela de araña que se pega en pleno rostro, como hojas secas que se pegan en la cara empapada.

—Oh, Pierre —dice Michèle con un hilo de voz.

El llanto pasa entre los dedos que no pueden retenerlo, llena el aire de una materia torpe, obstinadamente renace y se continúa.

—Pierre, Pierre —dice Michèle—. Por qué, querido, por qué.

Lentamente le acaricia el pelo, le alcanza el pañuelo con su olor a musgo.

—Soy un pobre imbécil, perdóname. Me es... me estabas di...

Se incorpora, se deja caer en el otro extremo del sofá. No advierte que Michèle se ha replegado bruscamente, que otra vez lo mira como antes de escapar. Repite: «Me es... me estabas diciendo», con un esfuerzo, tiene la garganta cerrada, y qué es eso, Bobby gruñe otra vez, Michèle de pie, retrocediendo paso a paso sin volverse, mirándolo y retrocediendo, qué es eso, por qué ahora eso, por qué se va, por qué. El golpe de la puerta lo deja indiferente. Sonríe, ve su sonrisa en el espejo, sonríe otra vez, *als alle Knospen sprangen*, tararea con los labios apretados, hay un silencio, el clic del teléfono que alguien descuelga, el zumbido del dial, una letra, otra letra, la primera cifra, la segunda. Pierre se tambalea, vagamente se dice que debería ir a explicarse con Michèle, pero ya está afuera al lado de la moto. Bobby gruñe en el porche, la casa devuelve con violencia el ruido del arranque, primera, calle arriba, segunda, bajo el sol.

—Era la misma voz, Babette. Y entonces me di cuenta de que...

—Tonterías —contesta Babette—. Si estuviera allá creo que te daría una paliza.

—Pierre se ha ido —dice Michèle.

—Casi es lo mejor que podía hacer.

—Babette, si pudieras venir.

—¿Para qué? Claro que iré, pero es idiota.

—Tartamudeaba, Babette, te juro... No es una alucinación, ya te dije que antes... Fue como si otra vez... Ven pronto, así por teléfono no puedo explicarte... Y ahora acabo de oír la moto, se ha ido y me da una pena tan terrible, cómo puede comprender lo que me pasa, pobrecito, pero él también está como loco, Babette, es tan extraño.

—Te imaginaba curada de todo aquello —dice Babette con una voz demasiado desapegada—. En fin, Pierre no es tonto y comprenderá. Yo creía que estaba enterado desde hace rato.

—Iba a decírselo, quería decírselo y entonces... Babette, te juro que me habló tartamudeando, y antes, antes...

—Ya me dijiste, pero estás exagerando. Roland también se peina a veces como le da la gana y no por eso lo confundes, qué demonios.

—Y ahora se ha ido —repite monótonamente Michèle.

—Ya volverá —dice Babette—. Bueno, prepara algo sabroso para Roland que está cada día más hambriento.

—Me estás difamando —dice Roland desde la puerta—. ¿Qué le pasa a Michèle?

—Vamos —dice Babette—. Vamos en seguida.

El mundo se maneja con un cilindro de caucho que cabe en la mano; girando apenas a la derecha, todos los árboles son un solo árbol tendido a la vera del camino; entonces se hace girar una nada a la izquierda, el gigante verde se deshace en cientos de álamos que corren hacia atrás, las torres de alta tensión avanzan pausadamente, una a una, la marcha es una cadencia feliz en la que ya pueden entrar palabras, jirones de imágenes que no son las de la ruta, el cilindro de caucho gira a la derecha, el sonido sube y sube, una cuerda de sonido se tiende insoportablemente, pero ya no se piensa más, todo es máquina, cuerpo pegado a la máquina y viento en la cara como un olvido, Corbeil, Arpajon, Linas-Montlhéry, otra vez los álamos, la garita del agente de tránsito, la luz cada vez más violeta, un aire fresco que llena la boca entreabierta, más despacio, más despacio, en esa encrucijada tomar a la derecha, París a dieciocho kilómetros, *Cinzano*, París a diecisiete kilómetros. «No me he matado», piensa Pierre entrando lentamente en el camino de la izquierda. «Es increíble que no me haya matado.» El cansancio pesa como un pasajero a sus espaldas, algo cada vez más dulce y necesario. «Yo creo que me perdonará», piensa Pierre. Los dos somos absurdos, es necesario que comprenda, que comprenda, que comprenda, nada se sabe de verdad hasta no haberse amado, quiero su pelo entre mis manos, su cuerpo, la quiero, la quiero...» El bosque nace al lado del camino, las hojas secas invaden la carretera, traídas por el viento. Pierre mira las hojas que la moto va tragando y agitando; el cilindro de caucho empieza a girar otra vez a la derecha más y más. Y de pronto es la bola de vidrio que brilla débilmente en el nacimiento del pasamanos. No hay ninguna necesidad de dejar la moto lejos del pabellón, pero Bobby va a ladrar y por eso uno esconde la moto entre los árboles y llega a pie con las últimas luces, entra en el salón buscando a Michèle que estará ahí, pero Michèle no está sentada en el sofá, hay solamente la botella de coñac y los vasos usados, la puerta que lleva a la cocina ha quedado abierta y por ahí entra una luz rojiza, el sol que se pone en el fondo del jardín, y solamente silencio, de modo que lo mejor es ir hacia la escalera orientándose por la bola de vidrio que brilla, o son los ojos de Bobby tendido en el primer peldaño con el pelo erizado, gruñendo apenas, no es difícil pasar por encima de Bobby, subir lentamente los peldaños para que no crujan y Michèle no se asuste, la puerta entornada, puede ser que la puerta esté entornada y que él no tenga la llave en el bolsillo, pero si la puerta está entornada ya no hay necesidad de llave, es un placer pasarse las manos por el pelo mientras se avanza hacia la puerta, se entra apoyando ligeramente el pie derecho, empujando apenas la puerta que se abre sin ruido, y Michèle sentada al borde de la cama levanta los ojos y lo mira, se lleva las manos a la boca, parecería que va a gritar (pero por qué no tiene el pelo suelto, por qué no tiene puesto el camisón celeste, ahora está vestida con unos pantalones y parece mayor), y entonces Michèle sonríe, suspira, se endereza tendiéndole los brazos, dice: «Pierre, Pierre», en vez de juntar las manos y suplicar y resistirse dice su nombre y lo está esperando, lo mira y tiembla como de felicidad o de vergüenza, como la perra delatora que es, como si la estuviera viendo a pesar del colchón de hojas secas que otra vez le cubren la cara y que se arranca con las dos manos mientras Michèle retrocede, tropieza con el borde de la cama, mira desesperadamente hacia atrás, grita, grita, todo el placer que sube y lo baña, grita, así, el pelo entre los dedos, así, aunque suplique, así entonces, perra, así.

—Por Dios, pero si es un asunto más que olvidado —dice Roland, tomando un viraje a toda máquina.

—Eso creía yo. Casi siete años. Y de golpe salta, justamente ahora...

—En eso te equivocas —dice Roland—. Si alguna vez tenía que saltar es ahora, dentro de lo absurdo resulta bastante lógico. Yo mismo... A veces sueño con todo eso, sabes. La forma en que matamos al tipo no es de las que se olvidan. En fin, uno no podía hacer las cosas mejor en esos tiempos —dice Roland, acelerando a fondo.

—Ella no sabe nada —dice Babette—. Solamente que lo mataron poco después. Era justo decirle por lo menos eso.

—Por supuesto. Pero a él no le pareció nada justo. Me acuerdo de su cara cuando lo sacamos del auto en pleno bosque, se dio cuenta inmediatamente de que estaba liquidado. Era valiente, eso sí.

—Ser valiente es siempre más fácil que ser hombre —dice Babette—. Abusar de una criatura que... Cuando pienso en lo que tuve que luchar para que Michèle no se matara. Esas primeras noches... No me extraña que ahora vuelva a sentirse la de antes, es casi natural.

El auto entra a toda velocidad en la calle que lleva al pabellón.

—Sí, era un cochino —dice Roland—. El ario puro, como lo entendían ellos en ese tiempo. Pidió un cigarrillo, naturalmente, la ceremonia completa. También quiso saber por qué íbamos a liquidarlo, y se lo explicamos, vaya si se lo explicamos. Cuando sueño con él es sobre todo en ese momento, su aire de sorpresa desdeñosa, su manera casi elegante de tartamudear. Me acuerdo de cómo cayó, con la cara hecha pedazos entre las hojas secas.

—No sigas, por favor —dice Babette.

—Se lo merecía, aparte de que no teníamos otras armas. Un cartucho de caza bien usado... ¿Es a la izquierda, allá en el fondo?

—Sí, a la izquierda.

—Espero que haya coñac —dice Roland, empezando a frenar.

—Por Dios, pero si es un asunto más que olvidado —dice Roland, tomando un vaso de Jock ¿alcohol?

—Eso creo yo —¿así está más?, un golpe bajo, ¿no tendría razón...

—En eso te equivocas —dice Roland—. Si alguna vez tenía que salir es ahora, delante de lo que de pronto bastante lógico. Yo [...] ... A veces suelo contrariarlo saber. La forma en que quedaron al uno no es lo que se obtiene En fin, una hoja en [...] nacer. Las cosas mejoran en esos tiempos —dice Roland acertando a fondo.

—Bueno, sí —ríe —dice Babette—. Solamente que lo mataron todo después. Había que dejar por lo menos eso.

—Por supuesto. Pero si no le parece nada raro. Me acuerdo de su cara cuando lo [...] como delante en plena bosque, se dio cuenta inmediatamente de que estaba [...] cuidado. No vale la pena eso [...]

—Ser [...] es siempre más útil que ser un hombre —dice Babette—. Aparte de una utilidad que a Canadá pienso en lo que [...] que lucir, para que Michèle no se matara Hace primero y poco... No está triste que ahora vuelve a escribir. Jo dudas, es una natural.

El auto entra a toda velocidad en la calle que lleva al pabellón.

—Si era un cochino —dice Roland—. El auto, pero como lo encontró [...] esos tiempos. Pues un cigarrillo, naturalmente, la ceremonia completa. También que yo saber por qué las tías se fundaban y, y, lo requerirse, tan sólo se lo explicaba. Cuando regresó con él sobre todo en ese momento, su aire de sorpresa desilusión, su manera casi alegre de tartamudear. Me acuerdo de cómo cayo con la cara hacia pegada sobre las hojas secas—

—No seas por favor —dice Babette.

—Se lo merecía, aparte de que no [...] hablamos otros años, un cartucho de tierra bien usada... Es algo seguro de, allí en el bosque.

—Sí, a la intemperie.

—Espera que haya coñac —dice Roland empezando a frenar.

ÍNDICE

I located the song, "Night and Day," put the tape player on the tray next to the flower, and poured a cup of Hank's hard-wrought coffee.

"Back in a second," I said, balancing the tray on my right hand. "Check the paper and see about movies."

Hank gave up his coffee speech and, mumbling under his breath, disappeared into the living room. I went down the hall and nudged the door open with my knee and peeked in. Sonia's foot was where I'd left it. I turned on the tape, adjusted the volume, and waited while the orchestra scratchily led up to Fred and Ginger's entrance. Then I kicked the door open and breezed into the room.

I slammed against the wall, and the tray crashed to the floor. All around me the room roared, and when the roaring stopped there was no sound on earth but Fred and Ginger twirling each other through a sparkling world of gardens and gazebos and harmless, happy people....

And at my feet the flower I had plucked rested gently afloat a pool of dark, arterial blood.
